ATRIUM

Elle McNicoll

ZEIG UNS, WER DU BIST

Aus dem Englischen von Barbara König

Atrium Verlag • Zürich

MIX
Papier | Fördert gute Waldnutzung
FSC® C014496

Deutsche Erstausgabe
1. Auflage 2024

Die Originalausgabe erschien 2021 unter dem Titel
Show us who you are bei Knights Of, London.

Aus dem Englischen von Barbara König
Lektorat: Sibylle Klöcker
Satz: Pinkuin Satz und Datentechnik, Berlin
Druck und Bindung: GGP Media GmbH, Pößneck
Printed in Germany
ISBN 978-3-85535-208-1

www.atrium-kinderbuch.com
www.instagram.com/atrium_kinderbuch_verlag

Für geliebte abwesende Freunde

»Weißt du, inwiefern du dich von anderen unterscheidest, Cora? Kannst du uns das sagen?«

Die Frage hallt zwischen den weißen Wänden wider. Ich antworte nicht sofort. Stattdessen sehe ich mich um. Der klinisch saubere Raum erinnert an das Innere einer Badewanne. Rechts von mir hängt ein großer Spiegel. Adrien hat mich gewarnt, dass hier alles nur Schall und Rauch ist. Was immer das auch heißen soll.

»Cora?«

Ich gucke wieder in ihre Richtung, aber nehme keinen Blickkontakt auf. Dr. Gold ist anders. Nicht wie die Wissenschaftler, die sonst hier arbeiten. Sie lacht mit dem ganzen Körper, leuchtet geradezu.

Sie lächelt mich an und wartet auf meine Antwort.

Die sind alle total intelligent, aber niemand kann sich mit allem gut auskennen.

Adrien hat mir von ihnen erzählt. Mich vorbereitet. Sein Dad leitet diese Einrichtung, und Adrien hat auch auf genau diesem Stuhl gesessen. Genau hier, wo ich gerade nervös herumrutsche. Er hat die Fragen beantwortet.

Dann kann ich das auch.

Adrien. Adrien ist mein bester Freund.

Und ich mache das hier alles nur für ihn.

Kapitel eins

Die gefürchtete Party in Knightsbridge

Ein paar Monate zuvor

»Ich verstehe nicht, warum ich mit euch beiden dahin muss«, sage ich und werfe meinem großen Bruder Gregor und meinem Dad böse Blicke zu, als sie mich aus dem Haus und in unser klappriges altes Auto scheuchen.

»Da gibt es so etwas, das nennt sich das Gesetz, Cora«, sagt Dad heiter und schiebt mich auf den Rücksitz, während Gregor hektisch sein Spiegelbild im Rückspiegel checkt. »Mir ist es nicht gestattet, dich allein zu Hause zu lassen. Besonders nicht nach der Geschichte mit dem Toaster.«

»Der Typ von der Feuerwehr hat gesagt, so was passiert dauernd. Und abgesehen davon lässt du mich doch sowieso den ganzen Sommer lang allein durch London herumlaufen«, wende ich ein.

Der Motor springt an, wir setzen zurück auf die Straße und machen uns auf den Weg in den noblen Teil der Stadt. »Das ist viel gefährlicher als bei uns zu Hause, die Leute fahren heutzutage alle wie die Irren.«

»Was du nicht sagst«, murmelt Gregor, als Dad über eine

Bodenschwelle heizt, sodass mein Bruder und ich uns verzweifelt an unsere Sitze klammern.

Die abendlichen Lichter der Stadt sind mir viel zu grell, besonders nach einem so grauenhaften Schultag wie heute. Ich schließe die Augen, schnipse mir die Anspannung aus den Fingern. Ich bin nicht in der Stimmung, für die anderen eine Maske aufzusetzen und so zu tun, als würden mich all die langweiligen Dinge interessieren, die die Erwachsenen von sich geben.

Bald dreizehn. Meine Güte, schon ein richtig großes Mädchen. Tut mir so *leid mit deiner Mutter, wir haben davon gehört.*

Nein danke.

Schon bald streiten Dad und Gregor darüber, wo wir parken sollen, und mir wird klar, dass wir fast da sind. Als wir die Eingangstreppe eines unglaublich hohen, aber sehr schmalen Hauses erreichen, legt Gregor mir ein hastig verpacktes Geschenk in die Hände. An den Türknauf sind ein paar Luftballons gebunden.

»Wer hat denn Geburtstag?«, zische ich, als Gregor auf die Klingel drückt.

»Der Sohn meines Chefs. Er ist in deinem Alter. Gib das Geschenk einfach dem Dienstmädchen.«

»Dem *Dienstmädchen*?«

Mit einem Ruck geht die schwarze Eingangstür auf, und vor uns steht ... ein Dienstmädchen wie aus dem Bilderbuch. Aber sie sieht erschöpft und alles andere als begeistert aus. Hinter ihr sind Musik und Gespräche zu hören, *überall* sind Menschen. Ich halte ihr das Geburtstagsgeschenk hin. Mit einem Seufzer nimmt sie es entgegen und fügt es einer riesigen Pyramide von aufwendig verpackten Kartons hinzu.

Wir folgen ihr nach drinnen, und sie nimmt uns die Mäntel ab. Dad und Gregor tragen beide Anzüge. Sie sehen darin aus wie zwei sehr nervöse Pinguine.

»Gregory!«

Dass dies nicht sein Name ist, scheint meinen Bruder nicht zu stören, er hetzt davon und lässt mich und Dad in der Eingangshalle zurück. Unruhig fährt sich Dad mit den Händen über die Jackenaufschläge, während ich das unfassbar vornehme Haus in Augenschein nehme.

Ich habe Angst, irgendetwas zu berühren; es ist wie in einem Museum.

»Und wer magst du sein?«

Ich sehe zu einer großen, gertenschlanken Frau auf, mit langen eisblonden Haaren, die anmutig die Treppe hinunterschreitet. Mit einem breiten Lächeln streckt sie mir die Hand entgegen.

Das sind so Augenblicke, in denen ich keine Ahnung habe, was die Leute von mir erwarten: Will sie, dass ich ihre Hand halte? Oder soll ich sie schütteln?

Vorsichtig strecke ich ihr meine Hand entgegen, und ihre Armbänder klimpern, als sie danach greift, sie drückt.

»Bist du eine Freundin von Adrien?«, fragt sie gespannt.

»Nein. Ich bin Cora Byers. Mein Bruder arbeitet für Mr Hawkins.«

»Und Mr Hawkins war äußerst unhöflich dir und deinem Vater gegenüber, wenn er deinen Bruder einfach so entführt hat. Schließlich kennt ihr hier ja keine Menschenseele«, sagt sie und schenkt Dad ein strahlendes Lächeln.

Sie hält immer noch meine Hand.

»Ja«, bestätige ich unverblümt.

Sie lacht.

»Dann komm mal mit mir mit, Liebes«, sagt sie und führt mich durch das Gewimmel von Menschen, die uns gar nicht beachten. »Leider ist unter den Gästen kaum jemand in deinem Alter.«

»Oh.« Ich sage ihr nicht, dass es mir in Wahrheit gar nichts ausmacht, für mich zu sein.

Wir erreichen, was wohl die Hintertür sein muss, und sie lässt endlich meine Hand los.

»Dann guck mal, ob du das Geburtstagskind findest«, sagt sie und nimmt einen großen, golden glänzenden Schlüssel von einem Haken an der Wand, den sie mir reicht. Verwirrt blicke ich darauf runter und schaue dann wieder zu ihr hoch, aber sie ist schon verschwunden.

Die Hintertür steht offen, also weiß ich nicht, wozu ich den Schlüssel brauche, bis ich nach draußen trete.

Als ich die Steinstufen hinuntergehe, taucht er vor mir auf: Hinter einem hohen schmiedeeisernen Tor, über das die Baumwipfel ragen, liegt ein riesiger verborgener Garten. Langsam bewege ich mich darauf zu, sehne mich nach dem Alleinsein und der Stille dort. Ich kann diese Menschenmassen nicht ausstehen, den Lärm, die vielen Reize.

Was für ein Luxus so ein Garten ist! Ich wünschte, wir hätten auch einen.

Mit dem Schlüssel habe ich das Tor schnell aufgeschlossen und bin drin, behütet von den Bäumen um mich herum.

Gerade fange ich an, mich zu entspannen, als ich ein Kribbeln spüre.

Jemand verfolgt mich.

Weil ich regelmäßig Stress kriege, wenn ich in den Schulfluren unterwegs bin, habe ich einen sechsten Sinn entwickelt. Wenn mich jemand beobachtet oder über mich spricht, weiß ich das. Ich kann die ungewollte Aufmerksamkeit im Nacken spüren.

Ich gehe weiter, umklammere den Schlüssel, presse ihn gegen meinen Bauch. Vielleicht liegt es an dem schrecklichen Schultag, aber Wut schießt in mir hoch.

Ich habe es satt, ständig als Sensation betrachtet zu werden.

Hinter mir höre ich ein leises Knirschen. Ich wirbele herum, stoße mit dem Arm gegen eine verschwommene Gestalt und schubse sie.

Die Gestalt fällt zu Boden, zieht mich mit sich. Der Schlüssel landet neben dem Kiesweg im Gras.

»Hey!«

Mein Arm drückt gegen das Schlüsselbein eines Jungen. Er ist in meinem Alter oder vielleicht ein bisschen älter. Erst prustet er und fängt dann lauthals an zu lachen.

»Warum schleichst du mir nach?«, schnauze ich ihn an.

»Warum bist du so stark?«, entgegnet er und kann nicht aufhören zu lachen.

»Du spionierst mir nach!«

»Ja, genau«, schnaubt er, als ich ihn loslasse. Er setzt sich auf, lacht immer noch. »Du bist vom Tor den Weg entlanggegangen, echt aufregend.«

»Wer bist du?«

»Du bist in *meinem* Garten, also solltest *du* mir sagen, wer du bist.«

Ich sehe ihn mir gründlich an: groß, aber nicht schlaksig und eindeutig in meinem Alter. Dunkle Locken und eine Nase, die etwas zu groß für sein Gesicht ist. Seine Augen strahlen geradezu vor Lachen, und das ist verdächtig. Die Jungs in der Schule haben angefangen, richtig gemein zu gucken. Sein Blick ist ganz anders.

Ich funkle ihn an. »Du bist Adrien Hawkins.«

Er zeigt mit dem Finger direkt auf mich. »Messerscharf kombiniert.«

Ich schiebe seinen Finger weg. »Na gut. Herzlichen Glückwunsch. Dein Geschenk ist im Haus.«

»Du hast mir ein Geschenk mitgebracht?«

»Na klar.«

»Ausgesprochen nett von dir, einem völlig Fremden etwas zu schenken.«

Er redet nicht wie die anderen Jugendlichen in unserem Alter. Und auch nicht wie die Erwachsenen, die ich kenne. All meine eingeübten und vorbereiteten Floskeln passen nicht zu dem, was er sagt, also hebe ich einfach den Schlüssel auf und gehe ans andere Ende des geheimen Gartens, auf etwas zu, das aussieht wie Tennisplätze.

Er hält mit mir Schritt. »Gehst du zur Schule?«, will er wissen.

»Natürlich gehe ich zur Schule«, murmele ich.

»Ich nicht.«

»Ja, das passt«, antworte ich und mustere ihn von oben bis unten.

»Warum?«

»Ich weiß auch nicht.« Ich puste mir die Haare aus den Augen. »Du bist jedenfalls nicht … kaputt.«

Er lacht in sich hinein. »Ja. Mum hat mich rausgeholt, bevor das passieren konnte. Zu Hause kann ich besser lernen.«

Vielleicht ist sein Verhalten deswegen so anders.

»Hast du einen Namen?«

»Ja«, antworte ich ungerührt.

»Kannst du ihn mir sagen?«

»Warum bist du nicht bei deiner eigenen Geburtstagsparty?«

»Das ist nicht wirklich meine Party«, sagt er ausdruckslos. »Das ist Dads Party. Für all seine wichtigen Freunde und die Leute von der Arbeit.«

»Dein Dad ist der Chef von meinem Bruder.«

»Dein Bruder arbeitet bei Pomegranate?«

Pomegranate Tech ist die Firma von Magnus Hawkins. Ich weiß immer noch nicht so ganz genau, was sie da eigentlich machen. Immer wenn Gregor anfängt, darüber zu reden, wechselt Dad sofort das Thema.

»Ja«, sage ich, mir ist es lieber, über Gregor zu reden als über mich selbst.

»Dann muss mein Dad ihn ja ganz brauchbar finden, wenn er euch alle eingeladen hat.«

Wieder so eine komische Bemerkung. Ich ignoriere sie.

»Es ist in Ordnung, wenn du mir nicht deinen Namen sagen willst.«

»Gut.«

»Dann rate ich einfach.«

Ich schließe die Augen. Geht er jetzt jeden weiblichen Vornamen durch, den er kennt?

»Angela.«

Ja, das tut er.

»Bryony?«

In alphabetischer Reihenfolge.

»Ich heiße Cora.« Ich seufze. »C wie Cora.«

Er grinst. »Cool. Gefällt mir.«

Ich warte darauf, dass er jetzt noch was Gemeines sagt. Das würden die Leute in meiner Klasse machen: Auf Freundlichkeit folgt garantiert Fiesheit. Aber das tut er nicht.

Stattdessen wendet er sich plötzlich ab und pfeift, laut und schrill. Ich zucke zusammen, das Geräusch ist zu laut für meine Sinne.

Etwas kommt auf uns zugesprungen.

»Cerby, das ist Cora. Cora, das ist mein Hund.«

Ein großer Hund mit wuscheligen Ohren sieht zu mir auf und wedelt dabei wie wild mit dem Schwanz.

»Na, Kumpel, und wo warst du, als sie mich niedergestreckt hat?«, sagt Adrien scherzhaft und krault den Hund am Hals. »He? Wo warst du?«

Ich kämpfe gegen ein Lächeln an und verliere. Der Hund ist süß, und die beiden passen gut zusammen.

»So, alter Kumpel, jetzt will ich mir unbedingt dieses Geschenk angucken, das Cora extra für mich ausgesucht hat«, frotzelt Adrien. Er macht sich auf den Weg zum Haus, Cerby folgt ihm eifrig auf dem Fuß.

Ich werfe ihm einen finsteren Blick zu. Er kann sich doch denken, dass ich mit seinem Geschenk wenig zu tun hatte, wieso muss er jetzt darauf herumreiten?

Ich folge den beiden aus dem Garten heraus und die Steinstufen zum Hintereingang hinauf. Der Berg von Geschenken steht unberührt neben der Treppe.

Adrien bewegt sich darauf zu und wirft mir dann einen Blick zu. »Na? Welches ist von dir?«

Ich verziehe das Gesicht, versuche mich zu erinnern. Dann entdecke ich es – anscheinend das einzige Geschenk, das nicht professionell in einem Geschäft eingepackt wurde. »Das da.«

Mit einer geschickten Bewegung zieht er es heraus, die Pyramide wackelt nicht einmal. Fast bin ich beeindruckt.

»Also, was ist es?«

Er sieht mir geradewegs in die Augen, seine Lippen zucken. Zornig starre ich ihn an. Ich werde dieses nervige Spiel nicht verlieren.

»Es ist ...« Ich versuche zu überlegen, was mein großer Bruder wohl besorgt und eingepackt haben könnte, etwas Langweiliges, aber gleichzeitig Nützliches, »... ein Wecker.«

»Ein Wecker?« Langsam zieht er das Geschenkband auf,

sein Blick weicht nicht von mir, sein entschlossenes kleines Lächeln verschwindet nicht. »Ach, wirklich?«

Ich lächele zurück, von oben herab. »Wirklich.«

Adrien packt weiter das Geschenk aus, blickt mich immer noch an. Plötzlich möchte ich losprusten.

Er bringt mich zum Lachen.

Wir senken beide den Blick, um überrascht festzustellen, dass er ein Modellflugzeug ausgepackt hat. Eins, das man selbst zusammenbauen muss. Ich sehe zu ihm auf, erwarte Schadenfreude, weil er unseren seltsamen kleinen Wettkampf gewonnen hat. Aber der verspielte Ausdruck auf seinem Gesicht ist plötzlich verschwunden.

»Tut mir leid«, sage ich scherzhaft. »Doch kein Wecker.«

»Nein, das hier ist viel besser«, sagt er leise. »Ich liebe Flugzeuge.«

Ich sehe zu Cerby runter, der an den anderen Geschenken schnüffelt. »Na … das ist ja schön.«

»Ich will später mal Pilot werden«, erzählt er mir mit einem breiten Lächeln.

»Wow.« Ich will Reporterin werden, aber das würde ich niemals laut aussprechen.

Er legt den Kasten vorsichtig zurück auf den Geschenkestapel und strahlt mich an.

»Danke, Cora. Ich freue mich *sehr* über dein Geschenk.«

Ich schnaube, denn ich weiß genau, dass er weiß: Das Geschenk kam nicht von mir. Aber ich spiele gern mit, also bekommt er von mir ein liebenswürdiges Lächeln. »Gern geschehen, Adrien.«

»Du hast ihn gefunden!«

Wir drehen uns beide um und erblicken die superelegante Frau von vorhin. Sie kommt zu uns rüber, ein Glas Champagner in der Hand.

»Komm her!«

Adrien tut so, als ob er ihr entwischen will, aber sie fängt ihn ein und gibt ihm einen schmatzenden Kuss auf die Stirn. Ihr dunkelroter Lippenstift hinterlässt einen deutlichen Abdruck auf seiner Haut, und er lacht.

»Herzlichen Glückwunsch zum Geburtstag, mein Schatz.« Sie lässt einen Arm um seine Schultern liegen und schenkt mir ein warmes Lächeln. »Cora! Hat dir der Garten gefallen?«

»Ja«, sage ich etwas schüchtern. »Ja, es war schön dort.«

»Und? Habt ihr zwei euch denn ein wenig angefreundet?«, fragt sie fröhlich und sieht Adrien an.

Bestimmt ist ihm das jetzt peinlich, und er macht sich von ihr los, aber stattdessen strahlt er übers ganze Gesicht. »Jup.«

Ich bin zu überrascht, um zu widersprechen.

»Wie schön!«, ruft seine Mutter mit unmissverständlicher Begeisterung. »Im Sommer ist Adrien manchmal etwas einsam, Cora. Komm vorbei, wann immer du willst.«

Ich denke an meine eigenen langen und einsamen Sommer und spüre einen seltsamen Stich.

»Ich werde es mir überlegen, Mrs Hawkins.«

Und komischerweise habe ich das tatsächlich vor.

Kapitel zwei

Pomegranate Tech

Es ist Samstag, der Tag nach der Party. Ich sitze am Frühstückstisch, und Gregor hat mir einen Teller mit Buttertoast und zwei Spiegeleiern hingestellt. Dad starrt aus dem Fenster, Gregor liest die Zeitung.

»Was macht ihr eigentlich bei Pomegranate Tech?«

Dad wirft mir einen nervösen Blick zu, als ich meinem Bruder die Frage stelle.

»Das ist nicht so einfach zu erklären«, sagt Gregor vorsichtig und legt die Zeitung beiseite. »Sie setzen künstliche Intelligenz dafür ein, um eine Dienstleistung anzubieten.«

»So was wie Roboter?«

»Nein, keine Roboter. Eher so was wie Hologramme.«

»Gregor.« In Dads Stimme schwingt eine Warnung mit.

»Was denn für Hologramme?«, frage ich Gregor, ohne Dad zu beachten.

»Nun, es sind Hologramme von Leuten«, sagt Gregor. »Von echten Menschen.«

Verwirrt runzle ich die Stirn. »Verstehe ich nicht.«

»Wenn das alles erst mal richtig läuft«, Gregor rutscht mit

seinem Stuhl ein wenig näher an mich ran und widmet mir seine ganze Aufmerksamkeit, »werden wir für den Publikumsverkehr öffnen. Die Leute bezahlen dann dafür, dass sie Zeit mit den Hologrammen verbringen können.«

»Aber warum sollten sie das wollen?«

»Na ja, weil manche von ihnen Doppelgänger von berühmten Persönlichkeiten sein werden. Dann bezahlen die Leute dafür, dass sie sich mit ihrer Lieblingsschauspielerin oder ihrem Lieblingsmusiker unterhalten können. Als würden sie die Person wirklich treffen.«

»Aber wieso ist das dann genauso, wie den wirklichen Menschen kennenzulernen?«

»Nun, da kommt das Team Gold ins Spiel. Sie sorgen dafür, dass jedes Holo – so nennen wir die Hologramme – so menschlich und lebensecht wie möglich ist. Sie studieren das Subjekt, das sie nachbilden, unheimlich lange und gründlich und aktivieren es erst, wenn es identisch ist. Der Verstand und die Seelen dieser Menschen werden sozusagen in einen Computer hochgeladen und dann projiziert!«

Gregor ist so stolz darauf, für Pomegranate zu arbeiten. Ich kann sehen, wie begeistert er ist, dass ich ihm endlich mal Fragen stelle.

»Das klingt interessant«, sage ich.

»Das ist aber noch nicht alles. Die wirkliche Arbeit wird sein …«

»Das reicht!«, schnauzt Dad, kommt auf die Beine und räumt seinen Teller weg. »Du hast ihr gesagt, was das für ein Unternehmen ist, jetzt reden wir mal über was anderes.«

»Was ist denn die wirkliche Arbeit?«, will ich wissen. Ich hasse es, wenn sie mir Dinge vorenthalten. Gregor ist viel älter als ich, er ist schon sechsundzwanzig und ich erst zwölf, also waren sie mir schon immer zahlenmäßig überlegen mit ihrem nervigen Erwachsenen-Benehmen.

»Nun, wir befragen echte Menschen und studieren sie, damit wir ein Hologramm von ihnen herstellen und sie dann ewig leben können. Virtuell. Eine virtuelle Unsterblichkeit sozusagen. Dann können diejenigen, die ihnen nahegestanden haben, sie besuchen, nachdem sie gestorben sind.«

Ich starre Gregor an. Verarbeite, was er da gerade gesagt hat.

»Also …« Ich spüre, wie all meine Gedanken dazu wild durcheinanderrasen. »Wenn ihr Mum dort befragt und sie studiert hättet, da hätten sie von ihr ein Abbild machen können, das ewig leben würde?«

Dad gibt einen Laut von sich, für den ich keinen Ausdruck habe, und stürmt aus der Küche, doch Gregor lächelt schwach. »Genau, Cora.«

Die Vorstellung ist so seltsam, dass sie mir ein wenig Angst macht.

»Wo wir schon bei Pomegranate sind, ich wollte sowieso mit dir über etwas sprechen«, sagt Gregor und wirft einen Blick zur Tür, als würde er erwarten, dass Dad wieder reingestürmt kommt.

»Was denn?«

»Also, Magnus … du weißt schon, der Typ, bei dem wir gestern Abend waren.«

Adriens Vater. »Ja?«

»Er würde dich sehr gerne für das Team Gold befragen.«

Ich zucke zusammen. »Was? Warum?«

»Na ja, sie sind wirklich gut darin, neurotypische Menschen nachzubilden, aber er würde zu gerne ein realistisches autistisches Holo haben.«

Ich erstarre. Wir sprechen nie darüber, dass ich autistisch bin. Ich weiß nicht warum, da ist ja nichts falsch dran. Bevor Mum gestorben ist, haben sie mich zu einem Psychiater geschickt, der schließlich die Diagnose gestellt hat. Das ist jetzt schon eine Weile her, und Dad und Gregor haben es seitdem nicht wieder zur Sprache gebracht. Ich frage mich manchmal, ob sie es vergessen haben.

»Verstehe ich nicht.«

»Weißt du, sie wollen, dass die Hologramme so naturgetreu und lebensecht wie möglich sind«, erklärt Gregor. »Und da es viel weniger autistische Menschen als neurotypische Menschen gibt, haben sie noch nicht gelernt, wie sie so ein Gehirn nachbilden können.«

»Ich …« Wenn ich darüber rede, bekomme ich immer so ein Gefühl, als stünde ich nackig da. »Sie würden mich nur ein paarmal befragen?«

»Es spielt keine Rolle.« Dad kommt plötzlich rein, im Mantel und mit wütenden Augen. »Weil du das nicht tun wirst. Verstanden, Gregor? Sie wird das nicht machen.«

»Dad.« Gregors Stimme ist hart wie Stahl, während sie ein geheimes Gespräch mit Blicken führen. »Magnus würde einen Haufen Geld dafür bezahlen, wenn sie mitmacht.«

»Das ist mir egal. Das wird nicht passieren. Sag deinem Chef, der sich nicht mal deinen Namen merken kann, dass deine kleine Schwester nicht eins seiner Versuchskaninchen ist.«

»Dad, hier geht es um eine wirklich große Sache! So viel wichtiger, als du im Moment begreifen kannst. Menschen werden endlich richtig trauern können. Verdammt, sie werden gar nicht trauern *müssen*! Sie müssen sich nie verabschieden, nur wenn sie wollen. Das ist doch einfach grandios.«

»Tja, da kannst du warten, bis du schwarz wirst, mein Sohn, aber Cora macht da nicht mit. Nicht für alles Geld in der Welt. Sie ist kein Experiment.«

Dad verlässt das Haus, und Gregor stürmt nach oben in sein Zimmer. Während zwei Türen zuknallen, esse ich langsam meinen Teller leer. Ich frage mich, wie das wohl sein muss: zu sehen, wie jemand als Hologramm wieder zum Leben erweckt wird.

Ich kann Dads Reaktion nicht verstehen. Das ist doch wohl die wunderbarste Idee aller Zeiten.

Sich nie von jemandem verabschieden zu müssen.

Kapitel drei

Wenn man nicht reinpasst

Normalerweise bin ich in der Schule immer sehr abgelenkt. Dort zu sein, finde ich alles andere als einfach. Besonders seit meine beste Freundin Zoe nach Australien gezogen ist. Wir versuchen uns so oft es geht über Video anzurufen, aber der Zeitunterschied ist riesig, und Zoe war noch nie gut darin, Termine einzuhalten.

Heute aber bin ich ganz aufmerksam. Weil es nur noch ein paar Wochen bis zu den Sommerferien sind, wird Mr Ramsey bekannt geben, wer nächstes Schuljahr in der Redaktion der Schülerzeitung mitmachen darf. Seit ich erfahren habe, dass das ein richtiger Beruf ist, will ich Enthüllungsjournalistin werden. In den letzten Wochen habe ich mich auf nichts anderes konzentriert. Ich habe Probeartikel geschrieben, Recherche betrieben, Korrektur gelesen und das Layout für eine Titelseite erstellt, um meine Pläne und Ideen darzustellen.

»Also, noch eine Sache, bevor ihr euch alle davonmacht.« Mr Ramsey setzt seine Brille auf und greift nach einem Zettel. Ich lehne mich vor, jetzt ist es endlich so weit. »Es geht um die Schülerzeitung im nächsten Schuljahr. An alle, die sich beworben haben: Danke für eure Beiträge und eure Interviews. Miss Mabuse und ich waren äußerst beeindruckt von der Qualität eurer Arbeit.«

Ich werfe unserer Lehrerassistentin Miss Mabuse einen Blick zu, die mich freundlich anlächelt.

»Dennoch kann es nicht jeder schaffen. Es gibt Stellen für zwei Redakteure und drei Reporter, und das werden sein …«

Ich halte die Luft an. Ich sage mir im Stillen, dass ich keine Redakteurin sein muss, es reicht, wenn ich es überhaupt ins Team schaffe.

»Redakteure: Jack und Michael. Und Reporter … Gemma, Kate und Paul.«

Die meisten springen auf, sobald er fertig ist, um den Klassenraum zu verlassen, aber ich sitze wie erstarrt an meinem Platz, völlig fassungslos.

Ich spüre eine Berührung an meinem Ellbogen und zucke zusammen.

Es ist Miss Mabuse.

»Cora, ich wollte dir nur sagen, dass ich alles gelesen habe, was du eingereicht hast, und deine Arbeit ist ausgezeichnet.«

Sie lächelt mich traurig an. Ich stoße einen Seufzer aus. »Danke, Miss Mabuse.«

»Ich habe vorgeschlagen, dich ins Team aufzunehmen.«

Sie sagt es so leise. Als wäre das ein Geheimnis.

Ich gehe zu Mr Ramseys Pult.

»Mr Ramsey?«

»Ja, Cora?«

»Ähm …« Ich warte, bis alle Schülerinnen und Schüler den Klassenraum verlassen haben. »Warum habe ich es nicht ins Team geschafft?«

Er seufzt und sieht mich an, verzieht das Gesicht zu einer mitleidigen Grimasse. »Cora … Ich weiß deinen Einsatz wirklich zu schätzen, aber für das Zeitungsteam musste ich die aussuchen, die am kompetentesten sind.«

»Aber ich habe mich ganz besonders angestrengt«, beharre ich und fühle eine eigenartige Mischung aus Scham und Empörung in mir brodeln. »Und tut mir ja leid, aber Michael und Paul haben ihre Artikel aus dem Internet kopiert.«

Eigentlich bin ich keine Petze, aber jetzt kocht die Wut in mir hoch.

»Cora, hör mal. Du hast im Moment genug um die Ohren, ich glaube nicht, dass es gut für dich wäre, bei der Schülerzeitung mitzumachen.«

»Mr Ramsey«, meine Stimme zittert ein wenig. »Wenn ich davon ausgegangen wäre, dass das zu viel für mich wäre, dann hätte ich mich nicht beworben. Außerdem waren fast alle Kandidatinnen Mädchen, aber Sie haben alle Jungs aufgenommen, die mitmachen wollten. Wie kann es sein, dass die Mitarbeiter einer Zeitung zu 60 Prozent männlich sind, wenn 80 Prozent der Bewerberinnen weiblich waren?«

Ich kann sehen, wie er versucht, das im Kopf nachzurechnen. Er gibt auf und reibt sich den Nacken. »Die Jungs, die sich beworben haben, nehmen ihre Arbeit in der Schule im Moment nicht besonders ernst. Jetzt haben sie die Gelegenheit, sich mal richtig einzubringen. Das wird ihnen guttun. Ich war begeistert, dass sie sich überhaupt beworben haben.«

»Dann sagen Sie das doch einfach, Mr Ramsey«, sage ich mit rauer Stimme, hasse mich gleichzeitig selbst dafür, dass ich mich so darüber aufrege. »Sagen Sie einfach, dass die Jungs das mehr brauchen. Oder dass Sie die Jungs mehr mögen. Sagen Sie aber nicht, dass sie das mehr verdient haben, besonders wenn Sie das nicht beweisen können.«

»Cora.« Seine Stimme ist scharf, und das kann ich ihm nicht wirklich vorwerfen. »Es reicht. Es geht bei der Schülerzeitung nicht einfach nur darum, sich anzustrengen, gute Arbeit zu leisten, und das weißt du auch. Es geht auch um Teamwork, um die Zusammenarbeit in der Gruppe. Und das gilt auch für das richtige Leben: Leute werden eingestellt, weil man gut mit ihnen auskommt und das den Arbeitstag angenehmer macht, verstehst du?«

Ich blicke auf meine Hand runter, die sich um das Lehrerpult krallt, meine Knöchel treten hervor. »Also spielt es keine Rolle, wie sehr man sich anstrengt. Es geht nicht um die Fähigkeiten.«

»Na, na.« Er lächelt mich sanft an, und ich wette, dass er sich jetzt bestimmt für total verständnisvoll hält. »Kein Grund, sich aufzuregen. Es wird bestimmt andere Gelegenheiten geben.«

»Ich habe mir solche Mühe gegeben, Mr Ramsey. Damit will ich nicht sagen, dass ich ein Anrecht auf irgendwas hätte, aber ich weiß, dass das einfach nicht fair ist.«

Ich komme mir so blöd vor. Ich weiß ja, Tatsachen haben

nichts mit Gefühlen zu tun, aber ich kann einfach spüren, dass das hier nicht richtig ist. Am Sporttag hatte ich nicht das Gefühl, eine Medaille zu verdienen. Ich weiß ja, wie schlecht ich werfe und fange. Ich habe auch nicht verlangt, in den Schulchor aufgenommen zu werden. Ich weiß, wie grauenvoll ich singe.

Das alles habe ich akzeptiert, weil ich wusste, dass ich nicht gut genug bin. Aber ich weiß, dass ich eine gute Journalistin bin. Das weiß ich einfach.

»Warum glauben Sie, dass ich nicht dazu in der Lage wäre, mit der Gruppe zusammenzuarbeiten, Mr Ramsey?«

»Oh, Cora.« Wieder lächelt er mich auf diese mitleidige Art an, was mich rasend macht. »Das weißt du doch. Deine Voraussetzungen … also … Ich glaube einfach, dass du da nicht gut reinpassen würdest.«

Ich spüre kalten Schweiß auf meinem Rücken. Mein Zorn verschlägt mir die Sprache. Ihm in die Augen zu gucken, ist völlig undenkbar.

Er greift nach seiner Kaffeetasse und drückt mir die Schulter, bevor er den Klassenraum verlässt. Bei der Berührung zucke ich zurück, bin nicht in der Stimmung, sie zu ertragen.

Ich höre seine Schritte auf dem Flur verhallen, sie mischen sich mit den Geräuschen eines Schulalltags, der ohne mich weitergeht.

»Alles in Ordnung?«

Ruckartig sehe ich auf. Miss Mabuse steht in der Tür, ein Sandwich und eine Wasserflasche in den Händen.

»Alles gut«, lüge ich.

Ich will einfach nur gehört werden. Einen Weg finden, mich verständlich zu machen. Ich habe den Eindruck, dass die Leute mich ständig falsch verstehen. Wenn ich die Möglichkeit hätte, meine Gedanken aufzuschreiben und in die Welt hinauszuschicken, dann würden sie mich endlich richtig verstehen.

»Ach, komm schon.« Miss Mabuse tritt die Tür mit dem Fuß zu und zieht sich einen Stuhl ran, um sich hinzusetzen. »An deiner Stelle wäre ich stinkwütend.«

Ich lächele sie schnell an und werfe mir die Schultasche über die Schulter. »Ist nicht so schlimm.«

»Cora, wenn du über irgendetwas reden willst, bin ich immer für dich da.«

»Danke.« Ich mache mich auf den Weg zur Tür, lasse mir das lange Haar wie einen Vorhang ins Gesicht fallen. »Aber es ist wirklich alles gut.«

Ich weiß nie, wie ich etwas erklären soll. Das, was ich fühle, kann ich durch mein Schreiben zum Ausdruck bringen, aber nie durch meine Stimme.

★

Während ich nach Hause laufe, lässt mich das Ganze immer noch nicht los, und ich bin komplett in Gedanken versunken.

»CORA!«

Ich blicke auf. Auf der anderen Straßenseite steht er. Adrien. Der Junge von der Party.

Er winkt mir begeistert zu, ein breites Grinsen im Gesicht. Dann überquert er die Straße und wird fast von einem Auto angefahren. Der Fahrer lässt sein Fenster runter und brüllt irgendwas, aber Adrien bekommt überhaupt nichts mit. Er joggt auf mich zu, während ich nur dastehen kann und ihn anstarren.

Ich mag keine Veränderungen in meinem Tagesablauf. Das heute war schon anstrengend genug. Ich frage mich, ob ich vielleicht einfach abhauen sollte.

»Hau nicht ab.« Das überrascht mich. Normalerweise können Menschen meine Gedanken nicht lesen.

»Hey.« Ich werfe ihm einen Blick zu, der hoffentlich richtig böse ist. »Lass mich in Ruhe, ich hatte einen furchtbaren Tag.«

»Schultage sind immer furchtbar. Du solltest zu mir kommen, dann können wir zusammen bei mir zu Hause unterrichtet werden.«

»Nein danke.« Ich gehe wieder los, laufe auf meine Straße zu.

»Also, was machst du hier überhaupt?«, frage ich, und mich tröstet der Gedanke, dass mein Zuhause gleich um die Ecke ist. »Du bist ja ganz schön weit weg von Snob Hill.«

Jetzt ist er bestimmt beleidigt, aber er lacht schon wieder. Sehr irritierend.

»Snob Hill? Gefällt dir Knightsbridge nicht?«

»Dir etwa?«

Er scheint ernsthaft über die Frage nachzudenken. »Schon. Ganz gut eigentlich.«

»Wirklich? Wo die Leute ihre Gärten abschließen und ihre Dienstmädchen ignorieren?«

»Sie heißt Bella, und ich ignoriere sie nicht.«

Ich erreiche meine Straße und gehe schneller. »Schön für dich.«

»Hey, kann ich dich was fragen?«

Ich verdrehe die Augen und wühle in meiner Schultasche nach meinem Schlüssel. »Was?«

»Meine Mutter gibt dieses Wochenende eine Gartenparty und hat mir erlaubt, jemanden einzuladen.«

Ich starre ihn an. »Und?«

»Und ich lade dich ein.«

»Okay.« Ich stecke meinen Schlüssel ins Schloss und drehe mich zu ihm um, um ihm meine volle Aufmerksamkeit zu widmen. »Soll das ein Witz sein?«

»Nein.«

»Wir kennen uns doch gar nicht.«

»Cora, das ist sehr verletzend. Du hast mir diesen tollen Baukasten mit dem Modellflugzeug geschenkt.«

Ich gucke ihn böse an. »Wir sind nicht befreundet. Was stimmt nicht mit dir?«

Etwas huscht über sein Gesicht, etwas Trauriges, aber schon ist es wieder verschwunden. »Ich wäre gerne mit dir befreundet.«

»Du kannst nicht einfach irgendwelchen Menschen nachlaufen und sie zwingen, sich mit dir anzufreunden.«

»Warum nicht?«

»Darum.« Ich kämpfe gegen den Chor von Stimmen in meinem Kopf an, die alle sagen, dass er recht hat. »Das ist nicht normal.«

»Und dir ist es wichtig, dass alles immer normal ist?«

Nein.

»Ja«, schnauze ich ihn an. Die Art, wie Mr Ramsey vorhin mit mir umgegangen ist, schmerzt immer noch. »Das ist es. Ich habe beschlossen, dass mir das wirklich wichtig ist.«

»Sollte es aber nicht«, sagt er und grinst. »Das habe ich alles versucht, deswegen werde ich jetzt zu Hause unterrichtet.«

Mir fällt plötzlich ein schwarzes Auto auf, das an uns vorbeifährt und am Ende unserer Sackgasse parkt. Ich kneife die Augen zusammen und versuche, den Fahrer zu erkennen. Adrien entgeht das nicht.

»Das ist unser Chauffeur«, erklärt er. »Wenn ich Leute verfolge, folgt er mir immer.«

»Tja, ich bin mir nicht sicher, ob ich im Moment neue Freundschaften schließen will. Vor allem nicht mit so verwöhnten und reichen Typen.«

Er sieht mich einen Augenblick lang an, dann geht sein Blick zu unserem Haus. Sofort sträuben sich mir die Nackenhaare, ich bin bereit, unser kleines, bescheidenes Zuhause mit Zähnen und Klauen zu verteidigen.

»Mir gefällt dein Haus.«

Das sagt er so aufrichtig, dass ich all die angehaltene Luft ausatme.

»Kann ich reinkommen?«

Ich schaue zu seinem Chauffeur hinüber. »Wird James nichts dagegen haben?«

»Nö. Und er heißt Lloyd. Solange ich vor Dad zu Hause

bin, ist alles gut. Und in der Woche ist er nie vor neun zu Hause.«

Ich denke kurz nach und atme dann aus. »Okay. Komm rein.«

Glücklich stellt er sich neben mich, und wir gehen rein. Er gibt sich keine Mühe, seine Neugierde zu verbergen. Er guckt sich all unsere Fotos an den Wänden an. Wirft einen Blick ins Wohnzimmer. Und folgt mir dann in die Küche.

Ich lasse meine Schultasche auf die Küchentheke fallen, öffne den Kühlschrank und hole eine Flasche Wasser raus.

»Dein Haus gefällt mir wirklich.«

»Danke.«

»Wo sind denn alle?«, fragt er nach einer Pause.

»Mein Bruder arbeitet auch immer lange bei Pomegranate«, erkläre ich. »Und Dad macht um diese Zeit immer einen Abstecher in den Pub an der Ecke. Ich bin früher zu Hause als sonst.«

Dad hat endlich einen Schlussstrich unter die Geschichte mit dem Toaster gezogen, und ich darf wieder allein zu Hause sein.

»Und deine Mum?«

Meine Hand rutscht ab, als ich versuche, die Wasserflasche zu öffnen. »Sie ist tot.«

Wenn ich das sage, herrscht normalerweise peinliches Schweigen. Das ist total unangenehm. Als hätte ich die Leute irgendwie in die Enge getrieben, weil ihnen bei dem Gedanken, dass jemand aus meiner Familie gestorben ist, unbehaglich zumute ist.

»Das ist ja furchtbar.«

Ich sehe zu ihm auf. Er sieht wirklich so aus, als würde ihm das leidtun, und er wirkt weder verlegen noch verunsichert.

»Danke. Es ist schon über ein Jahr her.«

»Trotzdem furchtbar.«

Jetzt bin ich ein bisschen verlegen. Zwischenmenschliche Begegnungen sind nicht so meins. Es fühlt sich oft so an, als hätten alle anderen schon wochenlang ihren Text geprobt, während ich gerade auf die Bühne stolpere, mein Bestes versuche und mich dabei alle anstarren, als würde ich sie hängen lassen.

Jahrelang habe ich versucht, im Umgang mit Menschen besser zu werden und vorauszusagen, wie die Leute reagieren und sich verhalten werden. Und ich bin auch schon besser geworden, irre mich nur noch selten. Menschen – normale Menschen – sind alle ziemlich konventionell und wenig überraschend.

Aber Adrien reagiert nie so wie andere Menschen. Er ist unberechenbar.

»Warum war heute ein so schlimmer Tag?«

Ich frage mich, ob ich ihm das wirklich erzählen soll. Für ihn klingt das bestimmt albern. Andere verstehen selten, warum mir manche Dinge so viel bedeuten oder warum es mir so schwerfällt, loszulassen. Sogar Zoe seufzt manchmal und fragt mich, warum ich immer so besessen bin.

»Ich habe mich total angestrengt, um nächstes Schuljahr in die Redaktion der Schülerzeitung aufgenommen zu werden«, höre ich mich ganz offen sagen, »und der Lehrer hat gemeint, ich würde da nicht gut reinpassen.«

Sofort bereue ich es. Jetzt wird er gleich fragen, ob ich mich wirklich richtig angestrengt habe, ob ich wirklich finde, dass ich da gut reinpasse.

»Das ist mit ein Grund, warum Mum mich zu Hause unterrichten lässt. Wenn man anders ist, machen sie einem alles immer so schwer.«

Ich starre ihn an.

»Warum glaubst du denn, dass ich ›anders‹ bin?«, frage ich, etwas abwehrend, aber gleichzeitig bin ich nervös.

Manche Leute stellen sich »anders sein« vielleicht als cooles Persönlichkeitsmerkmal vor.

Ich fühle mich jedes Mal wie ertappt.

Wir starren uns einen Augenblick lang an, und ich weiß nicht, was ich sagen soll.

»Hallo?«

Wir drehen uns beide um, Dad ist nach Hause gekommen. Er ist ganz offensichtlich verblüfft, Adrien hier zu sehen. Adrien lächelt freundlich und winkt. »Hallo, Mr Byers.«

»Dad, das ist Adrien Hawkins. Weißt du noch? Von der Party?«

»Ist das dein schwarzer Lexus da draußen, mein Lieber?«

»Ja.« Adrien nickt und streckt die Hand aus. Dad schüttelt sie fest und wirft mir dabei einen Blick zu. »Sieht er da draußen schon nervös aus, Mr Byers?«

»Tja … ich weiß nicht …«

»Dann mache ich mich mal auf den Weg. Ich wollte Cora

nur zu unserem Familientreffen am Samstag einladen. Wir feiern im Garten. Um sieben Uhr. Sie hat einen Schlüssel.«

Dem will ich sofort widersprechen, aber er ist schon verschwunden. Geht mit zügigen, aber ruhigen Schritten den Flur hinunter und aus der Haustür hinaus.

»Seltsamer Junge«, murmelt Dad, während wir zusehen, wie sich die Tür hinter ihm schließt.

Ich gebe ihm stillschweigend recht, nehme mir meine Schultasche, um nach oben zu gehen.

Als ich sie von der Theke runterziehe, fällt ein großer goldener Schlüssel aus der Vordertasche und landet auf dem Linoleumboden.

Zögerlich hebe ich ihn auf. Und stecke ihn dann in meine Hosentasche.

Kapitel vier

Genau wie ich

Als ich auf das schmiedeeiserne Tor zugehe, das in den großen Garten führt, kann ich das Gewirr von lauten und fröhlichen Stimmen hören. Wie immer in solchen Situationen krampft sich mein Magen zusammen.

Ich benutze den Schlüssel und trete in den Garten ein.

Ich folge dem Stimmengewirr, bis ich die Menschenansammlung erreicht habe. Andere Jugendliche oder Kinder sind nirgendwo zu sehen. Das stört mich nicht besonders; ich finde sowohl die Erwachsenen als auch die Leute in meinem Alter ziemlich rätselhaft.

Und sie finden mich noch seltsamer, normalerweise.

»Cora?«

Ich fahre zusammen und sehe zu dem Mann auf. Er ist so groß, dass er die Sonne verdeckt, die durch die Bäume scheint. Sein Anzug sitzt tadellos: nicht wie bei Dad, sondern mehr wie bei einem Filmstar. Er hat deutliche Augenringe, aber auch Lachfältchen und schwarze Locken, die mit Silber durchzogen sind. Erwartungsvoll sieht er mich an.

»Mr Hawkins?«

Ich habe ihn noch nie getroffen, aber ich erkenne ihn von Gregors Erzählungen. Ich weiß einfach, dass er es ist.

»Hat Adrien dich eingeladen?«

Ich versuche krampfhaft, nicht einfach auf den Rasen zu starren, sondern stattdessen seinem Blick zu begegnen, aber ich kann es kaum ertragen. Ich war nicht darauf vorbereitet, ihn kennenzulernen, und er schüchtert mich ein.

»Ja. Ja, das hat er.«

Er nickt, lächelt. »Gut. Er braucht Leute in seinem Alter. Du musst Gregorys kleine Schwester sein.«

»Gregors … ja.«

»Hat er dir schon das Unternehmen gezeigt?«

»Nein, hat er nicht.«

»Na, das sollte er mal tun. Wir wollen junge Menschen miteinbeziehen, die Marketing-Abteilung würde sicher gerne deine Meinung hören.«

Ich weiß nicht, ob ich genau verstanden habe, was er da gerade gesagt hat, aber ich nicke.

»Wie wäre es mit morgen? Am Sonntag ist es bei uns normalerweise ganz entspannt. Vielleicht kann Greg mit dir vorbeikommen?«

Das klingt mehr nach Befehl als nach Einladung, aber ich bin schon neugierig auf Pomegranate, besonders seit Gregor mir erzählt hat, was sie da versuchen zu machen.

»Gerne. Ich frage ihn.«

Magnus grinst, und für den Bruchteil einer Sekunde sieht er aus wie Adrien.

»Viel Spaß auf der Party, Cora.«

Er verschwindet in der Menge der Erwachsenen, und ich bleibe allein zurück. Ich bin erleichtert, dass er mich nicht gezwungen hat, mitzukommen und mitzumachen. Ich bleibe einfach, wo ich bin, und versuche mich zu entspannen.

Und werde fast zu Boden geworfen, als ein hechelnder, aufgeregter Hund direkt in mich reinrennt.

»Cerby!«

Mrs Hawkins und Adrien tauchen am Rand des Gartens auf, Adrien ruft seinen wild herumhüpfenden Hund, während Mrs Hawkins lacht. Ich beuge mich runter, um Cerby hinter den Ohren zu kraulen, und er stupst seine feuchte Nase gegen meine Wange.

»Hat Dad dich wegen Pomegranate genervt?«, will Adrien wissen, als er und seine Glamour-Mutter mich erreichen.

»Er hat gesagt, ich kann es mir morgen mal anschauen.«

»Mein Güte.« Mrs Hawkins lässt ihren Blick über die Menge schweifen, die Adriens Vater verschluckt hat. »Gewöhnlich ist er sehr wählerisch, wenn es darum geht, jemandem das Unternehmen zu zeigen. Dann mag er dich wohl, Cora.«

Als sie das sagt, wird mir ganz warm. Es fühlt sich an, als hätte ich eine Prüfung bestanden.

Jemand ruft nach Mrs Hawkins, also drückt sie ganz kurz meinen Ellbogen, wirft mir noch ein bezauberndes Lächeln zu und eilt von dannen.

»Dann hast du also beschlossen hinzugehen?«

Kurz begegne ich Adriens Blick und wende meine Aufmerksamkeit dann Cerby zu. Ich liebe Hunde. Sie mögen auch keinen Augenkontakt.

»Hat mein Dad noch was zu dir gesagt?«

Er klingt … nervös.

»Nein. Nur, dass er gerne meine Meinung zu Pomegranate Tech hören würde. Ich werde morgen hingehen. Sonntags ist anscheinend nicht so viel los.«

»Das stimmt.«

Er macht nicht den Eindruck, als würde ihm das besonders gefallen.

»Kann ich dir einen Ratschlag geben?«

Ich blicke zu ihm auf. »Einen Ratschlag?«

»Über Pomegranate. Es ist irgendwie ein komischer Ort. Die Leute, das Gebäude … es ist einfach komisch.«

»Es ist das Unternehmen deines Vaters«, erinnere ich ihn.

»Ja, ich weiß.«

»Ja und? Willst du ihn nicht unterstützen?«

Er macht es sich auf dem Rasen bequem. »Jemanden wie ihn zu unterstützen, ist nicht gerade einfach.«

Ich werfe ihm einen ungläubigen Blick zu. Magnus Hawkins macht es einem wirklich nicht schwer. Er fasst sich kurz und kommt gleich zum Punkt.

Adrien sieht mir in die Augen. »Du kennst ihn nicht so, wie ich ihn kenne.«

»Natürlich nicht«, stimme ich zu und verdrehe die Augen. »Aber ist das nicht fast immer so, dass ein Elternteil schwierig ist und der andere nett? Mein Dad ist einer meiner besten Freunde. Aber meine Mum konnte echt knallhart sein.«

Er sieht überrascht aus, und ich weiß warum. Über die Toten soll man nichts sagen, was auch nur annähernd gemein sein könnte, wir sollen sie als vollkommen in Erinnerung behalten – aber niemand ist vollkommen.

»Trotzdem wünschte ich mir, ich hätte mehr Zeit mit ihr verbracht. Egal, wie hart sie auch sein konnte.«

Ich habe keine Ahnung, warum ich ihm das alles erzähle.

Er mustert mich scharf. »Du weißt schon, was sie da bei Pomegranate machen, oder?«

Ich zwinge mich, ihn anzugucken. Direkt anzugucken. »Ja. Gregor hat es mir erzählt. Ich weiß genau, was sie dort machen.«

Adrien nickt langsam. »Also gut. Ich hoffe, es gefällt dir.«

»Warst du schon mal da?«

»Aber klar.«

»Was ist dann so schrecklich da?«

»Es ist nicht schrecklich«, gibt er zu und krault Cerby den Bauch. »Dort laufen massenweise kluge Leute rum, und das Essen ist lecker.«

Ich lache. Ich kann nicht anders.

»Ich habe eine Idee«, verkündet er plötzlich und springt auf.

»Ja?«

»Bald sind Sommerferien. Und dann könnten wir unsere eigene Zeitung machen.«

Ich blinzele ihn an. Der plötzliche Themenwechsel erinnert mich an Dads Fahrstil. Wie aus dem Nichts biegt er plötzlich ab. Ich schüttele mit dem Kopf und sage: »Was?«

»Na, wir machen einfach unsere eigene Zeitung. Wir

schreiben die Artikel, drucken ganz viele Exemplare und verteilen sie in der ganzen Stadt.«

Cerby hechelt mit hängender Zunge, guckt zwischen uns hin und her, als würde er Adriens überschäumende Energie und meine vollkommene Verwirrung spüren.

»Adrien!« Sein Name platzt mit einem Lachen aus mir heraus. »Danke, aber du musst nicht dafür sorgen, dass ich mich wegen der Geschichte mit der Schülerzeitung besser fühle.«

Er legt den Kopf leicht schräg und runzelt die Stirn. »Das war auch nicht meine Absicht. Ich langweile mich nur immer so in den Sommerferien. Das würde Spaß machen. Abgesehen davon, die Menschen sind es nicht gewohnt, dass Leute wie wir die Titelseite übernehmen.«

»Was meinst du mit ›Leute wie wir‹?«

Er sieht mich an. Lächelt. »Gib's zu, du *bist* …«

»Ich bin was?«

»Wie ich.«

Mir entfährt ein nervöses Lachen. »Adrien, ich glaube nicht, dass irgendjemand ist wie du.«

Ich bin mir nicht einmal sicher, ob das als Kompliment gemeint war oder nicht. Er ist so unberechenbar und hektisch. Doch die Augenblicke, wo er still ist, sind am seltsamsten.

»Ich denke darüber nach«, sage ich schließlich.

»Tja.« Er zuckt glücklich mit den Schultern und grinst. »Dann mache ich mir schon mal ein paar Gedanken darüber, was für Skandale wir aufdecken können.«

Ich lache in mich hinein und komme auf die Füße. »Hey,

vielleicht entdecke ich ja morgen irgendetwas bei Pomegranate. Damit können wir dann anfangen.«

Etwas flackert kurz in seinem Gesicht auf und verschwindet dann. »Ja. Wer weiß.«

Kapitel fünf

Sie

Das Gebäude ist mindestens sechs Stockwerke hoch, gebaut im Stil einer edwardianischen Stadtvilla. Zwischen all den kalten, schlichten Hochhäusern am Canary Wharf wirkt es winzig und fehl am Platz.

Gregor und ich haben uns darauf geeinigt, dass es besser ist, wenn Dad nichts von meinem heutigen Besuch bei Pomegranate erfährt.

Dad hat sich auf den Weg zum Friedhof gemacht, und Gregor hat mich mit zur Arbeit genommen. Als ich jetzt auf dem Bürgersteig stehe und zu dem Gebäude hinaufstarre, wünschte ich, Dad wäre bei mir.

Normalerweise wimmelt es am Canary Wharf nur so von Anzugträgern. Schwarze Anzüge, graue, blaue.

Aber heute am Sonntag ist niemand da. Es ist wie eine Geisterstadt.

Ein Portier öffnet uns die gläserne Flügeltür von Pomegranate Tech, begrüßt meinen Bruder mit einem vertrauten Nicken. Die Eingangshalle ist ganz schlicht: ein Empfangstresen, links davon ein Aufzug, rechts davon eine Treppe. Die

Empfangsdame begrüßt uns mit einem eingeübten Lächeln, aber ihre Augen blicken mich neugierig an.

»Darf ich meine kleine Schwester anmelden, Noma? Sie besucht uns heute.«

Mit einer Handbewegung zeigt Noma auf ein dünnes weißes Tablet und den dazugehörigen Stift. Vorsichtig schreibe ich meinen Namen und schiebe es zu ihr zurück. Sie murmelt einem kleinen Gerät einen Befehl zu, welches daraufhin eine laminierte Karte ausspuckt. Gregor befestigt sie an einem Band und gibt sie mir.

»Das ist deine Eintrittskarte für den heutigen Tag«, sagt Noma langsam. »Also nicht verlieren, okay?«

»Ähm.« Ich hänge sie mir um den Hals und nicke. »Okay.«

»Ist dir an Noma etwas aufgefallen?«, fragt Gregor vorsichtig.

Ich werfe einen Blick zurück auf die Empfangsdame, die jetzt am Telefon mit jemandem spricht. Aber sie hält weder einen Hörer in der Hand, noch trägt sie ein Headset. Sie starrt geradeaus, die Hände vor sich gefaltet, und spricht mit der Person am anderen Ende der Leitung, als wäre die in ihrem Kopf.

»Hm.« Ich beobachte sie und gucke dann meinen Bruder an. »Sie ist sehr ernsthaft. Und jung.«

Er lächelt sanft und nickt dann. Wir machen uns auf den Weg.

»Willst du mein langweiliges Büro sehen?«, fragt Gregor mich.

»Ich will alles sehen«, sage ich.

Alles ist so … weiß. Die Wände, der Teppich, die wenigen Möbel. Sogar die kleinen Kristalle in dem zierlichen Kronleuchter über mir in der Eingangshalle.

»Dann fangen wir mal hier im Erdgeschoss an«, sagt Gregor und führt mich in einen Raum auf der Ostseite. »Das ist das Restaurant.«

Sehr schick. Schicker als jedes Restaurant, in dem ich bisher gegessen habe. Als Gregor es im Auto beschrieben hat, habe ich mir eine Art Kantine vorgestellt. Aber auf den Tischen liegen richtige Stofftischdecken, im Hintergrund ist leise Klaviermusik zu hören, und es duftet fantastisch.

Im Moment essen hier nur zwei Leute: Magnus und eine Frau, die ich nicht kenne. Magnus blickt von seinem Hummerbrötchen auf und entdeckt uns beide. Ein Lächeln breitet sich auf seinem Gesicht aus, und er winkt uns zu sich.

»Ich habe dir ja gesagt, am Sonntag ist nichts los«, sagt Magnus mit einem Augenzwinkern. »Cora, das ist Dr. Gold. Unser hauseigenes Genie hier bei Pomegranate Tech.«

Dr. Gold. Gregor hat sie schon ein paarmal erwähnt.

Das Team Gold ist nach Dr. Gold benannt worden. Ich ärgere mich, dass ich sie für einen Mann gehalten habe.

Sie ist umwerfend. Über Schönheit mache ich mir kaum Gedanken; Mums Make-up und ihr Parfüm konnte ich nie leiden. Ich fand es immer zu grell, den Geruch zu überwältigend. Aber ich kann sehen, dass Dr. Gold von Natur aus schön ist: strahlende Augen, dunkle Wimpern, hohe Wangenknochen und glänzendes blondes Haar. So blond, dass es fast weiß ist.

»Hallo.«

Ich blicke zu ihr runter, erstaunt, dass die Wissenschaftlerin, von der Gregor so sehr geschwärmt hat, ganz anders ist als erwartet.

»Cora ist Gregors Schwester und eine Freundin meines Sohnes«, sagt Magnus zu Dr. Gold. »Wider besseres Wissen, fürchte ich.«

Dr. Gold lacht, und sofort entspanne ich mich. Ein ganz ungewöhnlicher Zustand. Mir wird bewusst, dass ich sie anstarre, also gucke ich stattdessen zu Gregor. In seinem Gesicht liegt ein breites Grinsen.

»Ich habe Cora eingeladen, weil ich ihr mal unser Unternehmen zeigen wollte«, erklärt Magnus, »aber ich bin kein guter Gastgeber, Cora, ich muss mich bei dir entschuldigen. Ich habe gleich eine Video-Konferenz mit meinen Geldgebern, und die haben leider die Angewohnheit, einen den ganzen Tag in Beschlag zu nehmen.«

»Ich kann dich herumführen«, sagt Dr. Gold und lächelt mich so strahlend an, dass ich ihre weißen, perfekt geraden Zähne sehen kann.

»Okay«, stimme ich eifrig zu. Wir lächeln einander an.

»Dann erst einmal tschüss«, sagt Magnus, setzt sich wieder und zieht ein hauchdünnes Tablet aus seiner Tasche. »Schau noch einmal bei mir vorbei, bevor du dich nachher verabschiedest, Cora.«

Ich nicke, komme mir irgendwie wichtig vor. Ich folge Dr. Gold zurück in die Empfangshalle, bemühe mich, schnell zu gehen, aber nicht so schnell, dass ich ihr in die Hacken trete. Ihre Absätze klackern auf dem Marmorfußboden.

»Das Restaurant war schon das Interessanteste, fürchte ich«, sagt sie zu mir. »Das Essen ist einfach köstlich, das absolut Beste an Pomegranate, meiner Meinung nach. Du musst unbedingt noch zu Mittag essen, bevor du gehst. Die Pasta, die sie hier machen, könnte ich zu jeder Tages- und Nachtzeit essen.«

Ich muss kichern.

»Wenn wir hier durchgehen«, sie führt mich freundlich durch die Halle auf die westliche Seite des Gebäudes, »erreichen wir den Garten des Friedens, ein sehr bedeutsamer Raum.«

Er ist wunderschön. Wie ein Regenwald, nur drinnen. Warme, tropische Luft. Pflanzen, Blumen und das kühle Plätschern eines Fischteichs. Ich spähe hinein und muss beim Anblick der farbenprächtigen Karpfen, die durch das klare Wasser schwimmen, lächeln.

»Sind sie nicht schön?«, sagt Dr. Gold, lässt sich anmutig neben dem Teich auf die Knie nieder und kitzelt einen großen orange-weißen Karpfen. »Ich unterhalte mich gerne mit ihnen, wenn ich von gefühllosen Geschäftsleuten genug habe.«

Voller Ehrfurcht starre ich sie an. So ein Raum ist genau das Richtige für mich. Für jemanden, der leicht überwältigt und überreizt ist.

»Wir nennen es den Garten des Friedens.« Sie kommt wieder auf die Beine und streichelt das Blatt einer hoch aufragenden Pflanze. »Denn wir wissen, wie überwältigend das, was wir hier tun, für manche Menschen sein kann. Dann brauchen sie eine Atempause oder Zeit, sich vorzubereiten.«

Ich nicke, langsam. Sehe mich in dem wunderschönen, friedlichen Raum um.

»Ich glaube, hier gefällt es mir besser als im Restaurant«, murmele ich.

Widerwillig verlasse ich den Garten des Friedens und folge Gregor und Dr. Gold zum Aufzug.

»Die Aula, die Garderobe, die Schließfächer und die Toiletten sind alle unten«, sagt sie sachlich, während wir einsteigen und sie auf den Knopf für den ersten Stock drückt. »Damit will ich dich nicht langweilen. Und im ersten Stock bleiben wir auch nicht lange. Hier sind das Marketing und die Personalabteilung untergebracht. Langweiliger Erwachsenen-Kram.«

Ich lache. Sie ist ganz anders als die anderen Erwachsenen. Und das gefällt mir sehr.

Im ersten Stock geht es geschäftig zu. Leute drängeln sich um Computer-Bildschirme, sprechen in Headsets und lassen Tablets rumgehen.

»Sie sind gerade dabei, eine neue Werbekampagne zu starten«, erzählt Dr. Gold uns. »Alles Perfektionisten und Workaholics, wir lassen sie besser in Ruhe arbeiten.«

Dabei zieht sie eine Grimasse, und ich höre mich wieder lachen.

»Dein Stockwerk ist als Nächstes dran, stimmt's?«, sagt sie zu Gregor und stupst ihn in die Seite. Auch er lacht, und mir fällt auf, dass er ein wenig rot wird.

Wir erreichen das zweite Stockwerk. Es ist ein Großraumbüro, voller Leute, die mit gerunzelter Stirn an ihren Schreibtischen sitzen.

Gregor passt hier gut hin. Zu all den Computer-Experten und Technik-Nerds.

»Jetzt muss ich dich verlassen, Cora«, sagt Gregor und schlüpft hinter einen Schreibtisch. »Kommst du ohne mich zurecht?«

»Natürlich tut sie das«, sagt Dr. Gold mit einem herzlichen Lächeln, und ich merke, wie ich mich freue. »Das ist sowieso besser, wenn wir Frauen mal ein bisschen unter uns sind. Du kannst sie nachher unten zum Mittagessen treffen. Ich passe auf sie auf.«

»Was ist im dritten Stock?«, frage ich eifrig, als wir weiter nach oben fahren.

»Okay, ich weiß, das klingt jetzt, als könnte ich mich nicht entscheiden«, sagt sie fröhlich. »Aber das ist noch einer meiner Lieblingsorte.«

Die Türen öffnen sich und offenbaren das stillste Stockwerk bisher. Hier scheint es richtige Büros zu geben und nicht nur ein einziges Großraumbüro wie vorhin.

»Das sind unsere Wartezimmer«, sagt sie mit sanfter und liebevoller Stimme.

Jede Tür hat eine Nummer und ist geschlossen. Jede ist in einer anderen leuchtenden Farbe angemalt.

»Wofür sind die?«, frage ich sie.

»Sie sind das Herzstück von allem, was wir hier bei Pomegranate tun«, erklärt sie mir und schiebt die nächstgelegene Tür auf. Sie ist leuchtend rot. Ich gehe rein und werde sofort von Wärme und Friedlichkeit umfangen.

Der Raum ist wie ein Wohnzimmer eingerichtet. Oder

wie eine schöne Hotel-Lobby: bequeme Sessel und ein Couchtisch, auf dem ein Teeservice steht. An der Wand ist ein großer Spiegel. An der Decke hängt ein glitzernder Kronleuchter.

»Gefällt es dir?«

Sie will es wirklich wissen, versucht einzuschätzen, wie ich darauf reagiere. Wieder wallt diese Empfindung von vorhin in mir auf, von Bedeutung zu sein. Ich fühle mich so erwachsen. So geschätzt und respektiert.

»Es gefällt mir sehr gut«, antworte ich. »Gemütlich ist es hier.«

Sie drückt meinen Arm.

»Wofür sind diese Zimmer?«

»Nun, sie Wartezimmer zu nennen, ist eigentlich etwas irreführend. Es sind Begegnungsorte.«

»Begegnungsorte?«

Sie schaut mich an, und ihr Gesichtsausdruck ist ganz heiter und sanft. »Ja. Hier begegnen die Leute den Holos.«

Mir fällt plötzlich wieder ein, worum es bei Pomegranate geht. Wofür sie arbeiten. Ich lasse meinen Blick noch einmal durch den großzügigen, schön gestalteten Raum schweifen. Versuche mir vorzustellen, dass jemand in dem plüschigen hellrosa Sessel sitzt.

Und mit Geistern redet.

Ich denke an Gregors Erklärung: dass die Holos Menschen virtuell darstellen. Dass ihr Verstand, ihre Seelen und Persönlichkeiten in ein Hologramm hochgeladen werden.

»Wie funktioniert das?«, frage ich sie.

Sie zeigt an die Decke, und mein Blick folgt ihrem Finger. Die gesamte Decke ist mit kleinen, aber komplizierten Lampen ausgestattet. Jedenfalls sehen sie so aus. Wie Scheinwerfer in einem Theater.

Sie sind alle auf dieselbe Stelle gerichtet, auf einen der zwei Sessel.

»Da erscheint dann das Hologramm«, erklärt sie sanft. »Und der Gast kann sich dazusetzen.«

Unendlich viele Fragen schwirren mir durch den Kopf. Ich weiß nicht, welche ich zuerst stellen soll.

»Das ist ganz schön viel, ich weiß«, sagt sie leise. »Ich beantworte gerne jede Frage, die du hast. Das Programm kann anfangs etwas beängstigend und überwältigend sein. Aber wir reden schon lange von digitaler Unsterblichkeit und streben sie an, seit es künstliche Intelligenz gibt.«

»Wird den Hologrammen nicht irgendwann klar werden, dass sie eigentlich tot sind?«, frage ich und starre auf das Teeservice.

»Da kommen die Programmierer ins Spiel«, sagt sie triumphierend. Ihre Augen leuchten, während sie spricht. »Wir designen und beeinflussen die Hologramme insoweit, als wir sie mit einer ruhigen und beherrschten Grundeinstellung ausstatten. Sie können ihre Umgebung zwar wahrnehmen und sich auch daran anpassen, aber sie werden ihre Wirklichkeit nicht infrage stellen. Unsere Gäste spielen dabei allerdings auch eine Rolle. Sie werden gebeten werden, einen Vertrag zu unterschreiben, in dem sie versprechen, den Holos keine verfänglichen Informationen preiszugeben. Aber die meisten Leute werden sich einfach unterhalten wollen. Über irgendwelche Kleinigkeiten hauptsächlich – Sachen, über die sie sich immer gerne mit dieser Person unterhalten haben und die sie vermissen.«

Ich starre den leeren rosa Sessel an. Versuche mir vorzustellen, wie so ein Holo wohl aussehen mag. Wie es sich verhält. Wie es klingt.

»Du musst noch einmal wiederkommen«, sagt Dr. Gold zu mir, und die Wärme, die daraufhin in mir aufsteigt, lenkt mich davon ab, wie seltsam mir dieser Raum plötzlich erscheint. »Dann kannst du eine Person deiner Wahl treffen. Und dann kann ich alle weiteren Fragen beantworten, die dir bis dahin einfallen.«

Ich blicke zu ihr auf. »Danke, Dr. Gold.«

»Aber gern geschehen, Cora.«

Kapitel sechs

Allein im Universum

»Mein Dad war alles andere als amüsiert, als er herausgefunden hat, dass Gregor mir Pomegranate gezeigt hat.«

Adrien und ich sind in seinem Garten. Cerby jagt gerade auf dem Rasen eine Taube, während wir zwei auf einem sonnigen Fleckchen Rasen sitzen.

»Was ist passiert?«, fragt er mich.

»Keine Ahnung«, antworte ich. »Sie haben sich ins Auto gesetzt und sich etwa zwanzig Minuten lang angeschrien. Dann sind sie zurück ins Haus gekommen und haben für den Rest des Abends nicht miteinander gesprochen.«

Adrien schnaubt. »Tja, meine Eltern schreien sich auch gerne an, ohne Ende, meistens beim Abendessen. Ich fände es gut, wenn sie sich dazu ins Auto setzen würden.«

Ich betrachte ihn vorsichtig. »Worüber streiten sie?«

Worüber man in diesem Haus wohl streitet? Ich werfe einen Blick über die Schulter auf das Stadthaus. Voll mit edlem Schnickschnack und teurer Kunst. Leute, die dafür bezahlt werden, hinter dir aufzuräumen. Dein Essen zu kochen, dich durch die Stadt zu kutschieren.

Worüber um alles in der Welt kann man da streiten?

»Hauptsächlich über mich«, sagt Adrien mit einem selbstgefälligen Grinsen.

»Warum?«

»Dad war nicht wild darauf, dass ich zu Hause unterrichtet werde. Hat gesagt, das würde mich verderben.«

»Dich verderben?« Ich muss lachen. »Was soll das überhaupt heißen?«

»Ihm ist es sehr wichtig, normal zu erscheinen. Die Fassade aufrechtzuerhalten.«

Ich spüre, wie mein Lächeln verrutscht. Ich starre Adrien an. Zwinge mich, jedes Detail seines Gesichts zu erfassen, um zu verstehen, was hier vor sich geht. »Adrien, wie hast du das letzten Samstag gemeint, als du gesagt hast, dass ich wie du bin?«

Er guckt mich endlich an und sagt einfach: »Wir sind beide anders. Unser Verstand funktioniert anders.«

Es überläuft mich kalt, und meine Finger zucken nervös. »Was?«

»Na, so ist es eben«, sagt er und zuckt mit den Schultern. »Du bist autistisch, und ich habe ADHS.«

Ich hasse dieses Gefühl. Wenn die Leute Bescheid wissen – und nicht, weil ich es ihnen gesagt habe. Ich merke sofort, wenn eine Lehrerin oder ein Lehrer in der Schule es weiß. Ihr Verhalten verändert sich. Genauso wie wenn sie erfahren, dass Mum gestorben ist. Plötzlich sind sie voll ekelerregendem Mitleid. Behandeln mich von oben herab.

»Woher weißt du das?«, frage ich leise.

»Dein Bruder hat es gegenüber meinem Dad erwähnt. Warum, ist es ein Geheimnis?«

»Nein«, sage ich gereizt. »Aber es geht dich nichts an.«

Ein verletzter Ausdruck huscht über sein Gesicht, aber dann fängt er sich schnell. »Aber es bedeutet doch, dass wir uns irgendwie ähnlich sind.«

ADHS. Natürlich habe ich davon gehört, aber ich habe noch nie jemanden gekannt, der davon betroffen ist.

»Sie sind sozusagen miteinander verwandt«, ergänzt er. »Unsere Gehirne sorgen dafür, dass wir beide Außenseiter sind.«

Ich muss blinzeln. So habe ich das noch nie gesehen. Die meisten Informationen, die mir der Arzt nach der Diagnose mitgegeben hat, habe ich irgendwo in die Ecke geschmissen.

»Wir sind beide anders«, wiederholt er. »Deswegen verstehen wir uns auch so gut.«

»Wir verstehen uns gut? Du hast mir nachspioniert!«

»Und du hast mich zu Boden geworfen!«

»Weil du mir nachspioniert hast!«

Er lässt ein dröhnendes Lachen hören. Seine Hände flattern aufgeregt, als würde er unsichtbare Regentropfen abschütteln.

»Also, wie ist es denn so, ADHS zu haben?«, frage ich, eine bescheuerte Frage.

Adrien ertappt mich sofort und wirft mir einen Das-kann-nicht-dein-Ernst-sein-Blick zu. »Wie es denn so, Autistin zu sein?«

»Schon klar«, murmele ich. Ich hasse es, mich selbst zu erklären, dann werde ich das von ihm auch nicht verlangen.

Adrien grinst zufrieden.

»Also, ich verstehe nicht, was du für ein Problem mit Pomegranate hast«, wechsele ich einfach das Thema. »Es ist super.«

»Ach, wirklich?« Sein Ton ist sarkastisch.

»Ja«, fahre ich ihn an und gebe ihm einen leichten Schubs. »Es war total toll, und Dr. Gold war fantastisch.«

»Ach, Sabrina.«

Ich bin seltsam neidisch, dass er mehr über sie weiß als ich. »Ja, sie ist ein Genie.«

»Warum, weil sie immer so flott und dynamisch ist?«

Ich verdrehe die Augen. »Was auch immer. Du kapierst es einfach nicht.«

Er lacht, dreht sich auf den Rücken und blickt in den strahlend blauen Himmel. Ich tue es ihm nach. Frage mich einen Augenblick lang, wie es diesem seltsamen neuen Freund gelingt, mich alles vergessen zu lassen: die schrecklichen Schultage, den ständigen Streit zwischen Dad und Gregor, Zoe, die Tausende von Meilen weit weg ist und obendrein in einer anderen Zeitzone.

Und Mum.

»Weißt du, was ich mir gerne vorstelle?«, sagt er leise.

»Was denn?«

»Dass wir in diesem Augenblick auf dem Grund des Meeres liegen.«

Unbeholfen drehe ich den Kopf, um ihn anzusehen: »Was?«

»Guck mal.« Er zeigt mit dem Finger auf eine einsame kleine Wolke am Himmel. »Wir liegen am Grund des Meeres, eins, das nicht aus Wasser besteht. Und der Himmel ist die Oberfläche des Meeres, das sind die Wellen.«

»Aha.«

»Und genau über diesen Wellen liegen auch zwei Leute im Gras und gucken in den blauen Himmel.«

Ich stutze für einen Moment, dann muss ich lachen. So richtig aus dem Bauch heraus, so wie ich schon lange nicht mehr gelacht habe.

»Auf der anderen Seite des Himmels könnte eine völlig andere Welt sein.«

»Aber sicher, Adrien. Und woher willst du das wissen?«

»Tue ich nicht.« Er grinst. »Aber ich könnte mit dem Flugzeug hochfliegen und es herausfinden.«

»Ins Weltall?«

»Nee, nur bis über die Wolken.«

»Du darfst nicht fliegen. Niemand darf mehr wie früher Flugzeuge fliegen.«

»Ich schon. Mein Onkel Max bringt es mir bei. Er hat ein eigenes kleines Flugzeug und gibt mir Unterricht.«

»Echt?«

»Jup. Und wenn ich dann richtig gut bin, fliege ich über die Wolken hinweg und finde heraus, was dort ist.«

Ich war noch nie in einem Flugzeug. Niemand, den ich kenne, ist je geflogen. Anders als noch vor vielen Jahren ist das inzwischen nicht mehr erlaubt. Sogar Zoe musste mit einem Schiff nach Australien fahren. Wenn Adriens Onkel ein eigenes Flugzeug besitzt, muss er unglaublich reich sein.

»Wie fühlt sich das an, zu fliegen?«, flüstere ich.

Er stößt einen tiefen Seufzer aus, scheint mit jeder Faser seines Körpers zu lächeln. »Es fühlt sich an … als wäre man auf der steilsten, aufregendsten Achterbahn aller Zeiten. Außer, dass du alles unter Kontrolle hast. Du bist selbst für das Kribbeln verantwortlich.«

»Das klingt ganz gut.«

»Das ist es.«

Ich blinzele zum strahlend blauen Himmel auf. »Also, wer sind denn die beiden, die da oben über den Wellen liegen?«

»Einfach zwei Außerirdische wie wir.«

Ich zucke zusammen. »Ich bin keine Außerirdische.«

»Das sind wir doch beide irgendwie.«

»Nein«, sage ich stur. »Ich nicht.«

Cerby springt zu uns rüber und fängt an, Adriens Gesicht abzulecken, worauf wir beide nicht aufhören können zu lachen. Mein Ärger verflüchtigt sich, und ich frage mich wieder, wie es sich wohl anfühlen muss, zu fliegen.

Kapitel sieben

Ein Holo

Je länger ich auf die Uhr an der Wand des Klassenzimmers starre, desto langsamer bewegen sich die Zeiger.

Ich schaue auf meine Mappe runter. Dann wieder auf die Uhr.

Ich kann es kaum erwarten, dass die Schule zu Ende ist, weil Adrien und sein Vater mich abholen, um noch einmal mit mir zu Pomegranate Tech zu fahren. Wir wollen zusammen zu Mittag essen, und dann darf ich eins der Hologramme kennenlernen.

»*Coraaa …?*«

Beim Klang meines Namens drehe ich mich um, höre, wie die Vokale in die Länge gezogen werden, den weinerlichen, quengeligen Ton.

»Ja, Rebecca?«

Rebecca und ihre Clique schauen auf mich runter, ein bisschen sehen sie wie eine Gruppe Erdmännchen aus. Bis Zoe weggezogen ist, war mir nicht klar gewesen, wie sehr ich mich darauf verlassen habe, dass sie mir den Weg durch den Schulalltag ebnet.

»Du machst bei uns mit.«

Rebecca redet immer ganz langsam mit mir. Als würden wir nicht dieselbe Sprache sprechen. Gut möglich, dass sie das wirklich glaubt.

»Mitmachen?«

»Bei der Projektgruppe.«

»Oh.« Endlich verstehe ich, was sie meint. Geschichte. Wir sollen in Gruppen zusammenarbeiten. »Ja.«

Sie atmet tief aus und lacht kurz, wie eine genervte Mutter, und dann erscheint ein vollkommen falsches Lächeln auf ihrem Gesicht. »Willst du einfach deinen Teil fertig machen, und am Ende fügen wir alles zusammen?«

Gruppenarbeit. Etwas, das ich hasse. Ich arbeite tatsächlich besser allein. Früher war ich immer ganz begeistert und aufgeregt, wenn ich mit anderen zusammenarbeiten konnte. Doch wenn man soundsovielmal ausgelacht, übergangen und ignoriert wurde, kapiert man es irgendwann.

»Klar«, sage ich zu Rebecca und nicke ein wenig zu herzlich. »Das klingt gut.«

Sie scheinen alle erleichtert aufzuseufzen, froh, dass sie mich nicht bei der Arbeit ertragen müssen.

»Cool.« Rebecca schiebt mir das Arbeitsblatt zu, nimmt ihren Textmarker und streicht ziemlich viele Teile der Aufgaben an. »So, bitte sehr. Mach das doch bis kurz vor der Abgabe fertig und gib es mir dann am Abend vorher, ja? Danke.«

Ich hasse mich dafür, dass ich mir solche Mühe gebe, nett zu sein. Ich will ihr sagen, dass ich das natürlich so machen kann und auch werde, aber sie hat sich schon abgewandt und unterhält sich wieder mit den anderen.

Dann klingelt es, und meine schlechte Stimmung verfliegt.

Pomegranate. Jetzt geht's los.

Ich erwische mich immer wieder dabei, wie ich die Luft anhalte, wenn ich aus dem Schulgebäude stürme. Massen von Leuten, viel zu wenig Platz, das geht mir zu nah. Wenn ich den Spielplatz erreicht habe, fühlt es sich immer so an, als würde ich auftauchen. Ich ringe nach Luft, da entdecke ich den schwarzen Lexus direkt vor dem Schultor.

»Das ist nicht euer Auto.«

Hinter mir stehen Rebecca und Gemma und starren den Wagen an, aus dem Magnus und Adrien gerade aussteigen.

»Das ist mein, ähm …«

Was ist Adrien eigentlich? Ein Freund? Das sagt er, aber ihn so zu bezeichnen, kommt mir viel zu früh vor, auch wenn es sich einfach und ganz normal anfühlt, mit ihm Zeit zu verbringen. Doch mir ist bewusst, dass sich die Regeln in den letzten Jahren geändert haben: Plötzlich können Mädchen und Jungs nicht mehr einfach befreundet sein.

Aber Adrien sind diese Regeln egal.

»Das ist mein Freund.«

Ich überrasche mich selbst mit dieser Aussage. Es ist einfach rausgeplatzt.

»Er geht aber nicht hier zur Schule«, sagt Gemma, als wäre die Vorstellung, sich mit Leuten aus anderen Schulen anzufreunden, völlig abwegig.

»Nein, er wird zu Hause unterrichtet«, erkläre ich.

Magnus zeigt gerade mit strenger Miene auf Adriens Hemd, das ihm aus der Hose hängt, und sagt etwas, was ich nicht hören kann. Adrien beachtet ihn gar nicht. Er blickt plötzlich auf, entdeckt mich, und ein strahlendes Lächeln breitet sich über sein Gesicht aus. Er winkt und macht das so auffällig und albern wie möglich, es erinnert mich an einen Cartoon.

Ich muss grinsen.

Jetzt legt er gerade einen seltsamen Stepptanz hin.

Kopfschüttelnd steigt Magnus zurück ins Auto und knallt die Tür hinter sich zu.

Adrien geht inzwischen hinter der halbhohen Schulmauer entlang und tut dabei so, als würde er eine unsichtbare Treppe runtergehen. Seine untere Hälfte verschwindet nach und nach und dann auch sein Oberkörper, bevor er sich duckt und versteckt.

Ich pruste vor Lachen und schlage mir dann die Hand vor den Mund. Gemma und Rebecca sehen uns beide an, als hätten wir sie nicht mehr alle.

Ich stelle fest, dass mir das egal ist.

Ich schlendere zur Mauer rüber und gucke auf Adrien runter, während er so tut, als würde er schlafen.

»Da hast du ja eine ziemliche Show abgezogen.«

»Danke schön«, antwortet er, ohne die Augen zu öffnen. »Ich trete sechsmal die Woche auf, Vorstellungen am Nachmittag inklusive.«

»Hoch mit dir, ich will los.«

Er greift nach meinem Handgelenk, um sich hochzuziehen, und lächelt mich an, als wir uns gegenüberstehen. Ich schüttele mit dem Kopf und tue so, als wäre ich genervt. Er öffnet mir die Hintertür des Autos, und etwas verlegen rutsche ich rein.

»Hi, Mr Hawkins.«

»Magnus bitte, Cora«, sagt er freundlich, ohne von seinem Tablet aufzuschauen.

»Rutsch mal rüber!«

Adrien stupst mich in die Seite und steigt auch ein, schließt die Tür mit einem Kichern.

»Sind wir so weit?« Magnus schnipst mit dem Finger, und der Chauffeur, Lloyd, fährt los.

Ich räuspere mich nervös und blicke durch die getönten Scheiben nach draußen.

»So, Cora«, spricht Magnus mich an, und ruckartig wende ich mich ihm zu. »Ich erkläre dir noch ein paar Sachen, bevor du gleich das Hologramm triffst, okay? Noch ist es ein Prototyp, aber es lohnt sich trotzdem.«

»Okay«, sage ich schnell.

»Rede einfach mit ihm wie mit jedem anderen. Wie mit jemandem im Krankenhaus zum Beispiel. Wenn du jemanden im Krankenhaus besuchst, sprichst du die Person auch nicht darauf an, dass es ihr nicht gut geht, nicht wahr? Dann sprichst du über schöne Dinge.«

Ich denke an Mum. An den Tropf in ihrem Arm. Wie sie einmal eine Krankenschwester beschimpft hat.

»Okay«, sage ich leise.

»Solange du den Schein wahrst«, fährt er fort und wischt hektisch auf seinem Tablet rum, während er mit mir spricht, »kann nichts schiefgehen.«

»Was passiert, wenn ihnen jemand sagt, dass sie ein Hologramm sind?«

»Dann werden sie total verwirrt«, antwortet Adrien anstelle seines Vaters. »Keiner von denen hat bisher kapiert, dass er kein Mensch ist, und wenn du es ihnen sagst, regen sie sich schrecklich auf.«

»Weshalb wir das nicht tun werden«, sagt Magnus bestimmt. »Sie haben auch Empfindungen. Sie sind so programmiert, dass sie sich auf ihre Wirklichkeit einstimmen können, und ihnen das zu nehmen, verstößt massiv gegen all unsere Regeln und Bestimmungen.«

»Verstanden«, sage ich leise.

»Wunderbar. So, sprechen wir übers Anfassen. Sie werden unglaublich echt aussehen, Cora. Dann willst du sie vielleicht berühren.«

Ich unterbreche ihn nicht, um ihm zu sagen, dass mir Berührungen meistens zu überwältigend sind.

»Solltest du es versuchen, wirst du nichts spüren. Schließlich sind das Hologramme. Aber das wissen sie nicht.«

»Also dann … mache ich zum Schein einfach mit.«

Daran bin ich gewöhnt. Die meisten Leute sind nicht autistisch. Da mache ich das die ganze Zeit.

»Genau richtig«, sagt Magnus und strahlt mich im Rückspiegel an.

Wir fahren weiter, und Magnus geht an sein Handy, um

ein geschäftliches Gespräch entgegenzunehmen. Ich lehne mich zu Adrien hinüber und flüstere: »Wen treffe ich denn eigentlich?«

»Meine Lippen sind versiegelt«, flüstert er zurück.

»Ach komm«, zische ich. »Sag schon!«

»Irgend so eine Schauspielerin, aber ich kenne ihre Filme nicht.«

Promis. Ich weiß, dass das auch ein Teil von Pomegranate Tech ist: Promis, die noch leben und ihre Ebenbilder und ihre digitale Seele zur Verfügung stellen, damit ein breites Publikum sie »kennenlernen« kann.

Meine Finger kribbeln, und ich bin nervös, kann es kaum abwarten. Adrien wirkt nicht gerade begeistert, Pomegranate hängt ihm inzwischen bestimmt einfach zum Hals raus.

Das Auto hält vor dem Gebäude, und Magnus beendet sein Telefonat. Ich folge ihm nach drinnen und lächele die Empfangsdame angespannt an. Wie schon beim letzten Mal muss ich mich anmelden, und sie nickt Magnus und Adrien zu.

»Bist du bereit?«, fragt mich Adrien, als wir in der Marmorhalle stehen.

»Ja«, sage ich mit zitteriger Stimme. »Wer ist es?«

»Della Lacy«, sagt Magnus, als wir in den Aufzug steigen.

Mir klappt die Kinnlade runter. Die kennt wirklich jeder. Sie spielt in Action-Filmen mit, in Komödien, in preisgekrönten Dramen. Ich liebe ihre Filme.

Mum liebt sie auch. Oder: Hat sie geliebt. Wir sind immer in die kleinen Programmkinos gegangen, um ihre Filme zu sehen. Mum hat dann jedes Mal ihre Schuhe ausgezogen und bewundernd zu Della aufgeschaut.

Und ich auch. Wenn ich nicht gerade Mum betrachtet habe.

»So, Cora.« Magnus tritt aus dem Aufzug. Wir stehen vor den Wartezimmern. »Nimm dir einen Augenblick Zeit, wenn du sie siehst. Setz dich hin, mach dich mit der Situation vertraut, und dann wecken wir sie auf, in Ordnung? Aber erst dann, wenn du bereit bist.«

Ich weiß nicht, was mich erwartet, aber ich nicke schnell. Magnus scheint zufrieden zu sein. Er gibt Adrien einen kleinen Schubser. »Mein Sohn wird dich begleiten. Er ist inzwischen ein Profi.«

Adrien seufzt müde, schenkt mir aber ein blasses Lächeln und nickt beruhigend.

Ich hole tief Luft, und Magnus gibt mir mit einem Nicken zu verstehen, dass ich eintreten darf.

Sie sitzt in dem rosafarbenen Sessel, mit dem Gesicht zu uns, die langen Beine übereinandergeschlagen. Sie ist vollkommen eingefroren, wie ein Foto.

Aber sie sieht so echt aus: ihre glänzenden Augen, ihre schönen Haare. Sie sieht genauso aus wie im Kino. Leuchtender Nagellack, Perlen.

Etwas unsicher nehme ich ihr gegenüber Platz, und plötzlich habe ich keine Ahnung, was ich gleich sagen soll. Ich starre sie an. Das Hologramm von ihr.

Sie ist so leibhaftig, so eindeutig menschlich.

»Bereit?«, murmelt Adrien.

Ich bekomme kein Wort heraus, aber nicke schnell, ohne den Blick von ihr abzuwenden.

Adrien hebt den Arm, während er sich neben mich hinsetzt, und wie durch Zauberhand ist sie lebendig. Irgendwo beobachtet irgendjemand das alles, aber darüber denke ich jetzt nicht nach.

Ich muss zu sehr staunen.

»Oh«, sie lacht melodisch und sieht mich direkt an. »Tut mir leid. Da habe ich gerade den Faden verloren.«

»Das macht nichts«, flüstere ich. »Wie … geht es Ihnen?«

Mich mit Menschen zu unterhalten, ist nicht gerade meine Stärke, geschweige denn mit Hologrammen, aber auf meine Frage hin strahlt sie mich an.

»Wunderbar, meine Liebe«, sagt sie lächelnd. »Vielen Dank. Und wie geht es dir?«

»Ganz gut«, sage ich wahrheitsgemäß. »Hinter mir liegt ein langer Schultag.«

Das Gesicht des Hologramms verwandelt sich, der Ausdruck umwerfend schön, voller Mitgefühl. Sie lehnt sich ein wenig nach vorne, und zum ersten Mal seit Langem genieße ich den Augenkontakt. Ich kann goldene Sprenkel in ihren braunen Augen erkennen. Alles an ihr ist glatt und absolut straff. Sie ist wie ein schönes Gemälde. Nur in echt. So echt, dass ich mich immer wieder davon abhalten muss, das laut auszusprechen.

»Ich habe die Schule immer gehasst«, sagt sie, als wäre das ein schönes Geheimnis.

Ich atme lange aus und lache kurz. »Wirklich?«

»Aber ja«, sagt sie mit heller Stimme. »Eines Tages wirst du darauf zurückblicken und darüber lachen, mein Engel.«

Ich spüre, wie mir eine Träne übers Gesicht läuft. Ihre Augen werden weit vor Mitgefühl, und sie streckt die Hand aus, um sie mir wegzuwischen.

Obwohl ich ihre Berührung gar nicht spüren kann, sie nicht wissen lassen kann, dass ihre Geste völlig substanzlos ist, habe ich mich noch nie so sehr mit einem Menschen verbunden gefühlt.

Kapitel acht

Sozialstudien

»Ganz schön beeindruckend, nicht wahr?«

Ich sitze in dem wunderschönen stillen Garten des Friedens im Erdgeschoss von Pomegranate und blicke auf die Karpfen im kühlen, klaren Wasser hinunter. Ohne viel Aufhebens hat sich Dr. Gold einfach leise neben mich gesetzt.

»Ja«, antworte ich. »Es ist … unglaublich.«

»Das muss man erst mal verarbeiten, ich weiß.« Sie lässt ein wenig Fischfutter in den Teich fallen. »Aber an diesem Ort werden Träume wahr.«

»Es ist wundervoll.«

»Danke, Cora«, sagt sie sanft. »Danke schön. Ich bin so froh, dass du verstehst, was wir hier tun.«

»Della lebt natürlich noch«, sage ich schnell. »Aber ich hätte sie bestimmt nie kennengelernt, wenn es dieses Unternehmen nicht geben würde.«

»Ja.«

»Es ist einfach so unglaublich. Wenn sich das schon so anfühlt, einen Promi zu treffen, dann kann ich mir gar nicht vorstellen …«

»Wie es ist, einen geliebten Menschen wiederzusehen«, beendet sie den Satz für mich. »Ich weiß.«

»War das Ihre Idee? Die Wartezimmer?«

»Ja«, antwortet sie. »Ich … nun … ich habe meine Mutter verloren. Und das war das Schwerste, was ich je durchmachen musste. Ich war die einzige MINT-Absolventin in einem Labor voller Jungs, meine ganze Karriere lang musste ich immer darum kämpfen, ernst genommen zu werden. Aber sie zu verlieren, war der härteste Kampf, dem ich mich je stellen musste.«

Ich starre zitternd zu ihr auf. »Meine Mum ist auch gestorben. Vor einem Jahr.«

Sie schaut mir in die Augen. »Wirklich?«

»Ja!«

Sie lacht traurig und drückt meine Hand. »Dann weißt du, wie es ist.«

Ich nicke heftig. Und wie ich das weiß!

Auf der Rückfahrt bin ich total erschöpft und überreizt, also lehne ich meinen Kopf einfach an das getönte Fenster und lasse Adriens endloses Gerede über das Fliegen an mir vorbeiplätschern.

»Mensch, das ist dir echt unter die Haut gegangen, stimmt's?«

Ich kehre zurück in die Gegenwart. »Hä?«

»Dieser Ort. Das Hologramm. Das ist dir unter die Haut gegangen.«

»Auf eine gute Art«, entgegne ich. »Die beste Art.«

»Das ist doch alles nur ein Trick«, spottet er.

»Adrien«, Magnus dreht sich tatsächlich in seinem Sitz um, damit er seinem Sohn einen bösen Blick zuwerfen kann. »Sei still.«

»Es ist kein Trick«, fauche ich. »Niemand hat mich ausgetrickst. Ich weiß ja, dass sie ein Hologramm war.«

»Es. *Es* war ein Hologramm.«

»Sie.«

»Du glaubst also wirklich, dass künstliche Intelligenz einen Menschen wiederherstellen kann?«

»Nachdem ich das gesehen habe?« Mit dem Daumen zeige ich zurück in Richtung des Firmengebäudes, das langsam in der Ferne verschwindet. »Ja.«

Ganz offensichtlich ist er genauso erschöpft wie ich, und so schweigen wir beide, während das Auto durch die stillen Straßen gleitet. Ich setze meine Kopfhörer auf. Tauche in meine Lieblingssongs ein wie in die Arme von alten Freunden. Nach viel zu vielen Reizen ist die Musik wie ein beruhigender Balsam. Ich scrolle durch Dellas Social-Media-Beiträge. Ich bin erstaunt und begeistert, dass die Fotos, die sie hochgeladen hat, genau so aussehen wie das Hologramm. Genauso schön, genauso lebendig.

Als wir bei mir zu Hause ankommen, begleitet mich Magnus bis zur Haustür.

»Nun, Cora«, spricht er mich an, bevor ich reingehe. »Es freut mich sehr, dass dir Pomegranate Tech gefallen hat.«

»Es war einfach toll«, gebe ich zu.

»Das ist außerordentlich schön zu hören. Außerdem …

also, Greg hat es vielleicht schon erwähnt? Ich fürchte, ich habe ihn deswegen ganz schön unter Druck gesetzt.«

»Sie meinen, Sie möchten mich für Pomegranate interviewen?«

Er lächelt, die Lachfältchen um seine Augen herum vertiefen sich. »Nun, ja. Ich weiß deine Offenheit zu schätzen.«

»Mein Dad ist im Moment total dagegen, Mr Hawkins.«

»Magnus. Und ich habe mir überlegt, dass ich vielleicht mal mit ihm darüber reden sollte.«

»Und die Antwort wäre dann immer noch Nein.«

Magnus fliegt fast rückwärts unsere Eingangsstufen runter, als die Haustür auffliegt und Dad diese Ansage macht.

»Dad, bitte«, sage ich mit zusammengebissenen Zähnen. »Es ist so wunderbar dort. Du glaubst nicht …«

»Rein mit dir, Cora.«

Magnus hat sich wieder gefangen, er lächelt Dad an. »Sie haben ein wunderschönes Zuhause«, sagt er und mustert die Fassade unseres Hauses. »Ich komme viel zu selten in diesen Teil von London.«

»Sollten Sie aber«, sagt Dad kühl. »Hier finden Sie die richtigen Londoner. Nicht die Tagestouristen aus Surrey. Oder irgendwelche Rolex-Träger.«

Das Lächeln auf Mr Hawkins' Gesicht verrutscht. »Ja. Wie reizend.«

Sie schütteln sich fest die Hände, während ich an Dad vorbei ins Haus gehe. Als ich mich umdrehe, bemerke ich, dass Adrien ausgestiegen ist und am Auto lehnt. Er sieht sehr ernst aus.

Aber er blickt nicht mich an. Sondern Magnus.

Ich habe keine Ahnung, was gerade in ihm vorgeht. Doch der Ausdruck in seinem sonst so fröhlichen Gesicht ist ganz sonderbar.

★

Ich bin in der Schule und total erschöpft. Ich bin lange aufgeblieben, um meinen Teil der Aufgaben für die Projektgruppe fertigzustellen. Ständig musste ich dabei an Della und Pomegranate denken und konnte mich nicht konzentrieren.

»Sind das die Aufgaben?«

Rebecca lässt sich auf den Platz neben mir fallen und nickt in Richtung der Mappe, die vor mir liegt.

»Jup«, sage ich, reibe mir die Augen und schiebe sie dann zu ihr rüber.

Dafür, dass sie mir die halbe Arbeit aufgebrummt hat, blättert sie sehr schnell und gleichgültig durch die Seiten.

»Sieht gut aus«, sagt sie schließlich und schiebt den Hefter zurück. Sie wühlt in ihrer Designer-Tasche und zieht eine durchsichtige Mappe raus. »Kannst du noch mal über Gemmas Teil gehen?«

Ich sehe zu Gemma rüber. Sie tippt gerade etwas in ihr Handy und spricht mit Sian. Ich nehme mir ihren Teil des Gruppenprojekts und überfliege ihn. Er ist schlecht geschrieben, so schlecht, dass ich richtig zusammenzucke.

»Um ehrlich zu sein, muss ich das wohl komplett neu schreiben.«

Rebecca wird es mir jetzt bestimmt wieder wegnehmen, aber stattdessen nickt sie und sagt: »Cool, okay.«

Bevor ich noch etwas sagen kann, kommen Mr Ramsey und Miss Mabuse ins Klassenzimmer. Mit zitternden Hände lege ich Gemmas Arbeit und meine in meine Schultasche. Ich habe nur noch heute Abend Zeit, daran zu arbeiten, und eigentlich bin ich bei Adrien zum Abendessen eingeladen.

Mr Ramsay albert mit ein paar von den Jungs herum, während Miss Mabuse zu mir rüberkommt.

»Alles in Ordnung, Cora?«

Schnell schließe ich meine Schultasche. »Jup.«

»Bist du dir sicher?«, fragt sie und wirft einen Blick auf Gemma und Rebecca.

»Aber klar«, sage ich schnell. »Alles gut hier, Miss.«

Ich kann sehen, dass sie nicht lockerlassen will, aber dann beginnt Mr Ramsey mit dem Unterricht.

Ich umklammere meine Schultasche; das gesamte Projekt für Geschichte ist jetzt da drin und hängt allein von mir ab.

»Also«, spricht Miss Mabuse die gesamte Klasse an und hält einen Stapel Flyer in die Höhe. »Bevor ihr heute nach Hause geht, müsst ihr alle einen hiervon mitnehmen, denn ich weiß ja, dass ihr nie eure E-Mails lest.«

Zustimmendes Gekicher ist zu hören. Als sie mir einen Zettel aushändigt, nehme ich ihn vorsichtig entgegen.

Eine Disco. Eine Schul-Disco.

Ich liebe Musik. Sie erweckt alles in mir zum Leben. Ich habe immer das Gefühl, einen kleinen Kasten im Herzen zu tragen – einen geheimen, versteckten Teil meines Selbst. Ich habe so viel in diesen Kasten eingeschlossen, was nie jemand zu Gesicht bekommen wird. Aber wenn ich Musik höre, allein in meinem Zimmer durch meine riesigen Kopfhörer, fliegt der Kasten auf, und alle Farben strömen hinaus und verschmelzen irgendwie mit der Musik. Ich liebe dieses Gefühl. Die Maske vor meinem Gesicht, all meine Bedenken verschwinden, und die versteckten Teile meiner Seele kommen zum Vorschein.

Vor anderen Leuten kann ich das nicht. Ich habe es schon mit Schul-Discos versucht. Doch anstatt gemeinsam die Musik zu genießen, werden komische Spielchen gespielt. Die anderen flüstern, werfen mir seltsame Blicke zu, zeigen mit dem Finger auf mich.

»Gehst du hin?«, fragt Rebecca und nickt in Richtung des Flyers, den ich gerade in meine Schultasche stecke.

»Oh.« Ich schüttele den Kopf. »Ich glaube nicht.«

»Das ist bestimmt besser so«, sagt sie, worauf Gemma laut gackert. Die anderen versuchen offenbar, ein Kichern zu unterdrücken, und wenden sich von mir ab.

Ich starre geradeaus und denke daran, dass ich nachher nach Knightsbridge fahren werde und ganz weit weg sein.

★

Sobald ich Adriens Haus betrete, weht mir der Duft von Meeresfrüchten, Tomatensoße, Knoblauch und Gewürzen entgegen, und mein Magen reagiert mit einem lauten Knurren. Ich habe das Mittagessen ausgelassen, um das Projekt für Geschichte auf dem Klo zu machen, und seitdem beschwert sich mein Magen.

»Da bist du ja!«

Adriens Mum – inzwischen weiß ich, dass sie Ria heißt – steckt ihren Kopf aus der Küchentür am Ende des Gangs. Sie ist barfuß, aber ansonsten wie immer makellos gekleidet. Ihr eisblondes Haar und roter Lippenstift sehen zu perfekt aus für jemanden, der gerade Abendessen kocht.

Bella taucht plötzlich neben ihr auf, Topfhandschuhe an den Händen, in denen sie einen großen Topf Nudeln hält.

»Setzt euch schon mal ins Esszimmer, ihr Süßen, Essen ist gleich fertig!«, ruft Ria fröhlich.

Bella seufzt und ergänzt dann: »In zehn Minuten.«

Adrien nimmt mir meine Schultasche ab und schmeißt sie in das Kabuff unter der Treppe. Dann geht er voran, in ein sehr schickes Esszimmer: ein schwarzer Marmortisch mit sechs großen Lederstühlen drum herum. In der Mitte stehen eine Schale mit Zitronen und zwei Kerzenleuchter. Adrien zieht einen der weißen Lederstühle über die glänzenden Holzdielen und setzt sich. Ich zögere. Am Kopfende des Tisches soll ich bestimmt nicht sitzen, aber mich überkommt eine seltsame Schüchternheit bei dem Gedanken, mich neben ihn zu setzen.

»Du kannst dich hinsetzen«, sagt er vergnügt.

Ich entscheide mich für den Platz ihm gegenüber.

»Eine weiterer schrecklicher Tag?«, fragt er und klopft einen Rhythmus auf den Marmortisch. Ich beobachte, wie schnell sich seine Hände bewegen, mit welcher Energie sein ganzer Körper erfüllt zu sein scheint. Er kann einfach nicht still sitzen.

»Irgendwie schon.«

»Was ist passiert?«

»Also, was genau war es eigentlich, was dir klargemacht hat, dass die Schule nichts für dich ist?«, frage ich ihn direkt.

Seine Hände werden ruhiger, und er denkt über die Frage nach. »Ich hatte immer ein völlig anderes Tempo.«

Das ist nicht ganz, was ich erwartet habe. »Was?«

»Entweder war ich viel schneller als alle anderen, oder ich konnte mich überhaupt nicht konzentrieren. Also, wenn ich irgendwas langweilig finde, dann mache ich einfach dicht.«

Er kommt mir nicht wie jemand vor, der sich schnell langweilt. Aber er scheint einen Akku zu haben, der irgendwann leerläuft; das ist mir aufgefallen, seit wir uns kennen.

Genau wie ich. Er ist wach und laut und aufgeregt, bis der Akku leerläuft, und dann muss er allein sein.

»Die Lehrerinnen und Lehrer haben immer gesagt, dass ich mich nicht genug anstrenge. Dass ich faul bin. Und ich wusste nicht, wie ich ihnen erklären soll, dass mein Gehirn manchmal buchstäblich den Gang wechselt, wenn es nicht gefordert ist. Ich war gut in Mathe und Geschichte, aber nicht in Rechtschreibung. Aber weil ich in diesen anderen Fächern so gut war, haben sie gesagt, dass ich mir bei der Rechtschreibung nicht genug Mühe gebe.«

Das ist mir so vertraut, dass es fast unheimlich ist: Wenn man in einem Fach richtig gut ist, können manche Lehrer einfach nicht verstehen, dass man in einem anderen ganz schlecht sein kann.

»Außerdem fanden mich die anderen in der Klasse echt seltsam«, ergänzt er leise und fängt wieder an, auf den Tisch zu trommeln. »Also hat Mum dafür gesorgt, dass ich da rauskomme.«

Bevor ich etwas sagen kann, platzt Ria mit einer riesigen Schüssel in den Raum. »Salat!«, ruft sie, als wäre das das Aufregendste auf der Welt. »Bella hat sich um den Hauptgang gekümmert, aber Salat ist meine Spezialität.«

Cerby ist ihr ins Esszimmer gefolgt, seine Nase zuckt, anscheinend versucht er herauszufinden, ob das geheimnisvolle Essen in der Schüssel für ihn sein könnte. Nachdem Ria sie mit großer Geste auf den Tisch gestellt hat, fischt sich Adrien einen Croûton raus und wirft ihn dem Hund zu, der ihn geschickt auffängt.

»Ach, benimm dich«, lacht Ria und kehrt in die Küche zurück. Cerby trottet ihr nach.

»Ich weiß einfach nicht, wie ich ohne Zoe in der Schule zurechtkommen soll«, sage ich wahrheitsgemäß. »Sie hat Menschen einfach verstanden. Sie konnte sich innerhalb von drei Sekunden mit jemandem anfreunden.«

Adrien runzelt die Stirn. »Wir haben uns auch in drei Sekunden angefreundet.«

Ich atme tief aus. »Okay, aber das war nicht normal. Zoe schließt auf *normale* Art Freundschaften in drei Sekunden. Indem sie alle richtigen Fragen stellt und immer das Richtige sagt.«

»Warum ist es dir so wichtig, normal zu sein?«, fragt Adrien genervt. Er nimmt sich ein Blatt Salat aus der Schüssel und beißt rein.

»Warum ist es dir überhaupt nicht wichtig?«, fahre ich ihn an und nehme mir ein Stück Tomate. »Möchtest du dein ganzes Leben lang außen vor bleiben? Ich nämlich nicht.«

»Es ist mir einfach inzwischen egal«, gibt er offen zu. »Und seitdem ich mir keine Gedanken mehr darüber mache, ist alles einfacher geworden.«

»Na, für Jungs ist es sowieso anders«, seufze ich.

Einen Augenblick lang herrscht peinliches Schweigen.

»Ich habe einfach nur Hunger«, murmele ich schließlich, um das Gespräch wieder aufzunehmen. »Ich hatte heute kein Mittagessen.«

Er nickt verständnisvoll. »Warum nicht?«

»Ich war auf dem Klo und habe unser Gruppenprojekt für Geschichte gemacht.«

Er blinzelt. »Auf dem Klo?«

»Ja.«

»Warum nicht in der Bücherei?«

»Unsere Schule hat keine Bücherei. Und während der Pause dürfen wir nicht in den Klassenzimmern oder im Flur sein. Also muss ich meine Hausaufgaben auf dem Klo machen.«

»Aber du hast gesagt, es wäre ein Gruppenprojekt.«

»Ja, schon.« Mit einer Handbewegung wische ich die Frage weg. »Die Mädchen, mit denen ich in einer Gruppe bin, also, eine von ihnen hat ihren Teil nicht richtig hingekriegt, deshalb habe ich es gemacht. Wir müssen morgen abgeben, deswegen musste ich es in der Mittagspause machen.«

»Was? Warum?«

»Wie meinst du das, warum? Wir müssen eben morgen abgeben.«

»Aber warum zum Teufel machst du die Hausaufgaben anderer Leute?«

»So ist es nicht«, versuche ich ihn zu beruhigen und werfe einen Blick auf die offene Tür. »Wir werden als Gruppe benotet.«

»Dann sollten alle ihren Teil dazu beitragen.«

Ich bringe ihn zum Schweigen, als ich vor der Tür Stimmen und Schritte höre, die sich nähern. Bella und Adriens Mum kommen rein, die eine trägt eine riesige Schüssel Linguine mit Muscheln, Knoblauch, Chili, Tomaten und Tintenfisch, die andere einen Teller mit frischem, warmem Baguette.

»Hier sind wir«, sagt Ria zufrieden und strahlt uns beide an. »Lasst es euch schmecken.«

Sie und Bella setzen sich zu uns, und ich lege mir vorsichtig die Stoffserviette auf den Schoß. Adrien lädt sich den Teller mit Pasta und Muscheln voll, und ich tue es ihm nach.

»Ich finde es so schön, dass ihr beiden so gute Freunde geworden seid«, zwitschert Ria, als sie sich einen Drink eingießt. »Das ist etwas sehr Kostbares. Solche Freundschaften schließt man nur, wenn man jung ist. Das fehlt mir, wisst ihr?«

Ich habe noch keinen einzigen Erwachsenen getroffen, der mir das Erwachsensein wirklich schmackhaft machen konnte.

»Jetzt dauert es nicht mehr lange bis zu den Sommerferien.« Adriens Mum hält weiter das Gespräch am Laufen, während ihr Sohn und ich uns das Essen reinschaufeln. »Du kannst uns besuchen, wann immer du magst, Cora.«

Dad und Gregor werden den ganzen Sommer lang arbeiten müssen, also ist das keine schlechte Idee.

»Das fände ich nett, Mrs Hawkins.«

»Normalerweise verbringen wir die Sommer in Frankreich, aber Adriens Vater steckt bis zum Hals in Arbeit, also bleiben wir dieses Jahr in London.«

Ich weiß nicht so richtig, was ich darauf sagen soll, also versuche ich es mit einer höflichen Floskel: »Danke für das Abendessen, Mrs Hawkins, es ist wirklich lecker.«

»Aber gerne doch«, entgegnet sie hocherfreut. »Du musst dich nicht bedanken.«

»Pomegranate war auch total beeindruckend«, sage ich.

Sie blickt mich an, und einen Augenblick lang scheint ihr Gesicht zu erstarren, bevor ihr Lächeln noch strahlender wird. »Freut mich, dass es dir gefallen hat. Hat mein Mann dich herumgeführt?«

»Nein, aber Dr. Gold.«

»Ach, klar.« Rias Lächeln ist nicht mehr ganz so strahlend. »Das Superhirn hinter dem Ganzen.«

»Sie ist einfach so großartig«, sage ich, nachdem ich einen großen Klumpen Linguine und Tomate runtergeschluckt habe.

»Ja«, sagt Ria leise, »ganz die Karrierefrau.«

Plötzlich höre ich, wie Cerby auf die Beine kommt und

ins Esszimmer rennt, sich an Adriens Seite setzt. Er winselt leise. Da wird die Haustür aufgeschlossen.

»Bella!«, flüstert Ria mit scharfer Stimme.

Bella nimmt schnell ihren Teller und verschwindet in die Küche. Ich bin vollkommen verwirrt.

Magnus Hawkins betritt den Raum und lächelt, als er mich sieht.

»Cora. Grüß dich.«

»Hallo, Mr Hawkins.«

»Du bist aber früh zu Hause«, sagt Ria und trinkt einen Schluck aus ihrem Glas.

»Ich wollte den italienischen Abend nicht verpassen«, sagt Magnus und küsst sie kurz auf den Kopf. Er runzelt die Stirn, als er Cerby sieht, und setzt sich dann an das Kopfende des Tisches. Bella taucht auf, die Schürze umgebunden, bringt ihm einen Teller und geht dann wieder.

»Was hast du heute gelernt?«, fragt Magnus seinen Sohn.

Adrien sticht mit der Gabel in eine Muschel. »Wir sind in den Rosengarten im Hyde Park gegangen und haben über Botanik gesprochen.«

Magnus lässt sein Besteck klappernd auf den Teller fallen und durchbohrt Ria mit einem strengen Blick.

»Es war ein perfekter Tag dafür«, sagt sie wie zur Verteidigung.

»Cora, was lernst du gerade in der Schule?«

Ich schlucke. »Also, im Moment arbeiten wir an einem Gruppenprojekt über den Zweiten Weltkrieg.«

»Siehst du?« Magnus zeigt auf mich, aber sieht Adrien an.

»Das ist etwas Nützliches. Das ist wichtig. Warum kann ich beim Abendessen nicht so etwas von dir hören?«

»Dad, wenn du bis jetzt die Grundlagen des Zweiten Weltkriegs nicht kennst, dann kann ich dir auch nicht helfen«, sagt Adrien trocken.

»Das ist nicht lustig. Du solltest Geschichte studieren. Ökonomie. Naturwissenschaften.«

»Botanik gehört zu den Naturwissenschaften«, gibt Adrien zurück. »Das gehört zur Biologie.«

»Physik. Du musst dich mit Physik auseinandersetzen.«

»Fliegen ist das Einzige, was ich in Bezug auf Physik lernen muss«, sagt Adrien und zwinkert mir zu. »Höhere Bildung ist so was von langweilig. Ich will Action, ich will was erleben.«

»Du hältst das alles für ein Spiel«, sagt Magnus leise, während er sich die Linguine präzise um die Gabel wickelt. »Glaubst du etwa, irgendjemand wird diesen Quatsch, den du von dir gibst, amüsant und aufgeweckt finden, wenn du älter bist? Das wird nämlich nicht so sein.«

»Es ist jetzt schon weder amüsant noch aufgeweckt, das ist einfach, wie ich bin«, sagt Adrien entschieden und tupft sich das Kinn mit der Serviette ab.

Es macht den Eindruck, als würden sie nicht zum ersten Mal so streiten. Sondern als wäre das eine Auseinandersetzung, die sie wieder und immer wieder führen. Bei Mum und Gregor war das auch so. Manchmal auch zwischen Mum und mir.

»Das ist einfach, wie du bist?«

»Magnus.« Mrs Hawkins spricht leise, hält ihr Glas fest umklammert. »Bitte.«

»Wir haben immer die Wahl, wer wir sein wollen, immer und jeden Tag«, fährt Magnus fort und beachtet Ria nicht. »Lass dich nicht durch deine Krankheit definieren.«

»Okay, Dad«, sagt Adrien in sarkastischem Ton. »Ich werde nicht zulassen, dass mein Gehirn – das wichtigste, zentralste Organ, das wir alle haben – mich definiert. Ich werde mich über meine Bauchspeicheldrüse definieren.«

Magnus schiebt seinen Stuhl zurück, was ein grelles Knirschen verursacht. Adrien springt auf und stößt einen schrillen Pfiff aus. Er verlässt schnellen Schrittes den Raum, und Cerby folgt ihm auf dem Fuß.

»Schön«, ruft Magnus ihm hinterher. »Schaff mir diesen räudigen Köter weg und bring ihn nicht noch einmal hier rein.«

»Magnus!«

Ich starre auf meinen Schoß hinunter. Das ist so peinlich. Schließlich riskiere ich einen Blick auf Ria. Sie starrt in ihren Drink, sagt kein Wort, sieht niemanden an. Mr Hawkins vertilgt mit ausdrucksloser Miene sein Essen.

Leise stehe ich auf und gehe. Ich weiß genau, wo Adrien hingegangen ist.

Ich finde ihn im Garten, wo er Stöcke für Cerby wirft.

»Dein Dad muss einen schrecklichen Tag bei der Arbeit gehabt haben.«

»Nein«, sagt er und sieht mich nicht an. »Er ist immer so.«

»Meine Mum hatte voll den stressigen Job«, erzähle ich

ihm und setze mich ins Gras. »Sie hat tagsüber all ihre Kraft dafür gebraucht, freundlich zu ihren Kollegen zu sein. Also war sie immer total entnervt und erschöpft, wenn der Tag vorbei war. Dann ist sie oft ausgerastet.«

»Erwachsene sollen nicht ausrasten«, sagt Adrien kühl und wirft den Stock mit solcher Wucht, dass Cerby erst zusammenzuckt, bevor er ihm nachjagt. »Die sollen sich im Griff haben.«

»Ich weiß«, sage ich sanft.

Er seufzt und lässt sich neben mich fallen. »Er will mich verändern.«

Ich weiß nicht, was ich dazu sagen soll. Wir schauen Cerby dabei zu, wie er an dem Stock nagt und ihn zerkaut, und sagen eine Weile nichts.

»Willst du etwas über Autismus wissen?«

Er sieht mich an. »Absolut.«

»Ich habe sehr wache Sinne«, sage ich langsam. »Manche Orte in London … die sind sozusagen ein Fest für meine Sinne. Wie die London Bridge: Ich kann all das Brot auf dem Borough Market riechen, lange bevor ich es überhaupt sehe. Und den Geruch des Flusses. Wenn ich in Brixton aus der U-Bahn steige, kann ich den Fisch und die Ananas riechen.«

»Wow.« Er sieht sich um. »Und hier?«

»In Knightsbridge?«

»Ja.«

Ich zögere. »Also, um ehrlich zu sein … Hier riecht es nach nichts. Höchstens nach Benzin.«

Er nickt. »Das passt. Hier ist nicht gerade viel Leben. Nur Geld.«

»Aber dein Haus riecht großartig.« Ich stupse ihn an. »Besonders heute Abend.«

Er lächelt. »Ja. Wenn Dad nicht zu Hause ist, ist das noch großartiger.«

Ich weiß nicht, was ich sagen soll, damit es ihm besser geht. Also bleibe ich einfach bei ihm.

»Du solltest bei einem Gruppenprojekt nicht die Arbeit der anderen übernehmen«, sagt er schließlich.

»Alles wäre noch schwieriger, wenn ich das nicht tun würde«, entgegne ich nur.

Wieder sitzen wir schweigend da. In der Ferne ist die Sirene eines Krankenwagens zu hören. Die meisten Leute können Sirenen nicht zuordnen, ich schon.

»Unsere Schule veranstaltet einen Disco-Abend«, höre ich mich sagen. »Hast du ein Glück, dass du zu so was nicht hinmusst.«

»Warum willst du denn nicht dahin?«, fragt er und sieht mich an. »Ich sehe dich doch mit deinen Kopfhörern, du liebst Musik. Du summst immer mit, wenn du denkst, ich krieg es nicht mit.«

»Ach, hör auf«, sage ich und schubse ihn. Er tut so, als würde er umkippen, und ich muss lachen.

»Du willst da also nicht hin?«, beharrt er.

»Schon«, sage ich. »Wenn bloß die anderen nicht da wären.«

Ich warte darauf, dass er sich jetzt über mich lustig macht, wie ich das gewohnt bin, aber das tut er nicht.

»Manchmal werde ich so wütend auf mich selbst«, sage ich leise. »Ich versuche so wie alle anderen zu sein, aber alles, was denen so leichtfällt, fällt mir so schwer.«

»Also.« Adrien klopft sich gegen das Bein, und Cerby kommt zu ihm gelaufen. »Ich glaube, du betrachtest das ganz falsch.«

Ich werfe ihm einen wütenden Blick zu. »Warum willst du mit mir befreundet sein? Weil du sonst keine Freunde hast?«

Ich versuche ihn zu provozieren, aber er geht gar nicht darauf ein, krault einfach Cerbys Ohren. »Weil wir einander ähnlich sind. Im Laufe der Jahre habe ich eine ganze Menge Gleichaltrige getroffen. Meine Eltern haben mich dazu gezwungen. Oder wir sind zusammen mit anderen Familien, die Kinder in meinem Alter hatten, in den Urlaub gefahren. Und ich sehe sie mir an und weiß, wir sind gleich alt, wir haben den gleichen Hintergrund, alles ist gleich. Trotzdem passen wir nicht zusammen, das weiß ich einfach.«

Er zieht ein paar Grashalme aus der Erde und legt sie sanft und ehrfürchtig auf Cerbys Kopf, zwischen seine Ohren.

»Aber als ich dich hier gesehen habe, an meinem Geburtstag, und du warst so sauer … da wusste ich es. Ich wusste es sofort. Dass wir gleich sind. Dass wir gut zusammenpassen.«

Das Heulen der Sirene verklingt, während wir Seite an Seite im Garten sitzen. Und nichts mehr sagen müssen.

Kapitel neun

Vergiftete Früchte

»Gemma, Rebecca und Cora? Bitte wartet nach dem Unterricht einen Augenblick auf mich.«

Rebecca sieht mich hasserfüllt an, als Mr Ramsey diese Bitte vor der gesamten Klasse äußert. Wir nicken alle kleinlaut, und während der Unterricht sich dahinschleppt, sitze ich da und zerbreche mir den Kopf darüber, warum er ärgerlich auf uns sein könnte.

Als es endlich klingelt, warten wir darauf, dass die anderen Schülerinnen und Schüler gehen, bevor wir vor das Lehrerpult treten.

»Keine Sorge, ich bin nicht wütend«, beginnt er vorsichtig und greift in die Schublade, um eine Mappe rauszuziehen.

Die Mappe. In die ich das gesamte Gruppenprojekt eingeheftet habe.

»Aber wenn man sich eure Gruppenarbeit ansieht, wird klar, dass da jemand eine Menge Arbeit reingesteckt hat und jemand anders nur das absolut Nötigste getan hat.«

Ich runzele die Stirn. Ich verstehe das nicht.

Er zieht einen Zettel heraus, und mich überläuft es kalt. Das ist Gemmas Zettel. Der, den sie mich gebeten haben zu überarbeiten. Das letzte Mal habe ich ihn auf dem Klo gesehen, als ich fieberhaft versuchte, alles zu verbessern. Ich war mir sicher, dass ich ihn weggeschmissen habe, als ich fertig war. Aber am Ende der Mittagspause war ich so unter Zeitdruck, so hungrig …

Ich spüre einen stechenden Schmerz in meinem Kopf, als mir klar wird, dass ich stattdessen den anderen Zettel weggeschmissen haben muss. Die Überarbeitung, mit der ich mir so viel Mühe gegeben hatte.

»Ich möchte betonen, dass es bei einem Gruppenprojekt darum geht, zusammenzuarbeiten und zu delegieren. Insofern bin ich enttäuscht. Denn der Großteil der Arbeit ist tadellos.«

»Das ist meine Schuld, Sir«, seufzt Rebecca, den Blick schüchtern auf den Teppich gerichtet. »Ich übernehme die Verantwortung.«

Mr Ramsey runzelt die Stirn, aber nickt weise. »Okay, Rebecca.«

»Ich wollte Coras Teil überarbeiten. Aber ich war so müde, und dann habe ich es vergessen.«

Mein Kopf schießt hoch, und ich starre sie mit offenem Mund an. »Was?«

»Cora hat bestimmt ihr Bestes gegeben. Aber es war einfach nicht gut genug.« Sie deutet auf Gemmas kaum leserliche Handschrift, stößt einen schwachen kleinen Seufzer aus, und ihr Gesicht verzieht sich. Ein showreifer Auftritt.

Mr Ramsey legt den Zettel zurück in die Mappe und schüttelt den Kopf. »Cora … ich muss schon sagen, ich bin wirklich sehr enttäuscht. Genau das habe ich neulich gemeint, als ich gesagt habe, dass du lernen musst, mit anderen zusammenzuarbeiten.«

Ich kann nicht sprechen. Meine Knie fühlen sich an, als würden sie gleich nachgeben. Mein gesamter Körper glüht vor Empörung. Ich kann Adriens Stimme in meinem Kopf hören, die verlangt, dass ich jetzt für mich einstehen muss. Dass ich widerspreche. Die Wahrheit sage.

Aber ich bekomme kein Wort heraus. Schweigend lasse ich die Ermahnung über mich ergehen.

Beim Abendessen bin ich immer noch schweigsam, starre auf meine Fischfrikadelle, während Gregor und Dad über Fußball reden.

»Du bist aber still«, sagt Gregor schließlich. »Alles in Ordnung?«

Ich nicke langsam. Ich kann spüren, wie sie Blicke austauschen.

»Ich habe von der Schule eine E-Mail bekommen«, sagt Dad und bemüht sich um einen heiteren Ton. »Da gibt's eine Schul-Disco, hm?«

Ich zucke mit den Schultern. Ich kann nicht sprechen. Ich kann einfach nicht.

»Du warst dieses Schuljahr ziemlich viel allein, mein Schatz«, sagt Dad beharrlich. »Das würde dir doch bestimmt Spaß machen.«

Schweigen.

»Vielleicht darf Adrien ja mitkommen?«, schlägt Gregor vor. »Er sorgt doch schon so immer für Party-Stimmung.«

»Ja«, stimmt Dad mit einem widerwilligen Lachen zu. »Das wäre doch was, nicht, Cora?«

Ich sehe sie beide nicht an. Ich stehe auf und räume meinen Teller ab, bevor ich nach oben gehe. Ich lasse mich auf mein Bett fallen und spüre jede einzelne Ungerechtigkeit dieses Tages wie eine Wunde auf meiner Haut. Ich kann hören, wie sie unten reden, spüre ihre Sorge sogar von hier oben.

Aber immer noch sage ich kein einziges Wort.

★

»Was hat sie gemacht?«

Adrien ist bei mir. Dad hat Gregor gebeten, ihn anzurufen und einzuladen. Ein Tag ist vergangen, seit Rebecca mich den Wölfen zum Fraß vorgeworfen hat, und dennoch schmerzt mich dieser kaltblütige Verrat noch immer.

»Sie ist echt gewieft«, sage ich. »Ich habe kein Wort herausbekommen, so geschockt war ich.«

»Du musst es ihr heimzahlen.«

»Nein.« Wir sitzen auf dem Bürgersteig vor unserem Haus und essen Eis am Stiel. Lloyd döst im Lexus, und Cerby jagt Schmetterlinge. »Das bringt nichts.«

»Gott, bin ich wütend«, murmelt Adrien. »Wir sollten ihr Haus mit Klopapier einwickeln.«

Da muss ich lachen. »Oder wir vergessen das Ganze einfach.«

»Ich kann das nicht vergessen.«

»Hör auf, einen schlechten Einfluss auf mich auszuüben.« Ich stupse ihn mit dem Fuß an.

»Einen schlechten Einfluss? Ich habe einen guten Einfluss auf dich. Genau was du brauchst, um für dich einzustehen, Cora.«

»Du gehst schon zu lange nicht mehr zur Schule, du weißt nicht, wie das da läuft.«

An einem heißen Sommertag mit Adrien Eis zu essen, lässt die Schrecken der Schule in den Hintergrund treten.

»Hey, wir haben heute noch was vor«, sagt er plötzlich, isst sein Eis auf und geht zum Auto. Lloyd nimmt sofort seine Chauffeur-Haltung ein, schiebt seine Sonnenbrille auf die Nase und setzt sich gerade hin.

»Was machen wir denn?«

Noch vor ein paar Wochen habe ich mich immer vor Adrien in Acht genommen. Mich gefragt, was er wohl vorhat und warum er so anders ist als unsere Altersgenossen. Wenn er jetzt vorhersehbar etwas Unvorhersehbares sagt, bin ich begeistert. Es ist wie ein Spiel. Bestimmt werden wir irgendetwas Lustiges unternehmen.

Lloyd fährt uns nach Holborn und setzt uns ab, weigert sich aber, mir zu sagen, was Adrien für heute geplant hat.

»Warum lässt du dich nie überraschen?«, stichelt Adrien, als wir durch die Straße gehen, auf dem Weg zu wo immer er mich hinbringt.

»Ich möchte wissen, was mich erwartet«, grummele ich und werfe einen sehnsüchtigen Blick zurück aufs Auto. »Vielleicht führst du mich durch die Kanalisation oder so.«

Adrien bleibt wie angewurzelt stehen. »Woher wusstest du das?«

Ich starre ihn wütend an. »Das ist nicht lustig, Adrien Hawkins. Du bringst uns jetzt nicht in die Kanalisation von London.«

»Cora, du wirst kaum jemanden finden, der die Kanalisation mehr liebt als ich.«

»Kannst du mal aufhören!« Ich versuche verzweifelt, nicht loszulachen, denn wenn ich lache, dann gewinnt er.

»Na ja, du musst sie ja auch irgendwie lieben, sonst hättest du sie nicht erwähnt.«

»Ich beachte dich gar nicht.«

»Hast du das heimlich gehofft? Ich kann meine Pläne auch ändern. Wusstest du, dass hier in London ein geheimer Bach fließt, der Tyburn, nämlich unterirdisch?«

»Wie kannst du dir so viel unnützes Wissen merken?«

»Na, na. Es gibt kein unnützes Wissen, Cora.«

Gerade will ich ihm einen Tritt verpassen, als wir um die Ecke biegen und ich auf der Stelle stehen bleibe und staunend nach oben blicke.

»Tadaaa!«, brüllt er, geht in die Knie und breitet theatralisch die Arme aus.

Es ist das British Museum.

Erst bin ich vollkommen glücklich und begeistert, aber plötzlich überkommen mich Angst und Furcht. All die Sinneseindrücke um mich herum werden mir mit einem Mal bewusst, und ich fange an, mich etwas überwältigt zu fühlen.

»Was ist los?«, fragt Adrien, sein Lächeln verblasst.

»Nichts.«

Er kann das nicht verstehen. Er ist der beste Mensch, den ich kenne, aber er kommt aus einem reichen Elternhaus. Er fühlt sich überall zu Hause. Er musste nie einem Lehrer erklären, dass er nicht zum Schulausflug mitkommen kann, weil seine Eltern ihr Gehalt noch nicht überwiesen bekommen haben oder weil sein Dad seine Schicht nicht wechseln konnte. Ihm haben beim Einkaufen nie zwanzig Pence gefehlt, sodass er entscheiden musste, was er zurücklegen könnte, während hinter ihm eine lange Schlange von Leuten zuguckt und wartet.

»Es sieht so herrschaftlich aus«, sage ich leise.

Herrschaftlich und beängstigend.

»Los geht's!«

Er zieht mich hinter sich her, und ich starre ängstlich nach oben, als das Gebäude über uns aufragt, größer und größer wird, als wir uns in die lange Schlange vor dem Eingang einreihen.

»Adrien, ich hab gar kein Geld dabei.« Ich flüstere, damit die Familie vor uns mich nicht hören kann.

»Der Eintritt ist frei«, erwidert er genauso leise. »Na ja, man soll spenden. Das mach ich mal.«

Als wir den Eingang erreichen, bin ich ganz nervös. Adrien hält seine Karte an das Gerät, nachdem er sich für eine Spendensumme entschieden hat, und es piept. Und dann gehen wir einfach rein.

Ich habe noch gar kein Konto. Aber da wäre auch nicht besonders viel drauf.

Selbstbewusst macht sich Adrien auf den Weg, als wäre ihm alles hier ganz vertraut.

Ich folge ihm, nicht ganz so selbstbewusst.

Als wir den Innenhof des Gebäudes betreten, bin ich komplett sprachlos. Dass irgendwo in London so ein großer überdachter Platz sein könnte, hätte ich nicht für möglich gehalten. Wie ein riesiger Vogelkäfig, der unzählige bunte Exemplare aus verschiedenen Epochen beherbergt.

»Schön, nicht?«, sagt Adrien leise.

Ich bin den Tränen nahe. Als würde in diesem riesigen Gebäude jeder Teil von mir entblößt, der sich je minderwertig gefühlt hat.

Ich weiß, dass ich jederzeit hätte reingehen können. Es gibt kein Tor, das mich davon abgehalten hätte, nicht wirklich. Ich habe genauso das Recht, hier herumzuwandern, ganze Nachmittage damit zu verbringen, mir all diese Objekte und Ausstellungen anzugucken, wie alle anderen auch.

Doch es ist schwer, sich einzugestehen, dass es unsichtbare Schranken gibt – und es ist kaum möglich, sie zu durchbrechen. Sie haben mich von so vielen Orten ferngehalten und von so vielen Menschen.

»Wenn ich nicht Pilot werden würde«, bemerkt Adrien, als wir die Treppe zum ersten Rundgang unseres Besuches nehmen, »dann würde ich Museumskurator werden.«

Er ist sich seiner Sache immer so sicher.

»Warum?«

»Na, das ist ein guter Job für Leute wie uns«, sagt er unbeschwert. »Dann können wir unsere Interessengebiete zu unserem Beruf machen.«

»Interessengebiete, aha.«

»Ja, Sachen eben, für die wir uns leidenschaftlich interessieren, von denen wir besessen sind. Für mich ist das zum Beispiel Alan Turing.«

Der Name kommt mir bekannt vor, aber ich will nicht, dass Adrien merkt, dass ich nicht wirklich weiß, wer das ist.

»Er hat Codes geknackt und war ein totales Genie«, erklärt mir Adrien trotzdem. In seiner Stimme ist keinerlei Bewertung zu hören, nur Begeisterung. »Er hat während des Zweiten Weltkriegs an so einem Ort gearbeitet, der Bletchley Park hieß. Er hat geholfen, Funksprüche von den Nazis zu entziffern.«

Plötzlich fällt mir ein, wo ich den Namen schon mal gehört habe: in der Praxis, in der ich meine Diagnose bekommen habe, hing ein Bild von ihm an der Wand. Neben einem von Albert Einstein, Beethoven und anderen historischen Persönlichkeiten, von denen die Ärzte inzwischen meinen, dass sie eigentlich neurodivers waren.

»Sie glauben, dass er autistisch war«, sage ich leise.

Adrien nickt begeistert: »Ja!«

»Was ist mit ihm passiert?«, frage ich und blicke die perlmuttfarbene Treppe hinunter auf das Gewimmel der Menschen unter uns.

Adriens Begeisterung schwindet ein wenig, und seine Stimme nimmt einen traurigen Ton an. »Er ist gestorben.

Gift. Nachdem man ihn als Verbrecher gebrandmarkt hat für das, was er war. Nämlich schwul.«

Dieses Gespräch geht mir zu nah.

»Er gehört zu den Ersten, die die Technologie begründet haben, die wir heute haben«, ergänzt Adrien bitter. »Und sie haben ihn fertiggemacht.«

Einen Augenblick lang herrscht beklemmende Stille zwischen uns.

»Und was ist mit Pomegranate?«

Adrien wirft mir einen Blick zu. »Wie, was ist mit Pomegranate?«

»Könnten sie ihn nicht zurückholen?«

»Nein«, sagt Adrien entschieden. Trotzig. »Nein, das könnten sie nicht.«

»Warum nicht?«

»Weil das, was sie tun, überhaupt nur funktioniert, weil sie Menschen studieren, die am Leben sind. Und auch so machen sie Fehler.«

»Nein, tun sie nicht.«

»Doch, tun sie. Und außerdem ist der Turing-Test zur Feststellung von künstlicher Intelligenz nach Alan Turing benannt. Das wäre einfach zu gruselig.«

»Möchtest du ihn nicht kennenlernen?«

»Aber das wäre nicht er!« Adrien klingt frustriert. »Ich möchte *ihn* treffen. Den wirklichen Alan Turing. Den Menschen. Keine digitale Kopie. Und das werde ich nie. Orte wie Pomegranate versprechen einem nur eine verwässerte Lüge.«

»Du bist immer so kritisch, was Pomegranate angeht.«

»Nicht kritisch genug, glaub mir.«

Wieder schweigen wir, und ich frage mich, warum wir das so verschieden sehen. Wie kann er einen Ort, den ich für so wundervoll halte, so schrecklich finden? Kann er nicht begreifen, wie sehr das den Menschen helfen würde, die jemanden verloren haben?

»Na komm«, sagt er mit warmer Stimme, stupst mich an und deutet mit dem Kopf in Richtung des Rundgangs. »Lass uns alte gestohlene Sachen angucken.«

Ich lächele und nicke. Dann hüpfen wir die letzten Stufen hoch.

Es wird ein richtig toller Tag. Wie immer haben wir eine Menge Spaß.

Vor allem, weil keiner von uns mehr von Pomegranate anfängt.

Adrien spricht und benimmt sich manchmal so, als wären Hunderte von Tabs in seinem Gehirn geöffnet. Als würde er gleichzeitig eine Rede halten und einen Film gucken und ein Buch lesen. Aber dann, wenn es was wirklich Wichtiges ist, konzentriert er sich so voll und ganz, widmet dem Thema seine komplette, ungeteilte Aufmerksamkeit.

So etwas habe ich noch nie zuvor bei jemand anderem erlebt.

Darüber denke ich die ganze Rückfahrt nach. Als wir etwa eine Stunde später Knightsbridge erreichen, starre ich noch immer in Gedanken versunken aus dem Fenster. Adrien, der gerade aus dem Auto hüpfen will, hält inne.

»Was ist los?«

»Nichts«, antworte ich. Ich sehe mich auf der Straße um, eine der reichsten Gegenden von London. »Du hast ganz schön Glück, Adrien.«

»Ja, ich weiß.«

Ich weiß nicht, warum ich mich nach einem so wunderbaren Tag so traurig fühle. Vielleicht, weil er vorbei ist.

»Hey, weißt du, was?«, sagt er plötzlich. »Ich habe Mum von dieser Schul-Disco erzählt, und sie hat gesagt, sie leiht dir gerne alles, was du willst, also Kleider und Make-up. Und Schmuck auch.«

All die überwältigenden Gefühle dieses Tages flammen nun wieder auf, entzünden sich an etwas, das ich nicht benennen kann. »Bist du die Caritas, oder wie?«

»Was?« Verwirrt runzelt er die Stirn. »Nein, so war das nicht gemeint.«

»Du musst mich nicht bemitleiden. Du musst dich nicht einmischen. Ich will gar nicht zu dieser blöden Disco gehen, und wenn doch, dann schaffe ich das auch alleine.«

»Das weiß ich doch.« Mit einer Handbewegung wischt er meinen Ärger weg. »Ich dachte einfach, das wäre vielleicht nett.«

»Ja, nett für das Mädchen mit der toten Mutter und ohne Geld.«

Keine Ahnung, wo das jetzt herkam, aber nun ist es raus. Adrien starrt mich fassungslos an. Sogar Lloyd, der mit dem Rücken zu uns sitzt, schnappt kurz nach Luft.

»Tut mir leid«, murmele ich, streiche mir die Haare aus

dem Gesicht und öffne die Autotür. »Ich nehme den Bus nach Hause. Tut mir leid. Bis später, danke für heute. Tut mir echt leid.«

Ich stolpere aus dem Auto und mache mich auf den Weg in Richtung Harrods, in der Hoffnung, dort irgendein öffentliches Verkehrsmittel zu finden. Lloyd lässt das Auto an und fährt langsam neben mir her, während Adrien sich aus dem Fenster lehnt.

»Komm, wir fahren dich nach Hause.«

»Alles gut.« Ich bin wütend auf mich selbst.

»Du bist doch total ausgebrannt.«

»Was?«, fahre ich ihn an.

Er hält beide Hände hoch, wie um sich zu ergeben. »Mir geht es doch auch so. Das ist okay. Das ist normal. Für Leute wie uns, meine ich.«

»Mir geht es gut, ich will bloß nach Hause.«

»Ich wollte nicht gönnerhaft klingen bei der Sache mit der Disco«, sagt er schnell. »Mum hat es einfach nur angeboten.«

Ich spüre einen stechenden Schmerz in der Seite. »Sag ihr vielen Dank, aber ich brauche nichts.«

»Hey, Cora?«

»Was?«

Er greift nach meinen Fingern. Nicht nach meiner Hand, nur nach meinen Fingern. Als wüsste er, dass ich es jetzt nicht ertragen könnte, wenn jemand meine ganze Hand anfasst. Er drückt sie ganz sanft.

»Du bist meine beste Freundin, Cora.«

Das stillt den Ärger in mir drin. Und fühlt sich an wie eine Befreiung: wie ein Damm, der bricht und alles Wasser herauslässt. Ich atme einen Augenblick lang tief ein. Ich bin nicht in der Lage, ihm darauf etwas zu erwidern, aber stattdessen drücke auch ich sanft seine Finger. Eine gefühlte Ewigkeit lang stehe ich auf dem Bürgersteig. Adrien lässt meine Finger nicht los und sagt kein einziges Wort. Schließlich, als ich bereit bin, steige ich zurück ins Auto.

Lloyd fährt mich nach Hause, und Adrien hält immer noch meine Finger in seinen, während ich mich auf meine Atmung konzentriere. Ich habe keine Erklärung, weshalb all diese Gefühle, der Schmerz und die Wut, plötzlich so hochgekocht sind. Warum ich das Gefühl hatte, nicht eine Sekunde länger eine Maske tragen zu können.

Ich fand es immer schon schwierig, viel Zeit mit Leuten zu verbringen. Egal wie sehr ich sie liebe. Mein Akku läuft leer, und wenn ich leer bin, funktioniere ich nicht mehr.

Und ich weiß, dass es seit Mums Tod nicht einfach mit mir ist. Die Trauer kommt manchmal wie ein heftiger, plötzlicher Kopfschmerz. Sie lässt mich Dinge sagen, die ich normalerweise nicht von mir geben würde.

Adrien hat immer Menschen um sich herum, die ihn gernhaben und ihn beschützen wollen. Er ist nie allein.

Ich bin immer schon allein gewesen.

Kapitel zehn

Theater

»Was ist denn heute hier los?«, frage ich Gregor, als wir das Firmengebäude von Pomegranate Tech betreten.

Ein Wachmann kaut mit offenem Mund Kaugummi und überprüft von allen die Ausweise. Meinen, dann den von Gregor, dann erst lässt er uns rein.

»Betriebsversammlung, alle Angestellten kommen zusammen, und es gibt eine Präsentation«, teilt mir Gregor mit. »Dachte, das interessiert dich.«

Da hat er richtig gedacht.

Im Untergeschoss von Pomegranate ist ein großer Aufenthaltsraum für die Belegschaft und außerdem so eine Art Theater. Die Sitzreihen sind so angeordnet, dass das Publikum auf eine kleine Bühne mit Leinwand und Rednerpult hinunterschauen kann.

Gregor und ich setzen uns in die Mitte dieses Auditoriums, während die anderen hereinschlendern, all die Tech-Nerds, das Marketingteam und andere Angestellte, alle miteinander ins Gespräch vertieft. Während die Leute sich hinsetzen, wird das Licht gedimmt und die Bühne mit grellem Scheinwerferlicht beleuchtet. Dr. Gold und Mr Hawkins betreten die Bühne, und alle klatschen.

Ich werfe einen Blick in die Runde und klatsche dann auch. Was wohl gleich passieren wird?

»Ich danke euch allen für diese enthusiastische Begrüßung«, sagt Mr Hawkins. »Danke schön. Wir fanden es angebracht, uns noch einmal alle zu versammeln, bevor wir mit der Arbeit für diesen Sommer beginnen. Ich weiß euren bisherigen Einsatz sehr zu schätzen.«

Seine Worte klingen steif, abgehackt und emotionslos. Jetzt räuspert er sich und wirft einen Blick zu Dr. Gold, die gelassen ins Publikum lächelt.

»Ich weiß, dass diejenigen von euch, die in der Technik und im Design arbeiten, schon viel davon gehört haben, aber auch unsere neueren Mitarbeiterinnen und Mitarbeiter sollten erfahren, was wir hier eigentlich genau machen.«

Während er spricht, lehne ich mich ein wenig nach vorne.

»Pomegranate Tech«, sagt er großspurig, »wird die Welt verändern.«

Ein paar Leute klatschen.

Fast unmerklich nickt Dr. Gold Mr Hawkins zu und tritt dann vor das Mikrofon. Strahlend vor Stolz blickt sie die Belegschaft an.

Die Stimmung im Raum verändert sich mit einem Mal.

»Ich bin mir bewusst, dass sich manche von euch ganze Nächte lang gequält haben, als wir am Designprozess gearbeitet haben. Einige von euch haben mein Gequatsche sicher mehr als satt. Aber hört mir noch einmal zu, und ich werde versuchen, meine hemmungslose Begeisterung darüber, wie unglaublich ihr alle seid, im Zaum zu halten.«

Die Leute lachen, und ich habe das Gefühl, einen Insiderwitz nicht zu kapieren. Allerdings geht mir das oft so.

»Was lässt mich weitermachen, wenn die Presse schreibt, dass das, was wir hier tun, zu ehrgeizig ist?«, fragt sie die Menge. »Was spornt mich an, wenn die Leute sagen, dass Wissenschaft und Technologie noch nie so weit gegangen sind? Wie schaffe ich es, weiterzumachen, nach all den Abenden, an denen wir wieder von vorne anfangen mussten?«

Sie breitet die Hände aus und atmet tief ein.

»Pomegranate Tech wird den Menschen ewiges Leben ermöglichen. Das ist es, was mich weitermachen lässt.«

Tosender Beifall bricht los, so plötzlich, dass ich zusammenzucke.

»Ich werde dem Leid der Menschen ein Ende bereiten. Ihrem Verlust, ihrer Trauer, ihrem *Was wäre, wenn*. Ich werde dafür sorgen, dass Familien zusammenbleiben, so wie es sein sollte. Wer von euch hat schon einmal jemanden verloren, der euch nahestand?«

Ich sehe, wie alle ihre Hand heben. Ich auch. Nur Gregors Hand bleibt unten, bemerke ich, da stupse ich ihn an. Er verdreht die Augen, reckt dann aber ebenfalls den Arm in die Höhe.

Dr. Gold nickt langsam und hebt ihre eigene Hand. Ich weiß, dass sie mich hier im Dunkeln nicht sehen kann, aber ich nicke auch. Wir gleichen einander in so vielem. Wir haben dieselben schrecklichen Erfahrungen gemacht, sind aus demselben Loch gekrochen.

Eines Tages werde ich so stark sein wie sie.

»Ich will nicht, dass sich Leute je von ihren Angehörigen verabschieden müssen.« Wie ein warmer Wind fegt dieser Satz durch die Sitzreihen.

»Ich weiß, dass die Kolleginnen und Kollegen in Marketing und PR unser Produkt noch gar nicht kennen«, wirft Mr Hawkins ein. »Abgesehen von der reizenden Noma am Empfang, die eigens dafür entworfen wurde, haben einige von euch noch nie ein funktionstüchtiges Hologramm getroffen.«

Ich blinzele erstaunt, werfe Gregor einen fragenden Blick zu. Er schmunzelt nur und nickt leicht. Ich falle auf meinen Sitz zurück und schüttele ungläubig den Kopf.

Sie ist gar kein Mensch. Noma ist ein Holo.

»Also, für die unter euch, die bisher noch keine der unglaublichen Kreationen von Pomegranate zu Gesicht bekommen haben, bitte schön.«

Die Leute murmeln und rutschen auf ihren Sitzen hin und her, als Dr. Gold der Technik im hinteren Teil des Auditoriums ein Zeichen gibt.

Mit einem Flimmern erscheint ein eingefrorenes Holo auf der Bühne.

Manche Zuschauer keuchen erschrocken auf, andere jubeln begeistert.

Es ist ein Hologramm von Dr. Gold.

»Ich wäre keine gute Führungskraft, wenn ich nicht erst einmal einen Selbstversuch machen würde«, sagt sie lachend.

»Nun müssen wir uns dafür bereit machen«, sagt Mr Hawkins entschieden, »was die Presse und der Pöbel von sich geben werden. Diese ewig Beleidigten werden sagen, dass es unethisch ist, was wir tun. Dass, wenn Hologramme intelligente und fühlende Wesen sind, sie auch Rechte und Freiheiten haben müssen. Immer dieselbe ewige langweilige Diskussion, also bereitet euch darauf vor. Die Holos sind digitale Teile der Seele eines Menschen. Sie sind nicht aus Fleisch und Blut. Man kann sie nicht verletzen oder verwunden. Sie können ihre Umgebung nicht verlassen und die Weltherrschaft ergreifen oder was für andere klischeehafte Horrorgeschichten wir auch immer zu hören bekommen werden.«

Dr. Gold schnippt mit dem Finger, und das Holo erwacht zum Leben.

Beim Anblick der neuen Umgebung zuckt es kurz zusammen und blickt dann die echte Dr. Gold und Adriens Vater an.

»Kannst du uns sagen, wie du heißt?«, fragt die echte Dr. Gold und betrachtet liebevoll ihr digitales Ebenbild.

»Dr. Sabrina Gold«, sagt das Hologramm, jedes kleinste Detail ist identisch.

»Beruf?«

»Leiterin des Team Gold bei Pomegranate Tech.«

»Und was ist Pomegranate Tech?«

»Ein Unternehmen mit dem Ziel, Leben zu erhalten und Menschen zu ermöglichen, ewig zu leben, und zwar digital.«

»Und wie?«

»Durch Hologramme, die inoffiziell Holos genannt werden.«

»Bist du ein Holo?« Alle im Raum scheinen den Atem anzuhalten, als Mr Hawkins die Frage stellt.

»Nein«, sagt das Holo, hebt eine Augenbraue und sieht ihn verständnislos an. »Das bin ich nicht. Aber ich erschaffe sie.«

Die echte Dr. Gold nickt zustimmend und schnippt wieder mit dem Finger. Das Holo friert ein, und nachdem Dr. Gold der Technik einen Wink gegeben hat, verschwindet es ganz.

»Ich kann versprechen«, erzählt Dr. Gold der Menge, »dass unsere Holos nie ihre eigene Realität infrage stellen werden. Mein eigenes Hologramm erkennt mich nicht, weil ich es so konstruiert habe. Ich setze Menschen genauso zusammen, wie sie sind, und dann entferne ich das eine oder andere, damit sie reibungslos und ruhig in ihrem neuen Ökosystem funktionieren können. Die Leute in diesem Raum mit dunklen Augenringen haben dafür gesorgt. Die Arbeit, die sie hineingesteckt haben, war immens, und das Ergebnis ist herausragend. Deswegen können sie auch kaum noch die Augen aufhalten.«

Dröhnendes Gelächter.

»Und die Ähnlichkeit ist frappierend, wie man sehen konnte. Sie sind identisch. Das hier sind keine Cyborgs oder Androiden, deren Akkus man aufladen muss und die sich unter Umständen gegen uns wenden würden. Das sind *wir*! Digitale Versionen von uns. Die Menschen werden digitale Neuschöpfungen ihrer selbst oder ihrer Nächsten und Liebsten sehen, und sie werden verblüfft sein. Und sie werden immer wieder zu uns kommen, sie werden uns ihren Freunden empfehlen. Und langsam, aber sicher werden wir die Welt verändern.«

Sie streicht eine unsichtbare Falte in ihrem Kleid glatt und strahlt uns an.

»Seid ihr bereit für diese sensationelle Herausforderung?«

Ich stoße einen tiefen Seufzer aus und nicke, während der gesamte Raum auf die Beine kommt, um Beifall zu klatschen.

Kapitel elf

Disco

»Du wärst so eine Bereicherung für unsere Arbeit hier.«

Ich lächele Dr. Gold an, als sie das sagt. Ich habe im Restaurant von Pomegranate zu Abend gegessen, als Dr. Gold mich gefunden und sich zu mir gesetzt hat.

»Dad will nicht, dass man mich interviewt.« Ich nehme noch einen Happen von dem Apfelkuchen, den es zum Nachtisch gibt. »Ich weiß nicht warum, aber er scheint da eine beinharte Überzeugung zu haben.«

»Ich glaube, all das hier kann für manche Leute ganz schön beängstigend sein«, sagt Dr. Gold mit warmer Stimme. »Wenn er mal vorbeikommen würde, dann würde er sehen, dass wir keine Monster sind, und vielleicht seine Meinung ändern. Hat er denn nichts dagegen, dass dein Bruder hier arbeitet? Gregor leistet so großartige Arbeit in seinem Team.«

»Es ist gutes Geld«, sage ich verlegen. »Wir sind nicht besonders reich, deswegen glaube ich, Dad blendet einfach aus, dass mein Bruder hier arbeitet.«

»Hey, dafür musst du dich nicht schämen.« Dr. Gold schenkt mir ein mitfühlendes Lächeln. »Mein Familie hatte auch kein Geld, als ich ein Kind war. Es war furchtbar. Ich habe mich dafür geschämt, dass ich immer die gleichen Sachen anhatte. Aber ich war clever. Und ich habe hart gearbeitet. Das ist viel wichtiger.«

Sie weiß immer genau, was sie sagen muss, damit ich mich wohlfühle.

Adrien will Pilot werden, wenn er groß ist. Ich will Dr. Gold werden.

»Ich wünschte, meine Mutter wäre noch am Leben, um all das hier zu sehen«, sagt sie leise.

»Ich glaube, sie wäre total stolz auf Sie«, sage ich.

Sie schaut auf und schenkt mir ein weiteres strahlendes Lächeln. »Oh, danke dir, Cora. Das ist schön zu hören. Weißt du, egal wie alt man auch ist, man hört nie auf, seine Eltern auf die eine oder andere Art zu brauchen.«

Sie tupft sich vorsichtig die Augen mit den Fingerspitzen.

»Genau deswegen wird dieser Ort den Leuten so guttun«, ergänzt sie und lächelt zu den Kronleuchtern auf. »So viele Menschen laufen voller Wut und Schmerz durchs Leben. Wenn ich all diesen Menschen etwas geben könnte, woran sie sich festhalten können, dann würde das die Welt wirklich verändern. Trauer ist wie eine offene Wunde, und unsere Gesellschaft weiß nicht, wie man damit umgehen soll. Aber ich weiß es.«

Ich denke daran, wie ich Adrien gegenüber explodiert bin. War das Trauer? War ich einer dieser traurigen, wütenden Menschen, die sie meint?

»Wenn ich mich also interviewen ließe«, sage ich vorsichtig, »dann würde ich Pomegranate Tech wirklich helfen?«

»Nicht nur Pomegranate«, sagt sie andächtig. »Wenn wir uns der ganzen Welt öffnen und alle Menschen zulassen, dass wir ihre digitale Kopie hochladen, dann wird es erforderlich sein, dass wir neurodivergente Menschen voll und ganz verstehen. Momentan gibt es einfach nicht genug Forschung dazu. Du würdest uns helfen, autistische Menschen genau richtig zu erschaffen, mit all ihren Besonderheiten und Feinheiten, damit ihre Familien Frieden finden können. Es wäre ein ungeheuer selbstloser Akt, Cora.«

Ich betrachte mein verzerrtes Spiegelbild in der zierlichen Silbergabel, die ich in der Hand halte, und frage mich, wie es sich wohl anfühlen würde, von Menschen wie Dr. Gold und Mr Hawkins bewundert und gelobt zu werden. Dafür, dass ich dabei helfen würde, Pomegranate zu etwas ganz Besonderem zu machen.

»Ich rede noch mal mit Dad«, verspreche ich ihr.

Und sie lächelt.

Plötzlich hören wir laute Stimmen aus dem Empfangsbereich. Dr. Gold runzelt besorgt die Stirn, steht auf und geht vorsichtig, aber schnellen Schrittes auf den Lärm zu. Ich folge ihr, meinen Nachtisch habe ich völlig vergessen.

»Das ist mein Gesicht!«, schreit jemand.

Dr. Gold steht in der Tür, während ich versuche, ihr über die Schulter zu blicken. Ich keuche auf, als ich eine Frau in der Lobby stehen sehe, die wie Noma aussieht, allerdings mit fettigen Haaren und leicht blutunterlaufenen Augen.

Gleichzeitig steht die andere Noma hinter dem Empfangstresen und sieht verwirrt und erstaunt aus.

»Noma.« Dr. Gold geht auf die Holo-Version zu und zieht hinter dem Tresen ein Kabel aus der Steckdose. Die Empfangsdame verschwindet, und zurück bleibt eine sehr aufgeregte, aber sehr menschliche Doppelgängerin. »Wir haben das alles besprochen.«

»Dem habe ich nie zugestimmt«, faucht die Frau, streicht sich einige Haarsträhnen aus dem Gesicht und zeigt zitternd auf den Empfangstresen. »Ich habe ihm nie erlaubt, mein Abbild und mein verdammtes Gehirn für so einen gruseligen Klon zu benutzen! Er hat mich gezwungen, diesen Wisch zu unterschreiben, aber ich wusste gar nicht genau, was das war.«

»Noma, bitte, lass uns in Ruhe darüber reden«, sagt Dr. Gold fürsorglich. »Ich gehe den Vertrag gerne noch einmal mit dir durch, und dann überlegen wir, wie wir weiter vorgehen.«

Der hektische Blick der Frau landet auf mir. »Unterschreib bloß nichts«, sagt sie und sieht mich so eindringlich an, dass ich weggucken muss. »Egal, was du tust, unterschreib hier gar nichts.«

Dann stürmt sie davon und schubst dabei zwei IT-Typen aus dem Weg, die gerade aus der Mittagspause zurückkommen. Ich sehe zu Dr. Gold auf, die der echten Noma traurig und enttäuscht hinterherguckt.

»Sie war eine unserer ersten Praktikantinnen«, erklärt sie mir leise. »War am Anfang voll mit dabei. Ich habe keine Ahnung, was da passiert ist.«

Sie drückt meine Schulter und steckt dann das Kabel wieder ein.

Die Holo-Version von Noma erscheint wieder. Sie blinzelt, als brauchte sie einen Moment, um sich wieder mit ihrer Umgebung vertraut zu machen. Dann lächelt sie mich an.

»Willkommen bei Pomegranate Tech«, grüßt sie fröhlich. Ganz anders als die echte Noma eben. »Ich bin Noma, wie kann ich Ihnen helfen?«

★

Heute ist der Disco-Abend, und nachdem ich mir tagelang darüber den Kopf zerbrochen habe, steht mein Entschluss: Ich werde hingehen, trotz allem. Ich trage zerrissene Jeans, mein einziges schickes Top, und ich habe ein altes Geschenkband zu einem Choker umfunktioniert. Einer von Gregors Kohlestiften musste als Eyeliner herhalten.

Ich bürste mir noch kurz durch die Haare, ziehe mir schöne Sandalen an, dann gehe ich nach unten. Dad und Gregor flüstern miteinander, halten aber den Mund, als ich die letzte Treppenstufe erreiche.

»Fahren wir?«, fragt Gregor nervös.

Ich nicke.

»Ruf deinen Bruder sofort an, wenn du wieder gehen willst«, ruft Dad mir hinterher, als Gregor und ich zum Auto gehen. »Selbst wenn es, fünf Minuten nachdem du angekommen bist, ist.«

»Okay, Dad«, rufe ich zurück und ziehe die Tür hinter mir zu.

Die Fahrt zur Schule ist kurz, aber angespannt. Gregor hält vor dem Eingang. Von allen Seiten strömen Leute rein. Lichter blitzen, und die Musik wummert.

»Cora?«

»Ja?«

Er macht den Motor aus und starrt auf das Steuerrad. »Ich wollte dir nur sagen, dass ich dich echt mutig finde.«

Ich sehe ihn an. »Warum?«

»Weil du da allein reingehst. Weil du alles allein machst. Ich finde dich einfach richtig mutig.«

Ich weiß nicht, was ich darauf erwidern soll.

»Ich fand es in der Schule auch nicht leicht«, fährt Gregor fort. »Ich war der totale Nerd, total unbeholfen. Aber ich weiß, wie viel schwerer es für dich ist.«

Ich verdrehe die Augen. »Bitte bemitleide mich nicht, Gregor. Es ist mir egal, was die Leute denken.«

Und zum ersten Mal seit langer Zeit glaube ich fast, was ich da sage.

»Ich kann immer noch losfahren und Adrien holen«, witzelt Gregor und sieht mich an.

Ich lächele. Verdränge das Verlangen, ihn um genau das zu bitten. »Alles gut. Ich gehe da rein, genieße die Musik, esse die Snacks, und falls es mir zu viel wird, versteck ich mich auf dem Klo.«

Er lacht, aber das war ernst gemeint.

Ich kann spüren, wie er mir hinterherguckt, als ich auf den Eingang zugehe. Ich weiß, dass ich da drin keine Freunde habe. Ich weiß, dass die anderen mich anstarren werden.

Aber manchmal mache ich mir wegen solcher Sachen so viele Sorgen, dass ich ganz viel verpasse. Und dann sitze ich zu Hause in meinem Zimmer, in Sicherheit vor was auch immer, und weiß nicht einmal mehr, wovor ich eigentlich Angst habe.

Aber ich bin voller Bedauern, weil das Leben an mir vorbeizieht.

Wenn ich es ganz schrecklich finde, werde ich einfach gehen. Dann habe ich es wenigstens versucht.

Als ich in die Aula eintrete, die in eine Disco verwandelt wurde, muss ich mir einen Augenblick Zeit nehmen. Ich erlaube meinen Sinnen, sich an die neue Umgebung zu gewöhnen und sich darauf einzustellen, dass alles so viel lauter, heller, unruhiger ist.

»Cora?«

Als ich mich umdrehe, stehe ich Rebecca und Gemma gegenüber.

»Was ist?«, sage ich. »Muss ich wieder eure Hausaufgaben machen? Oder seid ihr bereit, zu Mr Ramsey zu gehen, um ihm zu erklären, was wirklich passiert ist?«

Gemma wird so weiß wie die Pappbecher, aus denen die Leute ihre Limo trinken, aber Rebecca verzieht die Lippen und tritt einen Schritt nach vorne.

»Du kannst nichts beweisen, du Freak. Tut mir ja so leid.«

»Tja, kann ich sehr wohl«, höre ich mich sagen und mache ebenfalls einen Schritt auf sie zu. »Mr Ramsey hat vielleicht den Verstand einer Eintagsfliege oder den von euch zweien zusammengenommen, aber Miss Mabuse ist schlau.

Und sie kennt die Handschrift von uns allen, weil sie so viel korrigiert. Also wird sie nicht lange brauchen, um zu kapieren, was wirklich passiert ist.«

Jetzt ist Gemma vor Schreck wie erstarrt und sieht ihre Anführerin voller Angst an. Rebecca schubst ihre Stellvertreterin zur Seite, wirft mir noch einen bösen Blick zu und stürmt dann davon.

Ich wende mich an Gemma und setze ein zuckersüßes Lächeln auf. »Genieß den Abend, Gemma.«

Ich drehe mich um, kichere und fühle mich viel besser. Dann fällt mir etwas auf. Oder vielmehr: jemand. Am Fuß der Treppe. Er tanzt – tanzt mit absoluter Hingabe, und es scheint ihm völlig egal zu sein, dass alle ihn anstarren. Er trägt einen schwarzen Smoking und einen weißen Seidenschal.

Adrien.

Ich höre mich laut lachen, weil es einfach so absurd ist: ihn dort zu sehen, in meiner Schule, herausgeputzt wie ein Zirkuspferd. Jungs mit schlecht gegelten Haaren, denen das Hemd aus der Hose hängt, starren ihn verdutzt an, während er sich um die eigene Achse dreht. Die Mädchen beobachten ihn gleichzeitig fasziniert und fassungslos.

Die Musik hat einen schnellen, coolen Rhythmus, und Adrien tanzt mit freien, fließenden Bewegungen. Auch wenn es zwischendurch ein bisschen schräg aussieht, bin ich überrascht, wie gut er tatsächlich ist. Vielleicht, weil er keinerlei Hemmungen hat? Er gibt sich einfach der Musik hin.

Ich lache immer noch. Die Leute müssen denken, ich habe den Verstand verloren. Lache so laut, dass Adrien aufschaut und mich entdeckt. Ein breites Grinsen erscheint auf seinem Gesicht, und er winkt mir zu. Ich spüre, wie die Leute nun mich anstarren und sich bestimmt fragen, wer um alles in der Welt dieser Typ ist und was wir miteinander zu tun haben.

Während die Musik weiterdröhnt, wirft mir Adrien ein unsichtbares Lasso zu.

»Nein!«, rufe ich lachend über die Musik hinweg. »Auf keinen Fall!«

Er beachtet mich nicht und wirft es wieder. Ich muss so sehr lachen, dass ich fast platze. Doch anders als sonst, wenn ich angestarrt werde, verspüre ich keinerlei Angst oder Scham. Tatsächlich stelle ich fest, dass es mir vollkommen egal ist, wenn sie mich alle seltsam finden.

Sie haben nicht, was wir haben. Und dafür kann ich sie nur bemitleiden.

Ich beginne auf meinen Freund zuzuhüpfen. Als hätte er mich mit seinem Lasso eingefangen. Er lacht laut auf vor Begeisterung, dass ich mitmache. Als ich vor ihm stehe, fassen wir uns an den Händen und rennen auf der Stelle, es ist unglaublich, wie viel Energie da zwischen uns ist.

Als Nächstes macht Adrien mir all die albernen Tanz-Moves nach, die ich über die Jahre von Gregor und Dad gelernt habe. Der gesamte Saal schaut uns dabei zu, aber das ist mir egal.

Es ist mir einfach egal.

Wir schwingen die Hüften. Machen Schwimmbewegungen. Tanzen den Twist.

Und schließlich starten wir eine Polonaise, die Adrien anführt. Während wir uns durch die Aula bewegen, kann ich endlich einen richtigen Blick auf die anderen werfen. Ich entdecke Susan, Fateha und Maria aus meiner Klasse. Sie stehen am Rande der Tanzfläche und sehen uns staunend zu. Während ich Adriens Schultern umfasse und versuche, seinen Bewegungen zu folgen, spüre ich, wie Hände nach mir greifen: Maria hat sich uns angeschlossen. Susan und Fateha zögern kurz und reihen sich dann hinter ihr ein.

Aus fünf werden im Handumdrehen zehn, und dann machen plötzlich fast alle mit. Adrien führt uns durch den Raum im Takt zu der lauten, mitreißenden Musik, und ich schreie vor Lachen. Vor Glück.

So leicht habe ich mich in meinem ganzen Leben noch nicht gefühlt. Hier passe ich rein. Hier gehöre ich dazu. Nichts ist erzwungen, nichts aufgesetzt.

Ich habe Spaß. Als das Lied zu Ende ist, johlen und lachen alle. Alle Hemmungen sind verschwunden, gemeinsam stehen wir mitten auf der Tanzfläche, lebendig und laut.

Ich umarme Adrien von hinten und drücke ihn fest. »Du bist der Beste!«

»Nö«, ruft er über die Schulter. »Aber wer kann schon dem Boogie-Woogie widerstehen?«

Kapitel zwölf

Das gesamte Spektrum

»Wie lange werden sie brauchen, um darauf zu kommen, dass ich hier nicht zur Schule gehe, und mich rauswerfen?«

Ich muss über Adriens Frage lachen. Wir sitzen auf der Treppe vor dem Haupteingang der Schule, trinken Limonade aus weißen Pappbechern und teilen uns eine Tüte mit Süßigkeiten.

»Du hast dafür gesorgt, dass alle wirklich mal Spaß hatten. Dann sehen sie vielleicht darüber hinweg, dass du nicht eingeladen warst.«

»Ganz so schrecklich scheint diese Schule ja nicht zu sein«, bemerkt er und wirft einen Blick zurück auf das moderne Gebäude. »Auf jeden Fall besser als die Privatschulen, auf die Dad mich geschickt hat.«

»Was ist so schlimm an Privatschulen?«, frage ich und reiße die Tüte mit Süßigkeiten an mich.

»Sie mochten mich nicht so richtig. Wegen meiner ADHS und so.«

»Ich dachte, gerade an Privatschulen gibt es zusätzliche Unterstützung.«

»Sie nennen es Unterstützung. In Wirklichkeit bedeutet das aber, dass man lauter Kurse machen muss, um seine Handschrift zu verbessern, und Sitzungen, in denen sie dir sagen, warum du hier nicht reinpasst. Beratungslehrer erklären dir, dass du dir einfach ein anderes Gehirn zulegen sollst und dich mehr anstrengen.«

Er klingt nicht bitter, als er das sagt. Er lächelt. Doch da ist ein trauriger Zug um seine Augen.

»Es fühlte sich an«, sagt er und streckt die Beine aus, »als würde ich bei einem Job versagen, den ich eigentlich gar nicht haben wollte. Aber anstatt mich rauszuwerfen, haben sie mich immer wieder ins Büro geholt, um mir zu sagen, warum sie mich eigentlich rauswerfen sollten.«

Das kommt mir bekannt vor.

»Ich mag mich«, sagt er leise. »Nicht immer und jeden Tag, aber meistens. Ich mag meinen Verstand. Mein Tempo.«

Ich sehe ihn an. Und lächele.

»Das habe ich bisher noch nie ausgesprochen.« Er lacht in sich hinein.

»Ich mag dich auch«, sage ich und stupse ihn an. »Sogar wenn du mir unheimlich auf die Nerven gehst.«

»Hey, ich habe gerade dafür gesorgt, dass du auf der Beliebtheitsskala ganz nach oben gerutscht bist.«

»Aber klar.«

Wir genießen die warme Abendluft und gucken zum Londoner Himmel auf. Über der Stadt hängt heute nicht allzu viel Smog, und ein einzelner Stern strahlt so hell, dass man ihn auch durch die verschmutzte Luft sehen kann.

»Ich möchte mich von Dr. Gold interviewen lassen.«

Ich spüre, wie er neben mir erstarrt. Ich drehe mich zu ihm hin.

»Wie ist das denn?«, frage ich. »Wenn man interviewt wird?«

Er sagt nichts. Guckt selber zu dem Stern hoch.

»Ich weiß, dass du das gemacht hast«, beharre ich. »Dass sie dich interviewt haben. Also … wie ist es?«

»Nichts Besonderes«, sagt er leichthin. »Das sind eben Wissenschaftler. Es ist ermüdend. Und manche der Fragen sind total sinnlos. Nicht besonders klug.«

»Wissenschaftler müssen aber klug sein«, wende ich ein.

»Die sind alle total intelligent, aber niemand kann sich mit *allem* gut auskennen.«

Ich bin sprachlos. Doch ich weiß, dass er recht hat. Gregor zum Beispiel ist der intelligenteste Mensch, den ich kenne, aber nicht dazu in der Lage, eine Glühbirne auszutauschen. Und für Dad war Lesen immer ein Problem, aber ich kenne niemand, der so ein gutes Gedächtnis hat wie er.

Die Menschen haben alle einen so unterschiedlichen Verstand. Sind zu so unterschiedlichen Dingen fähig.

»Ich möchte Menschen helfen«, fahre ich fort. »Wenn sie so jemanden wie mich studieren müssen, dann mache ich das gern. Wenn es Leuten helfen kann.«

»Leuten helfen? Glaubst du wirklich, Pomegranate will Leuten *helfen*?«

Sein abfälliger Ton lässt mich rot werden. »Na ja, schon.«

»Cora, sie wollen Geld verdienen. Wenn sie Geld dafür

nehmen können, dass Leute kommen und sich mit ihrer toten Großmutter unterhalten oder mit etwas, das wie ihre tote Großmutter aussieht, klingt und sich so verhält, dann werden sie das machen. Das ist keine Wohltätigkeitsorganisation. Das ist ein Geschäftsmodell.«

Ich schaue betreten zu Boden. »Das sehe ich anders.«

»Du kennst meinen Vater nicht.«

»Du weißt nicht, was es bedeutet, jemanden zu verlieren. Und viel zu früh. Wo so viel ungesagt geblieben ist. Du weißt das einfach nicht.«

Er sieht mich an, und sein mitleidiger Gesichtsausdruck gefällt mir gar nicht.

»Hör auf«, sage ich ärgerlich. »Nicht du auch noch. Hör auf. Darum geht es nicht, es geht nicht um sie. Ich glaube nur, dass du nicht verstehen kannst, warum Menschen das brauchen.«

Er nickt langsam. »Okay.«

Ich gebe meine Abwehrhaltung auf und blicke wieder zu dem Stern auf. Lausche dem entfernten Dröhnen der Musik und dem aufgeregten Kreischen der anderen.

»Weißt du, warum ich das Wort ›normal‹ so hasse?«

Ich antworte nicht. Ich habe Angst vor dem, was er sagen wird, weil er plötzlich so viel ernster ist als sonst. Und Adrien ist eigentlich nie wirklich ernst.

»Weil ich jahrelang nichts anderes wollte, als normal zu sein«, sagt er. »Ich könnte dir nie sagen, was ›normal‹ eigentlich bedeutet, ich glaube, das kann niemand. Aber ich habe sehr schnell gelernt, dass, was immer es auch bedeutet, es nicht für mich gilt. Manchmal hatte ich das Gefühl, alle kennen die Sprache der Welt und ich müsste mit einer Handvoll Floskeln zurechtkommen. Aus einem Buch, das so zwanzig Jahre alt ist.«

Ich schließe die Augen. Das ist mir nur allzu vertraut. Zu ehrlich.

»Und wenn ich versuche, ihnen das zu erklären, dann sagen sie nur: *Oh, alle fühlen sich manchmal so, Adrien. Alle fühlen sich mal ein bisschen außen vor.*«

Sein Ton ist bitter.

»Aber sie haben keine Ahnung«, sage ich leise. »Sie verstehen nicht, dass, wenn du nicht verstecken kannst, wer du bist, es ständig so ist.«

»Ja«, sagt Adrien, sieht mich aufmerksam an, noch immer viel zu ernst. »Und weißt du, was? Ich habe rausgefunden, wie man das hinkriegen kann. Vergiss den ganzen Quatsch. All die bescheuerten Regeln, die keinen Sinn ergeben, und diesen Unsinn, dass man sich der Norm anpassen sollte, vergiss das alles. Ich habe aufgehört, mir Sorgen darüber zu machen, was andere Leute denken, ob ich reinpasse, und ab dem Punkt war ich frei.«

»Das sagst du so leicht«, murmele ich niedergeschlagen.

»Nein, leicht ist es für mich auch nicht.«

Ich werfe einen Blick auf das Schulgebäude. Und frage mich, wie es wohl sein würde, wenn ich die Meinung anderer Leute über mich einfach hinter mir lassen würde.

»Cora, es gibt nur einen Grund, warum sie mir immer wieder sagen: *Deine ADHS ist nicht das, was dich ausmacht*. Weil sie sich dann besser damit fühlen. Denn sobald dir klar wird, was dich von den anderen unterscheidet, sobald du lernst, das zu lieben und dich so anzunehmen, wie du bist, bist du gefährlich.«

»Gefährlich? Hast du gerade *gefährlich* gesagt?«

»Ja. Menschen, die sich selbst mögen, sind sehr gefährlich.«

»Heute Abend spinnst du dir ganz schön was zusammen«, ziehe ich ihn auf.

»Du solltest dich selbst mehr mögen.«

Ich lache, etwas verunsichert. »Halt die Klappe.«

Er lächelt etwas widerwillig. Gerade als ich denke, dass wir mit dem Thema durch sind, und vorschlagen will, dass wir wieder reingehen, ergänzt er: »Es gibt einen Grund dafür, dass wir anders sind. Und das ist unsere Sache. Es geht die anderen nichts an.«

Ich blicke von Adrien zu dem Stern und wieder zurück. »Okay, Adrien. Ist angekommen.«

Es fängt an zu regnen. Ganz leicht. Er will aufstehen, aber ich berühre seinen Ellbogen.

»Können wir noch ein bisschen im Regen sitzen bleiben?«

Er sieht mich an, fragt aber nicht, warum. »Aber klar.«

Wir sitzen im sanften Regen, und ich atme aus.

»Danke, dass du heute Abend gekommen bist. Für … alles, was du getan hast.«

Er streckt seine Hand aus und hakt seinen kleinen Finger um meinen.

Und mehr braucht es nicht.

★

»Du siehst glücklich aus.«

Als ich nach Haus komme, lächele ich Dad an. Gregor hat mich ganz am Ende des Disco-Abends abgeholt und war überrascht, als ich ihn gebeten habe, Adrien in Knightsbridge abzusetzen. Auf der Autofahrt haben wir den gesamten Abend noch einmal Revue passieren lassen und nur noch gelacht.

»Es war ein toller Abend«, sage ich zu Dad und setze mich zu ihm vor den Fernseher.

Er strahlt mich an. »Cora, das ist … das ist wirklich toll. Ich freue mich so für dich.«

Ich fühle mich gleichzeitig gut und schuldig. Gut, weil Dad so begeistert davon ist, dass ich einen schönen Abend hatte, schuldig, weil Dad sich solche Sorgen um mich gemacht hat.

»Adrien ist auch gekommen.«

Dads Augenbrauen schießen nach oben, als ich das sage. »Oh.«

»Er ist einfach gekommen. Aber es war toll.«

Dad breitet seine Hände vor sich aus. »Also, ich sage es ja ungern, aber dieser Junge ist dir ein guter Freund.«

»Warum sagst du es ungern?«

»Dad findet es schrecklich, zuzugeben, dass jemand, der reich ist, auch anständig sein kann«, sagt Gregor, der in der Wohnzimmertür steht.

»Benimm dich«, murmelt Dad, aber er streitet es nicht ab.

In dem Moment beschließe ich, die gute Stimmung im Raum auszunutzen.

»Dad, ich will Dr. Gold erlauben, mich für Pomegranate zu interviewen.«

Auf meine unvermittelte Erklärung hin schweigen Dad und Gregor fassungslos.

»Ich weiß, dass du das nicht willst«, sage ich ruhig. »Und ich verstehe nicht wirklich, warum. Aber ich glaube, wenn du Dr. Gold kennenlernen würdest, würdest du merken, dass das eine gute Idee ist.«

»Cora.« Dad klingt erschöpft, und ich wünschte, ich hätte nichts gesagt. »Da muss ich Nein sagen. Es tut mir leid, wenn das für dich verwirrend oder ungerecht erscheint, aber ich sage Nein. Du wirst es verstehen, wenn du älter bist.«

»Ich bin fast dreizehn«, sage ich bitter. »Was immer es ist, ich würde es verstehen, Dad.«

Er lächelt mich traurig an. »Lass uns nicht den schönen Abend verderben.«

Ich verdrehe die Augen, aber nehme das Friedensangebot an. Ich schaue zu Gregor, der sich ganz offensichtlich wegen der ganzen Sache auf die Zunge beißen muss.

Was ist es, das die beiden mir nicht sagen wollen, wovor haben sie Angst?

Kapitel dreizehn

Aus meiner Tasche

Heute ist bestimmt der heißeste Tag des Jahres.

Adrien und ich verlassen gerade mit Cerby den Hyde Park. Auf dem Weg in Adriens Viertel fehlt mir der wunderbare Blumenduft, aber das Wetter ist so schön, dass das nicht wirklich schlimm ist.

Die Straßen sind ruhig, abgesehen von ein paar Sportwagen, die durch die Gegend rasen. Das ist nichts Ungewöhnliches, dieser Stadtteil ist ein Spielplatz der Reichen, und die geben gerne mit ihren schnellen Autos an.

Aber sie sind schrecklich laut.

»Dein Dad war bestimmt nicht begeistert davon, dass du dich von Pomegranate interviewen lassen willst«, sagt Adrien und drückt mir Cerbys Leine in die Hand, damit ich ihn eine Weile spazieren führen kann.

»Nö, war er nicht«, bestätige ich. »Und ich glaube auch nicht, dass er seine Meinung ändern wird.«

»Wie gut.« Adrien lacht in sich hinein. »Ich verstehe sowieso nicht, warum es dir dort so gefällt. Es ist einfach gruselig.«

»Du hast doch dieses Hologramm gesehen. Es ist unglaublich.«

»Nichts als Schall und Rauch. Und dann noch diese unheimlichen Wissenschaftler, die dich die ganze Zeit beobachten.«

»Das war eine Person! Eine digitale Person, Adrien. Das ist einfach krass. Natürlich interessiert mich das.«

»Und was ist mit echten Menschen? Sind die nicht viel interessanter? Nichts würde ich mehr hassen, als eins dieser gruseligen Holos zu sein.«

»Du nervst echt.«

Er lacht. Wir gehen weiter, kommen auf die große Straße zu, bevor wir gleich auf den Platz abbiegen. In der Ferne höre ich Motoren aufheulen, verdammt lästig und unerträglich laut.

»Würdest du wollen, dass sie ein Hologramm von dir machen?«, fragt Adrien mich plötzlich. Er blinzelt mich in der heißen Sonne an und wartet auf meine Antwort. Auf der anderen Straßenseite sehe ich eine Frau. Sie trägt eine schicke Sonnenbrille und ein wunderschönes Kopftuch.

»Ich weiß es nicht«, sage ich ehrlich. »Aber im Moment ist das sowieso egal. Ich bin ja erst zwölf. Aber wenn ich älter bin, würde ich das machen. Damit meine Familie mich noch hat.«

Er macht einen Schritt zurück auf die leere Straße und lächelt mich entwaffnend an.

»Ich glaube nicht, dass sie dich richtig hinkriegen würden, Cora.«

»Was soll denn das jetzt heißen?«, frage ich verzweifelt. »Bin ich zu schräg für Pomegranate, oder was?«

»Ja«, lacht er. »Aber das ist was Gutes!«

Ich lache auch. Cerby bellt.

Und dann passiert alles ganz schnell.

Ein Auto, ein Sportwagen, schlingert um die Kurve, ohne langsamer zu werden. Die Bremsen kreischen, der Fahrer versucht noch auszuweichen, aber es ist zu spät.

Dann der Aufprall.

Es trifft ihn. Wie ein kurzes Aufflackern. Es passiert so schnell, in einem Atemzug.

Und ich habe nicht genug Luft, um zu schreien.

Adrien fällt nicht einfach auf die Straße, er fliegt. Mir entfährt ein stummer Schrei, und einen Moment lang wird mir schwarz vor Augen.

Dann bin ich an seiner Seite, keine Ahnung, wie ich da hingekommen bin. Das Auto legt den Rückwärtsgang ein und rast davon, die zwei Männer darin streiten so laut miteinander, dass ich sie noch eine Weile hören kann.

»Adrien«, bekomme ich heraus und greife nach seiner Hand.

Cerby winselt, und Adrien blinzelt mich an, wie eben von der Sonne geblendet.

»Ich rufe einen Krankenwagen!«

Die schöne Frau mit dem Kopftuch ist an meiner Seite, das Handy in der Hand.

»Rede mit ihm, Schätzchen, und beweg ihn nicht«, sagt sie schnell, steht auf und spricht dann in ihr Telefon.

Der schläfrige Teil meines Verstandes versteht nicht, warum wir einen Krankenwagen brauchen. Den braucht man doch nur, wenn es einen schrecklichen Unfall gegeben hat. Das Ganze fühlt sich an wie ein Albtraum. Das hier passiert nicht wirklich, das kann nicht sein.

Es wird schon alles in Ordnung sein.

»Adrien, sie ruft jetzt an. Alles wird gut.«

Sein Blick ist auf mich gerichtet, und ich traue mich nicht wegzugucken. Ich lächele und drücke seine Hand.

Er blinzelt so langsam. So mechanisch.

»Blödes Auto.« Ich lache nervös, eine Träne fällt auf die glühend heiße Straße. Sie muss von mir sein. »Solche Idioten. Aber dir wird schon nichts passiert sein.«

»Cora«, krächzt er. »Meine Mum. Ich brauche meine Mum.«

Ich werfe einen Blick über die Schulter auf die Frau. Sie kommt zu uns zurück und beugt sich über uns.

»Ja, er ist bei Bewusstsein«, sagt sie ins Telefon. »Aber es sieht schlimm aus, er ist regelrecht durch die Luft katapultiert worden. Sie müssen doppelt so schnell gewesen sein wie erlaubt.«

»Bleib einfach wach«, sage ich ihm. »Und deine Mum kommt zu uns ins Krankenhaus. Okay?«

Er schließt einen Moment lang die Augen. »Geh nicht weg, Cora.«

»Ich gehe nirgendwohin«, sage ich heiser. »Okay? Ich bin hier, Adrien. Ich fahre mit dir ins Krankenhaus, und dann kannst du alles aus dem Automaten haben, was du willst.«

»Cora?«

Seine Augen sind jetzt geschlossen und seine Stimme so leise.

»Ja?«

»Ich habe Angst.«

»Du musst keine Angst haben, Adrien«, versichere ich ihm und streichele seine Hand. »Es ist nicht so schlimm. Alles wird gut.«

In der Ferne höre ich Sirenen. Einen Krankenwagen.

Endlich öffnet er die Augen und starrt zum Himmel hinauf. Zum tiefblauen Himmel. Ich folge seinem Blick.

»Das große Meer, weißt du noch?«, sage ich mit zitternder Stimme. »Wir gucken nur auf die Oberfläche des Meeres. Hör nicht auf zu gucken. Eines Tages wirst du da oben sein. In deinem eigenen Flugzeug. Also schön weiter nach oben gucken, Adrien.«

Er guckt noch immer auf die Oberfläche unseres blauen Meeres, als sein Blick weich wird und seine Hand aus meiner fällt.

★

»Cora?«

Zum dritten Mal höre ich wie aus der Ferne meinen Namen. Ich blicke auf. Mir verschwimmt alles vor den Augen, aber ich kann Dr. Gold ausmachen. Ich sitze irgendwo allein im Krankenhaus, und Dr. Gold ist da.

»Ich bin mit Adriens Vater direkt von der Arbeit gekommen«, beantwortet sie meine unausgesprochene Frage.

»Oh.«

»Cora.« Ihr Gesicht verzieht sich. »Es tut mir so leid.«

Ich springe von dem Stuhl auf und fange an, hin und her zu laufen. Ich hasse dieses ›tut mir leid‹. Ich hasse das Schweigen und die Pausen und diese ganze unangenehme Situation.

»Er wird wieder gesund«, sage ich steif. »Sie machen das mit dem Elektroschock.«

»Cora, wo ist deine Familie?«

»Gregor und Dad sind auf dem Weg.« Ich habe sie angerufen. Sie waren zu Hause und wollten direkt hierherkommen. Zum Krankenhaus. »Aber er wird wieder gesund. Wiederbelebung. Elektroschock. Sie machen das alles.«

Dr. Gold kniet sich neben mich und streicht mir das Haar aus dem Gesicht. Ihr Gesichtsausdruck schmerzt mich so sehr, dass ich sie nicht angucken kann.

»Liebes, er ist in einem sehr schlechten Zustand.«

»Nein«, schnauze ich sie an. »Er ist nur gerade ein bisschen ausgeknockt. Aber sie werden ihn zurückholen.«

»Cora, Liebes, bei der Ankunft war er nicht bei Bewusstsein. Dieses Auto … es hat ihn zu schwer verletzt.«

Ich brülle. Sie hält mich. Ganz fest. Ich kann Pomegranate riechen, während ich in ihre frische weiße Bluse schreie.

Irgendwann kommen Dad und Gregor in den Raum gestürzt, und ich werde kommentarlos von Dr. Gold an Dad weitergegeben. Gregor nimmt mein Gesicht in beide Hände.

»Bist du verletzt?«, ruft er über meine Schluchzer hinweg.

»Ist mir egal!«, schreie ich.

»Wir müssen sie sofort nach Hause bringen«, fährt Dad

Gregor an. Er trägt mich in seinen Armen, als wäre ich wieder vier Jahre alt. Ich kreische wie ein Kleinkind. Ich kann nicht anders, in mir ist so viel Gift. Dunkle, metallische Furcht, und sie muss raus.

All der Schmerz muss raus.

Als der Aufzug nach unten fährt, fällt etwas aus meiner Tasche: der goldene Schlüssel zu Adriens Garten. Er hat ihn mir geschenkt, mir gesagt, dass ich immer in den Garten kann, wenn ich das brauche.

»Den muss ich ihm zurückgeben«, sage ich zu Gregor, als er sich bückt, um ihn aufzuheben.

»Wem?«

»Adrien«, fauche ich. »Ich hab ihn nur geliehen. Ich muss ihn zurückgeben.«

»Ich gebe ihn Magnus«, sagt Gregor ernst. »Okay?«

»Nein, gib ihn Adrien«, verlange ich. »Es ist sein Schlüssel. Sein Garten. Und jemand muss ihm sagen, dass mit Cerby alles in Ordnung ist.«

Aber ich gebe ihm den Schlüssel nicht. Ich halte ihn fest. Niemand außer Adrien darf ihn haben.

»Cora«, flüstert Dad. »Mein Schatz. Bitte. Er ist nicht hier.«

An den Weg zum Auto kann ich mich nicht erinnern. Auch nicht daran, wie ich das Bewusstsein verliere.

Oder an irgendetwas anderes.

Kapitel vierzehn

Wach

»Cora?«

Ich drehe mich um und sehe Magnus. Er sieht furchtbar aus. Dieser Gedanke muss sich in meinem Gesicht spiegeln, denn er nickt und fährt sich mit einer Hand durch das leicht zerzauste Haar.

»Danke, dass du gekommen bist«, sagt er mit tiefer Stimme. »Das war bestimmt nicht einfach.«

»Alles gut, Mr Hawkins«, sage ich leise.

»Du bist wirklich sein Ein und Alles.«

Ich weiß nicht, was ich darauf erwidern soll. Er schenkt mir ein blasses Lächeln und geht dann zu den Ärzten, die im Flur stehen und alle auf ihn zustürzen, um ihm die Hand zu schütteln.

Ich betrete das Zimmer. Überall Schläuche und Maschinen. Er sieht aus, als würde er schlafen.

Aber nicht, als wäre er tot.

»Bist du seine Schwester?«

Die Krankschwester kommt in den Raum, spricht mit sanfter Stimme, während sie einen weiteren Schlauch anschließt.

»Nein«, sage ich. Meine Stimme ist rau und kratzig. »Ich bin seine beste Freundin.«

»Oh«, sagt sie liebevoll. »Dann freut er sich bestimmt, deine Stimme zu hören.«

Ich trete näher an das Krankenbett ran. Ich kann das grelle Licht der Neonlampen in meinen Augen spüren. »Er kann mich hören?«

»Wir glauben schon. Es kann wirklich helfen, wenn man mit ihnen spricht. Wo immer er auch ist, er wird dich hören wollen.«

»Ist er also irgendwo anders?«

»Auf eine Art. Wir tun alles, um es ihm so angenehm wie möglich zu machen, um ihm beim Atmen zu helfen. Er ist noch da. Er ist nicht weg.«

»Adrien«, sage ich so leise, dass es niemand anderes hören kann. »Wo bist du hingegangen?«

Koma. Ich kannte das Wort vorher noch nicht. Der Arzt hat erklärt, das ist, als wäre er verzaubert. Und jetzt müssen sie einen Weg finden, um den Bann zu brechen.

»Ich heiße Grace«, sagt die Krankenschwester mit ruhiger Stimme. »Ich werde mich gut um ihn kümmern, keine Sorge.«

Ich nicke. »Meine Mum war auch Krankenschwester.«

Ich kann spüren, wie sie zögert, bevor sie sagt: »Wirklich?«

»Ja. Bevor sie krank wurde.«

Grace gibt einen sanften Laut von sich und drückt dann mein Handgelenk.

»Adrien wird wieder gesund«, sage ich entschlossen. »Sein Gehirn funktioniert anders. Er ist etwas Besonderes. Er ist nicht wie alle anderen. Er wird es schaffen.«

»Das ist die richtige Einstellung«, antwortet sie von Herzen. »Du machst das genau richtig.«

Ich ziehe mich aus dem Zimmer zurück und sehe sie sofort: den Mann, der Adriens Onkel Max sein muss, und Ria Hawkins. Die blonden Köpfe nah beieinander, stehen sie in der Ecke.

Ich gehe zu ihnen rüber, als würde ich schlafwandeln.

»Brauchen Sie irgendetwas, Mrs Hawkins?«

Sie sieht mich an, als hätte sie mich noch nie zuvor gesehen, und sagt dann: »Oh, nein, nein danke. Danke, Cora, mir geht es gut.«

Sie sieht alles andere als gut aus. Ich verstehe nicht, warum wir uns an einem Tag wie heute alle so verstellen müssen.

Ich entdecke Dr. Gold, die allein vor dem Zimmer sitzt. Ich gehe auf sie zu. Als sie mich sieht, lächelt sie mich freundlich an und klopft auf den Stuhl neben sich. Ich setze mich gerne zu ihr.

»Und? Wie hältst du dich?«, fragt sie.

»Einigermaßen.«

»Gut.«

Einen Moment lang sitzen wir schweigend da.

»Cora, gehst du ein paar Schritte mit mir? Es gibt da etwas, was ich dir sagen will.«

Ich bin dankbar für jede Ablenkung, und der Small Talk ist mir auch ausgegangen, also stimme ich zu. Wir verlassen das Krankenhaus, ohne jemandem Bescheid zu sagen, und laufen draußen herum.

»Ich bin mir nicht sicher, wie ich das ansprechen soll«, sagt Dr. Gold vorsichtig, während unsere Schritte auf dem Kiesweg knirschen.

»Sie können ganz offen sein«, sage ich ausdruckslos. »Das wäre mal eine angenehme Abwechslung zu dem, wie sich da drinnen alle aufführen.«

»Nun, das weiß ich zu schätzen«, sagt sie. »Also, Cora … ich kann mir gar nicht vorstellen, wie schwer das für dich sein muss. Abgesehen von seiner Familie stand ihm keiner so nah.«

Ich presse den Kiefer zusammen. »Wir haben uns schnell angefreundet.«

»Ja.« Sie zögert und spricht dann weiter. »Ich weiß nicht, ob Adrien dir je von seiner Zeit bei Pomegranate erzählt hat.«

»Er hat gesagt, dass er vom Team Gold interviewt wurde«, sage ich geradeheraus.

»Ganz genau«, bestätigt sie. »Als Studienmaterial war er mehr als interessant. Wenn auch nicht allzu kooperativ.«

Ich muss lächeln. »Klingt ganz nach ihm.«

»Nun.« Sie lässt ihre Finger über die Steinstatuen gleiten, an denen wir vorbeigehen. »Cora, mir fällt es sehr schwer, das zu sagen. Zu erklären. Aber wir haben Adrien. Bei Pomegranate.«

Ich bleibe stehen. Starre auf meine Füße und warte darauf, dass sie weiterredet. Ich kann nicht gleichzeitig gehen und mir das anhören, und ich muss ihr gut zuhören.

»Wie meinen Sie das, Sie haben ihn bei Pomegranate?«

Sie lächelt mich an. Ein hoffnungsvolles Lächeln. »Cora, wir haben ein Hologramm von ihm gemacht. Ein ziemlich gutes.«

Das verändert alles. Vollkommen. Er ist da. Doch nicht verschwunden, sondern sein Verstand ist in einem Computer, ist noch immer da und wartet.

In einem der Wartezimmer. Bei Pomegranate.

Ich spüre, wie mein Kiefer anfängt zu zittern. Ich bin so überwältigt, dass ich mich nicht einmal schäme. Das gibt mir so viel Hoffnung, dass es schmerzt.

»Ich kann ihn wiedersehen? So wie er war?«

Ich stolpere auf eine Holzbank zu. Dr. Gold setzt sich neben mich.

»Emotional wäre das eine ziemlich heftige Erfahrung«, sagt sie behutsam. »Aber – ja. Du könntest ihn wiedersehen.«

Ich schnappe nach Luft. Das, was Pomegranate wirklich ausmacht, trifft mich mit voller Wucht.

»Aber«, ich schäme mich, es zu sagen, aber mir bleibt nichts anderes übrig. »Ich kann mir die Preise bei Pomegranate nicht leisten. Was das kostet … ein Hologramm zu treffen.«

»Nun, darüber habe ich schon nachgedacht«, sagt Dr. Gold fürsorglich. »Ich werde das mit Magnus besprechen. Nicht heute natürlich. Aber später. Wenn du zustimmst, dass dich das Team Gold für Forschungszwecke interviewt … dann wäre die Begegnung mit Adriens Holo dein Honorar.«

Hoffnung durchzuckt mich wie ein Stromschlag. »Dann mache ich es.«

»Ja, aber dein Vater …«

»Ich mache es.«

Sie seufzt, aber lächelt mich an. »Du hast einfach die richtige Einstellung, Cora.«

Ich spüre, wie all der Schmerz dieses grauenhaften, schwierigen Tages durch mich hindurchströmt, und ich muss sie einfach in die Arme schließen. Ich klammere mich an ihr fest, als befände ich mich mitten in einem Sturm, und zwischen den kalten Wellen, die über mir zusammenbrechen, ist sie der einzige Halt.

»Es ist alles gut, Cora«, flüstert sie und drückt mich fest. »Alles gut.«

»Ich glaube, ich werde nie wieder glücklich sein«, flüstere ich.

»Ich weiß, dass du dich jetzt so fühlst«, sagt sie mit fester Stimme. »Aber das wird wieder anders. Jetzt ist es überwältigend. So habe ich mich nach dem Tod meiner Mum gefühlt. Aber es wird besser. Leichter.«

Ich werfe einen Blick auf das Krankenhaus. Ich kann den Empfangsbereich sehen. Wie sich die Türen automatisch öffnen und schließen. Ich kann Ria Hawkins sehen, die draußen raucht und mit Magnus redet. Er sieht sie nicht an, und je lebhafter sie spricht, desto steifer wird er. Schließlich lässt er sie einfach stehen.

»Wäre das für Mr und Mrs Hawkins wirklich in Ordnung, wenn ich Adrien wiedersehe? *So* wiedersehe?«, frage ich Dr.

Gold und wende den Blick nicht von der jetzt hysterischen Ria ab.

»Wenn du zustimmen würdest, Pomegranate zu helfen«, Dr. Gold drückt meine Schulter und folgt meinem Blick, »dann ist das bestimmt kein Problem, das verspreche ich dir.«

Kapitel fünfzehn

Wie hast du den Sommer verbracht?

Wir sitzen zu Hause beim Abendessen. Ich denke immer noch über mein Gespräch mit Dr. Gold nach, während Dad und Gregor ein Theater um das Essen machen. Ich merke, dass sie meinetwegen voll in Panik sind. Angst haben, dass ich komplett zusammenbreche, einen Shutdown habe. Dad hat ein riesiges Hähnchen zubereitet, mit Knoblauch, Kräutern und allem Drum und Dran, und Gregor hat alle meine Lieblingsbeilagen gekocht. Wir trinken rosa Limonade, und Dad hat sanfte klassische Musik aufgelegt.

»Das sieht alles total lecker aus«, sage ich wahrheitsgemäß.

Dad lässt einen tiefen, erleichterten Seufzer hören, und er und Gregor tauschen zufriedene Blicke aus. Ich warte, bis sie beide von ihrem Teller gegessen haben, bevor ich etwas sage.

»Ich werde bei Pomegranate Tech interviewt werden.«

Dad fängt an zu husten, offenbar hat er sich an seinem Essen verschluckt. Gregor trinkt einen Schluck von der Limo und wirft mir einen besorgten Blick zu.

»Was?«, sagt Dad heiser, gießt sich schnell ein Glas Wasser ein und räuspert sich.

»Das steht nicht zur Diskussion«, sage ich fest. »Ich werde es machen.«

»Cora.« Gregor, der immer dafür war, sieht unschlüssig und etwas bleich im Gesicht aus. »Ich weiß nicht, ob das im Moment das Richtige für dich ist.«

»Es ist ganz eindeutig im Moment nicht das Richtige für dich«, sagt Dad scharf. »Es ist das Letzte, was du jetzt tun solltest, unter den gegebenen Umständen. Du hattest einen großen Schock.«

»Dad, ich werde darüber nicht mit dir diskutieren«, sage ich sanft. »Es ist beschlossen. Ich habe zugestimmt.«

»Hat dieser Mann dich am Krankenbett seines Sohnes bedrängt?«, fragt Dad leise. Aber der Ton in seiner Stimme ist mörderisch. »Ich habe ja nie viel von ihm gehalten, aber das ist wirklich das Letzte.«

»Hat er nicht«, fauche ich zurück und sehe ihn wütend an. »Er hat mich gar nicht gefragt. *Ich* will es machen.«

»Cora, du solltest den Sommer nutzen, um dich auszuruhen und zu entspannen«, sagt Gregor sanft. »Da willst du dort nicht eingesperrt sein. Die Sommerferien fangen jetzt an, du solltest Spaß haben.«

»Ich habe es echt satt, dass mir alle vorschreiben, was ich tun und wie ich mich fühlen soll«, entgegne ich steif. »Das habt ihr auch gemacht, als Mum gestorben ist. Ich mache das. Die erste Sitzung ist am Montag mit Dr. Gold. Es wäre nett, wenn mich jemand bis elf Uhr zum Canary Wharf fahren könnte, aber wenn nicht, dann nehme ich eben den Bus. Aber egal, was ihr beide davon haltet, ich mache es.«

Ich schneide mein Hähnchen, gieße Soße darüber und nehme einen großen Bissen, kaue. Die beiden starren mich immer noch an. Seit es passiert ist, haben sie mich mit Samthandschuhen angefasst, und meine Ankündigung hat sie ganz offensichtlich aus der Bahn geworfen.

Es würde sie bestimmt noch mehr beunruhigen, wenn sie wüssten, warum ich das mache.

Für mich ist die Sache erledigt, und ich esse einfach mein Abendessen.

★

Gregor parkt das Auto direkt vor dem Firmengebäude, hält mich aber am Handgelenk fest, als ich aussteigen will.

»Ich weiß, was sie dir versprochen haben, Cora.«

Ich erstarre.

»Sie haben ein Hologramm von Adrien.«

Natürlich weiß Gregor Bescheid. Er arbeitet ja schließlich für den Laden.

»Ja«, sage ich trotzdem.

»Sie lassen dich das Holo besuchen, wenn sie dich zu Forschungszwecken interviewen dürfen?«

»Ja.«

»Cora.« Er rutscht auf seinem Sitz hin und her und wirft einen Blick auf den Haupteingang von Pomegranate. »Ich weiß nicht so recht, was ich davon halten soll.«

»Du arbeitest für sie, Gregor.« Ich lache, als ich das sage, weil er einfach so todernst ist. »Wenn du nicht einverstanden bist, warum arbeitest du dann für sie?«

»Ich programmiere doch nur ein bisschen«, antwortet er, die Stirn besorgt in Falten gelegt. »Hör mal, Cora, das wird nicht so sein, wie ein Promi-Holo zu treffen. So wird es ganz bestimmt nicht sein.«

»Weiß ich doch«, fahre ich ihn an. »Okay? Ich will es trotzdem.«

Ich öffne die Autotür und gehe die Treppen zur Eingangstür hoch, ohne mich umzudrehen, um zu gucken, ob er mir folgt. Noma, die Empfangsdame, sieht auf, sobald ich das Gebäude betrete.

»Ich habe einen Firmenpass für dich«, sagt sie mit schriller Stimme und zeigt auf die laminierte Karte am Band, die auf dem weißen Marmortresen liegt. Sie hat einen goldenen Rand. »Verlier ihn nicht.«

»Das werde ich nicht.«

»Dr. Gold wartet in ihrem Büro auf dich.«

Ich nicke. Als ich einen Blick zurück werfe, sehe ich, dass Gregor noch immer im Auto sitzt und auf das Steuerrad starrt. Mitgefühl für ihn überkommt mich, aber ich weiß einfach nicht, was ich ihm sagen soll.

Ich steige in den Aufzug und hänge mir die Karte um.

Zügig und ohne Unterbrechung fährt der Lift nach oben. Nicht wie die Aufzüge im Krankenhaus, die schwerfällig und ruckelig sind. Ich bin nervös und ängstlich, sage mir aber, dass, sobald das erste Interview vorbei ist, ich meinen besten Freund wiedersehen kann.

Zwei Wochen sind seit diesem Tag vergangen. Aber es fühlt sich an wie zwei Jahre.

Ich will einfach nur meinen Freund wiedersehen. So wie er mal war.

Die Türen gehen auf, und ich betrete ein unbekanntes Stockwerk. Es ist vollkommen still, kein Stimmengewirr wie auf der Marketing-Etage oder bei den Technikern. Ich entdecke eine einschüchternde schwarze Tür mit Dr. Golds Namen.

Ich klopfe.

»Herein?«

Ich schiebe die Tür auf und trete nervös ein. Sie sitzt hinter ihrem Schreibtisch, eine Brille auf der Nase, die Haare zurückgebunden. Sie scheint in einen Text vertieft zu sein, den sie auf ihrem Tablet liest, doch als sie mich sieht, legt sie ihn sofort beiseite.

»Cora.«

Ich lasse den Raum auf mich wirken. Ein Regal mit allem möglichen Krimskrams. Und Auszeichnungen, die Dr. Gold verliehen bekommen hat. Sie steht von ihrem Schreibtisch auf und kommt auf mich zu. Ich wende meinen Blick von den glänzenden Gegenständen ab, um sie anzusehen.

Sie umarmt mich, erst zucke ich zurück, aber dann lasse ich es zu. Sie tritt einen Schritt zurück, hält mich noch an den Schultern fest.

»Ich freue mich sehr, dass du das machst«, sagt sie mit leuchtenden Augen. »Das wird so vielen Menschen helfen.«

»Ich bin total nervös«, gebe ich zu, als sie mich aus ihrem Büro und einen langen, stillen Flur entlangführt.

»Natürlich bist du das.« Ich bin froh, dass sie mir nicht sagt, dass ich das nicht sein muss oder mich nicht so anstellen soll. »Das ist völlig in Ordnung.«

Wir erreichen einen Interviewraum. Genau wie Adrien gesagt hat, ist er ganz in Weiß gehalten. Mit einem großen Spiegel an der Wand. Dr. Gold setzt sich auf einen Stuhl, und ich setze mich unwillkürlich ihr gegenüber.

»Möchtest du ein Glas Wasser haben?«, fragt sie mich freundlich.

»Nein danke.«

»Okay. Dann warten wir jetzt noch auf Dr. Connelly, und dann fangen wir an. Das Ganze wird aufgenommen, in Ordnung?«

»In Ordnung.«

Fast unmerklich nickt sie in Richtung Spiegel.

Ich weiß, dass dahinter Leute sitzen, die mich beobachten. Leute, die ich nicht sehen kann, aber ich weiß, dass sie da sind. Weil Adrien mir das gesagt hat.

»Wie fühlst du dich?«

Ich löse meinen Blick von meinem etwas blassen Gesicht im Spiegel und gucke wieder Dr. Gold an. Ihr Tablet samt Stift liegt auf ihrem Schoß bereit, und sie lächelt mich erwartungsvoll an.

Ich weiß nie, wie ich solche Fragen beantworten soll. Neurotypische Menschen fragen einen ständig, wie es einem geht, aber eigentlich ist es nur eine Floskel zur Begrüßung. Wenn ich die Frage aber dann tatsächlich ehrlich beantworte, ist ihnen das unangenehm.

»Mir geht es gut«, murmele ich.

Sie hebt eine perfekt gezupfte Augenbraue und lächelt sanft. »Cora, du musst dich in diesen Interviews nicht verstecken. Es ist wichtig, dass du einfach du selbst bist.«

Ich glaube nicht, dass neurotypischen Menschen klar ist, um was sie dich da bitten. Aber vielleicht bin ich deswegen hier. Damit sie verstehen.

Die Tür fliegt plötzlich auf, und ein kräftiger Mann in sehr legerer Kleidung eilt herein. Er hält ein Tablet mit einer Kaffeetasse darauf wie ein Tablett in den Händen. Er nickt mir kurz zu und setzt sich dann neben Dr. Gold. Ihr Gesichtsausdruck ist schwer zu lesen, aber sie rückt ein klein wenig von ihm ab.

»Entschuldigt die Verspätung«, sagt er knapp. »Ich bin Dr. Connelly. Habt ihr schon angefangen?«

»Wir haben uns nur ein wenig unterhalten«, sagt Dr. Gold mit aalglatter Stimme. Sie wartet, bis er wieder mit seinem Kaffee beschäftigt ist, und verdreht dann die Augen und grinst mich an.

Ich grinse zurück.

»Also.« Dr. Connelly kommt endlich zur Ruhe und wirft mir einen ganz schön bohrenden Blick zu. »Nora. Dann fangen wir mit ein paar Fragen an.«

»Klar«, sage ich schnell. »Aber ich heiße Cora.«

Er blinzelt mich an, und Dr. Gold lacht, ihr ganzer Körper bebt vor Vergnügen.

»Weißt du, inwiefern du dich von anderen unterscheidest, Cora? Kannst du uns das sagen?«

Und ich hole tief Luft. Versuche mich zu erinnern, warum ich das hier überhaupt mache.

Für Adrien. Um Adrien wiederzusehen.

Kapitel sechzehn

Das Wartezimmer

»Ich glaube nicht, dass ich mich von anderen unterscheide.«

Das sage ich selbstbewusst, aber ihr dabei in die Augen zu gucken, ist schwer. Dr. Gold sieht etwas enttäuscht aus, aber sie lehnt sich nach vorne, lächelt mitfühlend. »Aber du bist autistisch?«

»Ja. Aber viele Leute sind das.«

»Natürlich«, antwortet sie schnell. »Ja.«

»Es ist angeboren.« Ich zucke mit den Schultern und kratze eine juckende Stelle an meinem Handgelenk.

»Das ist es«, stimmt Dr. Gold vorsichtig zu, und ich kann erkennen, dass sie sich anstrengen muss, um zu überlegen, was sie jetzt sagen soll. Dr. Connelly wirft einen Blick auf den Spiegel und dann zurück auf Dr. Gold.

»Hast du schon einmal einen anderen Menschen mit Autismus getroffen?«

»Also, nein«, sage ich wahrheitsgemäß. »Aber manche Leute wissen das gar nicht von sich. Und mein bester Freund hat ADHS. Das ist dasselbe in Grün.«

Ihre Gesichtszüge werden weich. »Du meinst Adrien?«

»Ja. Er hat ADHS.«

Dr. Connelly schreibt etwas auf sein Tablet. Ich wünschte, ich könnte es von hier aus lesen.

»Autismus zu haben, wie würdest du das beschreiben?« Dr. Connelly stellt seine erste Frage, sieht mich dabei aber nicht an.

»Na ja, genau so würde ich das nicht beschreiben.«

Trauer ist so komisch. Jetzt, beim zweiten Mal, bin ich viel weniger höflich. Ich kann mich einfach nicht mehr so gut zurückhalten. Es ist mir egal, was die Leute denken.

»Wie meinst du das?«

»Ich meine, dass ich Autistin bin.«

»Oh.« Dr. Connelly gibt einen seltsamen teilnahmsvollen Laut von sich. »Nein, du *hast* Autismus. Du solltest dich zuerst nennen. Ein Mensch mit Autismus.«

»Ähm.«

»Wir sagen nicht ›ein krebskranker Mensch‹, sondern ›Dieser Mensch hat Krebs‹. Verstehst du? Du solltest dich vor deiner Krankheit nennen.«

»Ich habe keinen Krebs.«

»Versuchen wir es mit einer anderen Frage«, sagt Dr. Gold mit scharfer Stimme und wirft Dr. Connelly einen verächtlichen Blick zu. »Wie fühlt es sich an, du zu sein, Cora?«

Das ist eine viel bessere Frage. Und eine, die mir Leute sonst nie stellen.

»Jetzt, in diesem Moment?«, sage ich.

Ich denke an Flugzeuge am Himmel. An Cerbys feuchte Nase. An warme Nudeln zum Abendessen. An die Rosen im

Hyde Park. An Lloyd, der die Fenster runterfährt und das Radio laut aufdreht. Daran, wie es ist, so zu lachen, dass man vollkommen überwältigt ist und keinen Ton von sich geben kann. Dass man sich krümmen muss, die Augen fest geschlossen, und nach Luft ringt.

Ich denke an die Polonaise bei der Schul-Disco.

»Bitte sei ehrlich«, ergänzt Dr. Gold.

Zwei kleine Finger, die sich einhaken. Zusammen gegen den Rest der normalen Welt.

»Im Moment fühle ich mich leer.«

★

Adrien hat immer gesagt, dass, wenn ihm alles zu viel wurde, er auf Autopilot geschaltet hat. Auf die Grundfunktionen. Das mache ich für den Rest des Interviews. Ich gebe einfache Antworten. Zum Glück scheint es Dr. Connelly zu genügen.

Bei Dr. Gold bin ich mir da nicht so sicher. Doch als sie mich in das dritte Stockwerk führt, zu dem Wartezimmer, scheint sie mit mir zufrieden zu sein.

»Vielen Dank noch einmal, dass du das machst«, sagt sie sanft, als wir eine stahlblaue Tür erreichen. »Hier drin ist es. Sobald du bereit bist, sagst du einfach ›Los‹, und die Techniker legen los.«

»Okay.«

»Und, Cora?«

Ich sehe zu ihr auf, aber sie beugt sich zu mir runter, sodass wir auf Augenhöhe sind.

»Das ist vielleicht am Anfang sehr schwer. Überwältigend. Und es ist wichtig, dass du die Illusion für das Holo aufrechterhältst.«

»Nein, das weiß ich«, versichere ich ihr. »Das werde ich, versprochen.«

Sie lächelt und legt ihre Hand an meine Wange. »Das weiß ich doch.«

Sie klopft einmal gegen die blaue Tür und macht sie dann für mich auf. Gleichzeitig erwartungsvoll und voller Angst trete ich ein.

Es ist überhaupt nicht so, wie ein Promi-Holo zu sehen. So etwas habe ich noch nie zuvor erlebt.

Mein Verstand weiß, dass vor mir ein Hologramm ist, sorgfältig nachgebildet, um einen Menschen darzustellen. Der rationale Teil von mir weiß das ganz genau.

Aber jeder andere Teil von mir hat das Gefühl, einen Geist vor sich zu haben.

Er ist eingefroren, wartet darauf, dass die Techniker mit der Simulation beginnen. Ich setze mich ihm gegenüber, kann den Blick nicht abwenden.

Jedes einzelne Detail ist perfekt nachgebildet. Die Nase, die Augenbrauen. Die Augen sind geschlossen, warten auf mein Signal.

Ich nehme mir einen Augenblick Zeit, bin auf eine seltsame Art nervös. Ein Teil von mir begehrt noch immer gegen diese Situation auf, möchte das alles nicht wahrhaben.

Aber die Hoffnung ist am stärksten.

»Los.«

Unsicher würge ich das Wort heraus, aber wo immer sie auch sind, sie hören es. Adrien öffnet die Augen.

Wir starren einander an. Und alles, was ich sagen wollte, ist verschwunden.

Ein Lächeln breitet sich auf seinem Gesicht aus, und ich spüre Tränen in den Augen.

»Freust du dich nicht, mich zu sehen?«

Ich atme tief aus und lasse den Kopf hängen, meine Fingernägel graben sich in meine Knie. Ich fühle mich, als wäre ich gerade einen Berg hochgerannt und hätte vergessen, dabei zu atmen. Jetzt, da ich den Gipfel erreicht habe, ringe ich verzweifelt nach Luft.

»Ich freue mich sehr, dich zu sehen«, krächze ich, den Blick noch immer gesenkt.

»Ja, du siehst total glücklich aus«, sagt das Hologramm, das Adrien ist, und lacht.

»Nein, das bin ich wirklich«, sage ich schnell und werfe einen Blick auf die Scheinwerfer, die an der Decke befestigt sind. Alles funktioniert zusammen, um diese Nachbildung zu projizieren, diese digitale Seele. »Ich bin sehr glücklich.«

»Na, dann ist ja gut. Es gibt nichts Schlimmeres als Jammerlappen.«

Mir entfährt ein Lachen, und ich gucke ihn endlich an. Das Holo ist ein Meisterwerk. Echter, als ich es mir in meinen kühnsten Träumen vorgestellt habe.

»Also«, er hebt seine völlig lebensecht aussehenden Hände ein wenig, »wer bist du?«

Kapitel siebzehn

Mrs Hawkins wird sich nicht dazugesellen

»Ich hätte dich darauf vorbereiten müssen, Cora, es tut mir so leid.«

»Alles gut«, sage ich zu Dr. Gold, den Kopf zwischen den Knien, während ich dem kühlen, sanften Plätschern des Wassers im Garten des Friedens lausche. »Ich hätte zwei und zwei zusammenzählen sollen.«

»Sein Holo wurde vor etwa einem Jahr fertiggestellt«, erklärt sie. »Das war eins der ersten Hologramme, die wir freigegeben haben.«

»Bevor wir uns kennengelernt haben.«

»Genau. Es tut mir so leid, ich hätte daran denken sollen.«

»Alles gut.«

Die Begegnung wurde abgebrochen. Sie müssen gemerkt habe, wie schockiert ich darüber war, nicht erkannt zu werden.

»Das nächste Mal bin ich besser vorbereitet«, versichere ich.

Ich werde nicht zulassen, dass sie mir diese Sitzungen wegnehmen.

»Ich bin überrascht, dass du deinen Vater davon überzeugen konntest, die Einverständniserklärung zu unterschreiben«, wechselt Dr. Gold das Thema. »Nach allem, was mir dein Bruder erzählt hat, ist er gegen absolut alles, wofür dieses Unternehmen steht.«

»Das stimmt«, räume ich ein. »Und ich verstehe nicht so richtig, warum.«

Außerdem hat Gregor die Papiere unterschrieben. Aber das sage ich ihr nicht.

»Sobald wir für die breitere Öffentlichkeit eröffnet haben, werden wir ein Team für Empathie einrichten.«

»Ach ja?«

»Wir werden Leute dafür ausbilden, die Menschen darauf vorzubereiten, wie überwältigend Pomegranate sein kann – vor allem das, was mein Team macht. Denn davon können wir ausgehen.«

Ich beobachte einen Fisch im klaren Wasser des Teiches, er hat eine andere Richtung eingeschlagen als seine Artgenossen, schwimmt glücklich gegen den Strom. »Aber die Leute werden dafür bezahlen müssen, die Holos zu sehen?«

»Aber natürlich«, sagt Dr. Gold und zuckt ein wenig mit den Schultern. »Das alles hier kostet eine Menge Geld. Wir brauchen viel Personal. Heutzutage ist nichts umsonst, jedenfalls wenn es gut ist.«

Ich beobachte weiter den Fisch. Allein schwimmt er im hinteren Teil des Teiches, stupst mit der Nase gegen die nassen Steine. Als versuchte er hinauszukommen.

★

»Gregor, das wird so was von unangenehm.«

»Glaubst du, das weiß ich nicht?«, zischt mein Bruder zurück. »Aber Magnus hat uns eingeladen. Oder vielmehr darauf bestanden. Da konnte ich kaum Nein sagen. Und wenn du auf der Liste der Besucher von Adrien stehen willst, musst du dich hier blicken lassen. Abgesehen davon arbeitet Dad heute Abend, und ich wollte nicht, dass du allein zu Hause bleibst.«

Gregor drückt auf die Klingel. Adriens Haus. Ich kann Cerby bellen hören.

Magnus kommt an die Tür, was uns beide überrascht.

»Wo ist Bella?«, frage ich, und Gregor zwickt mich.

»Sie hat gekündigt«, sagt Magnus unverblümt, führt uns ins Wohnzimmer und schüttelt Gregor so kräftig die Hand, dass es schon beim Zuschauen wehtut.

Als ich in dem vertrauten Raum sitze, schaue ich mich um. Alles ist wie immer. Nichts sieht irgendwie auffällig anders aus. Doch es fühlt sich eindeutig ganz anders an.

»Wie war deine erste Sitzung mit Dr. Gold, Cora?«, fragt Magnus. »Sie hat gesagt, es ist gut gelaufen?«

»Es war in Ordnung«, antworte ich wahrheitsgemäß. »Ich glaube, es waren mehr so einleitende Fragen, Mr Hawkins.«

»Wunderbar. Gut.«

Ein seltsames Schweigen breitet sich aus. Ich frage mich, wann Ria auftauchen wird. Es kommt mir viel zu still vor.

Magnus sieht, dass ich mich umsehe, und schenkt sich

einen Drink ein. »Mrs Hawkins wird sich nicht dazugesellen, Cora. Ihr geht es nicht gut.«

»Sehr verständlich«, sagt Gregor und zuckt dann zusammen, als hätte er einen Moment lang alle Konventionen vergessen.

Plötzlich höre ich ein dumpfes Geräusch auf der Treppe und dann das Getrappel von Cerbys Pfoten, als er ins Zimmer gerannt kommt. Er bellt triumphierend, als er mich sieht, und springt mich freudig an. Ich lache, während er mich abschleckt, und kraule ihm dabei den Bauch, so wie er das mag.

Gregor streckt die Hand aus, um ihn zu streicheln, aber er klettert schon aufs Sofa neben mich.

»Willst du ihn haben, Cora?«, fragt Magnus plötzlich.

Ich sehe auf. »Wie bitte?«

»Den Hund? Du kannst ihn mit nach Hause nehmen, wenn du willst.«

Es fällt mir schwer, den Ton in seiner Stimme einzuordnen. Ich sehe in Cerbys liebes, freundliches Gesicht und dann zurück zu Adriens Vater, der in sein Glas starrt.

»Wollen Sie ihn nicht, Mr Hawkins?«, frage ich leise.

»Dieser Hund war immer ein Zankapfel zwischen dem Jungen und mir«, sagt er verächtlich.

Cerby kuschelt sich an mich ran, seine kalte Schnauze in meiner Armbeuge.

»Ein guter Freund von mir züchtet Hunde«, ergänzt Magnus und tut Eis in sein Glas. »Wunderschöne Hunde. Gewinnen jedes Jahr in irgendwelchen Wettbewerben. Eine seiner

Hündinnen hat Welpen bekommen, und wir wollten einen für Adrien.«

Er trinkt einen Schluck und wirft Cerby einen Blick zu, der mir Angst einjagt. Fast will ich Cerby noch näher an mich ranziehen, doch in der nächsten Sekunde ist Mr. Hawkins' Gesicht wieder völlig ausdruckslos.

»Aber Adrien wollte diesen Köter. Hat ihn aus dem Tierheim geholt. War nicht davon abzubringen.«

Er knallt das Glas zurück auf den Couchtisch und schlägt die Beine übereinander.

»Ich habe ihm gesagt, der Köter hat Flöhe, mein Sohn. Hol dir einen reinrassigen Hund, von einem richtigen Züchter, etwas Anständiges. Aber nein, er wollte diese Promenadenmischung.«

Ich werfe einen Blick auf Cerby. Kenne seinen wunderbaren Charakter, seine unverbrüchliche Treue. Denke daran, wie sehr Adrien ihn geliebt hat.

Von oben hören wir plötzlich ein leises Geräusch. Ich werfe einen Blick an die Decke.

»Sie isst nicht«, sagt Magnus mit einem Mal ganz nüchtern.

»Ich bringe ihr etwas nach oben, Mr Hawkins.«

Das biete ich an, weil die Atmosphäre im Raum so kalt und unangenehm ist. Ich weiß nicht, was ich sagen, was ich erwarten soll. Ich hasse es, wenn man Erwachsene nicht einschätzen kann, dann machen sie einem am meisten Angst.

Ich stehe auf und gehe in die Küche. Ich kann hören, wie sich Gregor und Mr Hawkins über geschäftliche Angelegenheiten unterhalten, während ich den riesigen Kühlschrank öffne. Ich hole einen Teller und stelle ein kleines Abendbrot zusammen: Aufschnitt, etwas Lachs, ein paar Scheiben Sauerteigbrot. Dazu noch ein paar Oliven und ein bisschen dunkle Schokolade. Dann nehme ich den Teller, gehe die Treppe hoch und halte vor dem Elternschlafzimmer inne.

Man geht nicht einfach in das Schlafzimmer der Eltern seines besten Freundes. Das ist eine stillschweigende Regel.

Ich klopfe.

Es dauert eine ganze Weile, bis ich höre: »Herein.«

Ich mache die Tür auf und achte darauf, den Teller gerade zu halten, damit kein Essen auf den blütenweißen Teppich fällt.

Das Schlafzimmer wirkt größer als unser gesamtes Erdgeschoss. Es gibt zwei begehbare Kleiderschränke, und ich entdecke Ria in ihrem. Noch mehr weißer Teppich, viele Spiegel und überall kleine LED-Spots.

Sie liegt auf dem Fußboden auf der Seite. Ohne Schuhe.

»Ich habe Ihnen etwas zu essen gebracht, Mrs Hawkins«, sage ich und setze mich im Schneidersitz neben sie. Vorsichtig stelle ich den Teller neben ihr ab. Ohne Make-up sieht sie viel jünger aus.

Sie blickt auf den Teller und zieht die Augenbrauen hoch. »Das sieht ja tatsächlich gut aus.«

Ich lächele. Ich schiebe ihr den Teller hin und bin erleichtert, als sie von dem Lachs isst.

»Tut mir leid, dass ich heute Abend nicht sehr gesellig bin«, sagt sie mit rauer Stimme.

»Das macht nichts«, sage ich ihr. »Ich bin auch nicht gerne gesellig.«

Sie nimmt ein wenig Brot. »Ja, ich weiß noch, wie ich dich gezwungen habe, Adrien hinterherzugehen, als du das erste Mal hier warst.«

Ich muss lachen. »Na ja, es war besser, als bei den Erwachsenen rumzustehen.«

»Mit denen kann ich auch nicht so viel anfangen.«

Nachdem sie das gesagt hat, betrachtet sie mich aufmerksam.

»Was ist mit deiner Mum passiert?«

Das fragt mich nie jemand. Als ich wieder zurück zur Schule gegangen bin, nachdem sie gestorben ist, haben alle so getan, als wäre ich im Urlaub gewesen. Ganz offensichtlich hatten die Lehrer allen vorher gesagt, dass sie es nicht ansprechen sollen.

»Sie war krank und wurde einfach nicht wieder gesund.«

Ria nickt langsam. »Kannst du sie noch spüren?«

Ich denke einen Augenblick lang nach. Ich weiß nicht so recht, was ich darauf antworten soll. In den Tagen nach ihrem Tod hatte ich manchmal das Gefühl, sie ist im Raum nebenan. Es war alles so unwirklich. Aber jetzt, nachdem einige Zeit vergangen ist, fühlt es sich endgültiger an.

»Manchmal«, entscheide ich mich zu sagen. »Wenn ich mit Menschen zusammen bin, die sie auch kannten.«

»Ich wette, sie wäre sehr stolz auf dich«, sagt Ria ruhig. »Du bist klug. Und Adrien hat dich so geliebt.«

Ich habe keinen Schimmer, was ich darauf sagen soll.

»Ich will einfach die ganze Zeit über ihn reden«, fährt sie fort und schenkt mir ein blasses Lächeln. »Die ganze Zeit. Ich will jedem auf der Straße von ihm erzählen.«

Ich gucke auf den riesigen Diamantring an ihrem langen, schmalen Finger. »Ich weiß.«

Sie setzt sich auf und wirft ihr Haar zurück. »Er hat mir alles über euren Ausflug zum British Museum erzählt.«

Ich muss rot geworden sein, denn sie lächelt und streicht mir über die Wange.

»Ja, er hatte einen echt schlechten Einfluss auf mich«, witzele ich. »Ohne ihn hätte ich mich niemals an solchen zwielichtigen Orten rumgetrieben.«

Sie lacht, dann sitzen wir einen Moment lang schweigend da.

»Ich weiß, dass das alle Eltern sagen«, flüstert sie schließlich, spricht so, als würde sie einen Wunsch äußern. »Aber er war etwas ganz Besonderes. Er war besser. Er konnte seinen Verstand auf eine Art und Weise einsetzen, wie es anderen Leuten nicht möglich war. Er war nie für die Schule gemacht oder für Standardtests oder Hausaufgaben. Er musste immer fragen, warum. Wollte immer wissen, wie alles funktioniert. Die Uhr an der Wand, die Scharniere an der Tür. Er war … brillant.«

Ich halte den Atem an. »Ist. Er *ist* brillant.«

Eine Sekunde lang fällt ihr Gesicht in sich zusammen, als würde ein Glas zersplittern. Dann fasst sie sich wieder. »Ja. Ist. Du hast recht.«

»Er schläft nur.«

Sie reagiert nicht. Ich rutsche unruhig hin und her, das Schweigen ist mir unangenehm. Ich weiß nicht, wie ich ihr helfen kann.

»Ich habe mal gelesen«, höre ich mich sagen, »dass Leute, die im Koma liegen, im Kopf ein Abenteuer erleben. In einem anderen Land. Und sobald sie das Abenteuer bestanden haben, getan haben, was sie tun mussten, können sie zurückkommen.«

Den Kopf gebeugt, die Haare im Gesicht, fährt sie mit dem Finger über den weißen Teppich.

»Er hat immer geschafft, was er sich vorgenommen hat«, erinnere ich sie. »Also was immer er tun muss, wo immer er auch ist … er wird schon zurechtkommen. Und dann kommt er zurück.«

Sie lächelt. Scheint auf eigentümliche Art abwesend.

»Danke dafür«, sagt sie schließlich leise.

Mir wird klar, dass sie das Essen meint. »Schon okay, Mrs Hawkins.«

»Na komm«, sie nickt Richtung Tür. »Ich bringe dich zu den Erwachsenen zurück.«

Als wir die Treppe runtergehen, hält sie meine Hand, und es stört mich nicht. Als wir unten ankommen, drückt sie sie. Gregor und Magnus stehen in der Tür des Esszimmers, und beide sind erstaunt, uns zu sehen.

»Du hast sie aus ihrem Zimmer geholt«, sagt Mr Hawkins erfreut. »Gut gemacht, Cora.«

»Habt einen schönen Abend«, sagt Ria mit kühler Stimme zu Gregor.

Dann drückt sie ein weiteres Mal meine Hand und geht wieder die Treppe rauf.

»Falls du je jemanden brauchst, der auf Cora aufpasst«, erklärt Magnus Gregor, »dann kannst du sie jederzeit hier vorbeibringen. Sie ist immer willkommen. Ria hat keinen Job, und sie kann die Gesellschaft gebrauchen, jetzt, wo Bella weg ist und nur der blöde Köter noch da.«

Ria bleibt auf halber Treppe stehen und sagt leise: »Ich *hatte* einen Job. Dreizehn Jahre lang.«

Während sie weiter nach oben geht, das Gesicht abgewandt, blicke ich auf ihren Rücken.

»Ich habe immer noch einen«, ruft sie runter, bevor sie die Schlafzimmertür mit einem Knall schließt.

Cerby winselt in seinem Korb bei der Küche.

Mir ist kalt. Ganz kalt, abgesehen von meiner Hand, die noch warm von ihrer ist.

Kapitel achtzehn

Hinter dem Spiegel

»Ich heiße Cora.«

Mich ihm ein weiteres Mal vorzustellen, ist total seltsam. Und vollkommen anders als beim ersten Mal. Wir sind nicht im Garten, und ich habe ihn nicht zu Fall gebracht.

»Adrien.«

»Nett, dich kennenzulernen.«

Er schneidet eine Grimasse, was mich zum Lachen bringt. »Du bist ja sehr ernst, Cora.«

»Bin ich nicht.«

»Wohl.«

Ich muss kichern. Hier bei ihm zu sitzen, versetzt mich ziemlich in Hochstimmung. Gregor musste auf dem Weg hierher natürlich noch einmal sagen, dass das nicht wirklich er ist. Aber er kapiert es nicht. Das ist Adrien. Das ist sein Verstand. Hochgeladen. Nachgebildet.

»Ich habe gestern deine Mum gesehen«, erzähle ich ihm.

Sein Gesichtsausdruck verändert sich. Er sieht plötzlich besorgt aus. »Geht es ihr gut?«

Einen Augenblick lang habe ich das Gefühl, dass er Bescheid weiß. Dass er versteht. Aber ich schüttele es ab. »Ihr geht's gut.« Das stimmt vielleicht nicht so ganz, aber ich muss die Illusion aufrechterhalten. »Ich habe ihr einen Teller mit Essen zurechtgemacht, und sie hat das meiste davon gegessen.«

»Woher kennst du eigentlich meine Mum?«

Das schmerzt. Das kann ich nicht leugnen. Ich will ihm alles erzählen. Dass er mein bester Freund ist. Dass wir uns an seinem Geburtstag kennengelernt haben. Dass ich Bella und Cerby kenne. Und Lloyd. Und dass er mir alles über seinen Onkel Max erzählt hat.

»Wir haben uns auf einer Party kennengelernt.«

»Kein Wunder«, sagt er lachend. »Mum schmeißt ständig irgendwelche Partys. Oder ist auf einer. Als ich klein war, habe ich immer ihr Parfum und ihre Haarbürste versteckt, damit sie zu Hause bleibt.«

Staunend sehe ich ihn an. Erinnerungen. Mich kennt er vielleicht nicht, aber er scheint sich an Dinge zu erinnern. An alles.

»War sie gut, die Party?«

Seine Frage holt mich in den Raum zurück. »Ganz okay. Ganz schön viele Erwachsene, und ich mag es nicht, so viele Leute auf einmal kennenzulernen.«

»Ich auch nicht«, sagt er. Mir fällt auf, dass er jetzt viel ruhiger ist. Ich bin daran gewöhnt, dass er ständig in Bewegung ist, auch wenn all seine Aufmerksamkeit auf mich gerichtet ist. Normalerweise hibbelt er mit dem Knie. Aber heute nicht, er ist ganz entspannt. »Ich weiß sofort, wenn ich jemanden neu kennenlerne, ob ich die Person mag oder nicht.«

Das klingt genau wie er. Und seine Stimme klingt so natürlich, dass ich mich daran erinnern muss, dass es nur eine Nachbildung ist. Dass er nicht atmet. Keine Luft in den Lungen hat. Nur eine kluge Programmierung und Projektion und ein Chip. Das habe ich Gregor aus der Nase gezogen. Jedes Holo hat seinen eigenen Chip, auf dem all seine Informationen gespeichert sind. Während diese Daten auch im System hinterlegt sind, ist dieser Chip unverzichtbar für die permanente Interaktivität des Holos.

Wir reden. Über Sachen, die unwichtig erscheinen. Ich erzähle ihm, wie einmal fast unser Haus abgebrannt ist, weil ich Toast gemacht habe. Das bringt ihn zum Lachen. Wie beim ersten Mal, als er die Geschichte von mir gehört hat. Er berichtet mir von seiner Zeit in der Schule. Nur erzählt er es anders als sonst. Aber es macht mir nichts aus.

Dr. Gold klopft an die Tür, um mir zu sagen, dass es Zeit ist, die Sitzung zu beenden. Ich hole tief Luft, lächele das Holo an und wünsche mir, ich könnte alles erklären.

»Bis bald.«

Er lächelt zurück. »Bis bald.«

Und dann erstarrt er. Und verschwindet.

Ich frage mich, was im Schaltraum passiert. Wie es ist, jemand für kurze Zeit wieder zum Leben zu erwecken.

»War es diesmal besser?«, fragt Dr. Gold, als sie mit mir nach unten geht.

»Ja«, sage ich fröhlich. »Viel besser.«

Als wir den Empfangsbereich erreichen, klingelt ihr Handy. Sie lehnt den Anruf ab und runzelt die Stirn.

»Diese grässlichen Investoren«, sagt sie beiläufig. »Die lassen mich nicht eine Minute lang in Ruhe. Blutsauger.«

Sie streicht mir kurz über die Wange und lächelt mich an. »Bis zum nächsten Interview.«

»Okay«, sage ich und behalte sie im Auge, während sie davongeht. Ich warte, bis sie außer Sichtweite ist, und mache mich dann sofort auf den Weg zurück.

Ich gehe zum Aufzug und halte meine Hand schützend über meinen Firmenpass. Zum Glück telefoniert Noma gerade mit dem Rücken zu mir.

Ich trete in den Aufzug und drücke auf den Knopf. Ich habe Angst und bin gleichzeitig total aufgeregt. Ich weiß nicht, ob der Aufzug daran schuld ist, dass sich mir fast der Magen umdreht, oder meine freudige Erregung.

Ich erreiche das Stockwerk, wo auch das Wartezimmer ist, das wir gerade verlassen haben. Vor mir liegt der stille, leere Flur.

Ich weiß, dass die bunten Türen alle zu den Wartezimmern führen, aber ich überprüfe es trotzdem. Jedes Zimmer ist wie ein vornehmes, gemütliches Hotelzimmer eingerichtet. Der Stil ist jeweils unterschiedlich, aber sie folgen alle demselben Muster.

Wo sind dann also die Techniker?

Während ich noch grüble, höre ich plötzlich Stimmen. Ich reiße die Tür zum nächsten Wartezimmer auf, hechte hinein und ziehe die Tür hinter mir zu, aber nicht ganz. Als ich durch den schmalen Spalt luge, bleibt mir der Mund offen stehen.

Zwei Techniker, die die gleiche vorgeschriebene Jacke tragen, die auch Gregor bei der Arbeit trägt, kommen aus dem Wartezimmer, in dem ich gerade mit Adrien gesessen habe. Aber wieso verlassen sie diesen Raum, wenn sie nicht mit uns da drin waren und es keine andere Tür gibt?

Ich trete einen Schritt zurück, als sie vorbeigehen, damit sie mich nicht entdecken.

»Das arme Kind«, sagt der eine zum anderen, als sie auf den Aufzug zusteuern.

»Sei kein Weichei«, lacht der andere und drückt auf den Knopf. »Wenn sie anfangen dir leidzutun, wirst du es hier nicht lange machen.«

Ich spüre, wie mir das Blut aus dem Gesicht weicht, und ich halte den Atem an, bis sie verschwunden sind.

Sobald sich die Aufzugtüren geschlossen haben, renne ich den Flur hinunter zu dem Wartezimmer, aus dem sie gerade gekommen sind. Als ich eintrete, sieht alles genauso aus, wie als ich es verlassen habe. Wo sind sie also hergekommen?

Mein Blick bleibt an dem Spiegel hängen. Er nimmt fast die ganze Wand ein. Aber nur fast. Ich drücke mich in die Ecke, stecke meine Hand hinter den Spiegel und ziehe. Mein ganzer Körper ist angespannt, ich habe Angst, dass das riesige Ding sich von der Wand löst, auf den Boden fällt und zerspringt und dann die gesamte Belegschaft angerannt kommt.

Aber das passiert nicht. Stattdessen geht er wie eine Tür auf.

Und offenbart einen komplizierten und verwirrenden Schaltraum. Ein Seufzer entfährt mir, als ich hineintrete und die seltsame Spiegeltür hinter mir zuziehe, die sauber einrastet. Und ich kann tatsächlich von der anderen Seite des Spiegels den gesamten Warteraum überblicken.

Zu wissen, dass die Sitzungen so genau beobachtet werden, fühlt sich seltsam an. Ich gucke mir die ganzen Computer an. Obwohl ich nichts davon verstehe und mich nicht traue, irgendetwas anzufassen, weiß ich, dass dies der Grund ist, weshalb Gregor hier arbeitet. Genau das nerdige Zeug, wovon er immer geträumt hat.

Zwei drehbare Ledersessel stehen vor dem Spiegel. Die sind bestimmt für die Techniker, während die Sitzungen im Wartezimmer stattfinden.

Gerade will ich nach den Chips der Hologramme suchen, als ich erstarre.

Die Tür des Wartezimmers öffnet sich, und jemand kommt rein. Vor Angst wie gelähmt gucke ich durch den Spiegel, bis mir einfällt, dass ich ja gar nicht gesehen werden kann.

Es ist Magnus Hawkins.

Er schließt die Tür zum Wartezimmer mit dem Fuß und setzt sich auf den Stuhl, auf dem ich eben noch gesessen und mich mit Adrien unterhalten habe. Er stellt eine Lunchbox mit Nudeln und einen Becher mit Kaffee auf den Tisch.

Dann steht er auf und kommt auf den Spiegel zu. Ich springe keuchend zurück, kann mich gerade noch hinter einem der großen Ledersessel verstecken, in der verzweifelten Hoffnung, dass er im Dunkeln meine Beine nicht sehen kann.

Wenn er mich erwischt, ist es vorbei.

Ich kann hören, wie er am Bedienpult rumfummelt, dann ertönt ein Klicken.

Adriens Holo taucht wieder auf. Noch ist es nicht erwacht, sondern auf seinem üblichen Platz eingefroren. Magnus scheint das aber nicht zu stören. Er setzt sich Adrien gegenüber und fängt an zu essen. Ich komme wieder auf die Beine, ohne den Blick von dieser seltsamen Szene zu lösen.

Mr Hawkins sagt nicht ein Wort zu dem eingefrorenen Hologramm. Er isst einfach. In aller Stille.

Ich gucke zu, weiß, dass er jeden Moment wieder hier reinkommen kann. Bis sich die Tür zum Wartezimmer ein weiteres Mal öffnet.

Dr. Gold kommt rein. Es scheint sie nicht zu überraschen, Mr Hawkins hier zu sehen.

»Danke, dass du geklopft hast«, sagt Mr Hawkins trocken. Dabei schaut er sie nicht an, sondern isst einfach weiter.

Dr. Gold bleibt hinter ihm stehen. »Soll ich ihn nicht für dich zum Leben erwecken?«

»Nein.« Mr Hawkins trinkt von seinem Kaffee und wirft einen kurzen Blick auf das bewegungslose Holo. »Danke.«

»Ihre Sitzung ist wohl gut gelaufen.«

Sie spricht über mich.

»Sie ist gut darin, die Illusion aufrechtzuerhalten.« Von diesem Lob wird mir ganz warm im Bauch.

»Ihr beide scheint ja dicke Freunde zu sein.«

Mr Hawkins sieht sie immer noch nicht an, während

er spricht. Er wählt jede einzelne Nudel sorgfältig aus und spießt sie dann mit seiner Gabel auf.

»Das sind wir.«

»Seltsam. Ich dachte, du magst Kinder nicht.«

»Na ja, sie ist wie eine kleine Erwachsene.«

Sie wirft plötzlich einen Blick in den Spiegel, und ich halte mir die Hand vor den Mund, um ein Keuchen zu unterdrücken. Es fühlt sich an, als würde sie mich direkt ansehen, aber ich weiß, dass sie das gar nicht kann.

»Wann ist das nächste Interview?«

»Morgen.«

»Gut. Ich gebe dir ein paar Fragen mit.«

Dann wirft er all seinen Kram in einen kleinen Mülleimer, verlässt den Raum, geht an Dr. Gold vorbei, ohne sie ein einziges Mal eines Blickes zu würdigen. Sie sieht ihm hinterher und wirkt aufgewühlt. Ich halte die Luft an, frage mich, ob sie jetzt in den Schaltraum kommt, um Adriens Holo runterzufahren.

Tut sie aber nicht. Auch sie verlässt den Raum.

Ich warte, schwer atmend, bis ich weiß, dass sie wirklich nicht wiederkommen werden. Dann gehe ich zum Bedienpult und mache mich auf die Suche nach Adriens Chip.

Er steckt in einem der Computer und ist etwa so groß wie eine Kreditkarte.

Sein Name steht drauf.

Ich starre den Chip an. Die Seele, der Verstand, die Erinnerungen eines ganzen Lebens.

Auf diesem kleinen Ding.

Kapitel neunzehn

Irgendetwas stimmt nicht

Die nächsten paar Sitzungen mit Dr. Gold und Dr. Connelly sind hart. Ich muss aufs Laufband und Charles Dickens vorlesen, ich muss essen, wenn ich hellwach, und dann wieder, wenn ich todmüde bin. Dr. Connelly lässt mich etwas auswendig vortragen und überschüttet mich währenddessen mit wahllosen Fragen. Ich muss auf einer Linie auf dem Fußboden gehen, das Gleichgewicht halten, werfen und fangen.

Und dann die Fragen. Sie bombardieren mich mit Fragen. Es ist wie bei meiner Diagnose, bloß sind sie viel hartnäckiger. Viel ausführlicher. Sie stellen mir jede erdenkliche Frage unter der Sonne.

Nachdem ich das fünf Tage durchgemacht habe, graut mir vor den Sitzungen.

»Wie funktioniert das eigentlich?«, frage ich, als es Freitag wird und ein weiterer Arbeitstag vor uns liegt. »Vergleicht ihr all meine Antworten mit denen einer neurotypischen Person und konzentriert euch dann auf die Unterschiede?«

Dr. Gold lächelt mich an. »Ganz genau.«

»Okay.« Ich beiße von dem Apfel ab, der mir gebracht wurde, und weiß ganz genau, dass die Art, wie ich ihn esse, aufgezeichnet wird. »Aber ich bin nur *ein* autistischer Mensch. Wir sind alle anders. Wir sind nicht alle gleich.«

»Ja, das wissen wir«, unterstützt mich Dr. Gold. »Aber für unsere Forschung ist es ein guter Anfang. Bevor wir eröffnen, müssen wir alles noch perfektionieren.«

»Und die Leute, die kommen, müssen bezahlen?«

»Nun, ja. Und erhalten ein kleines Entgelt, wenn sie sich dem Prozess unterziehen. Sich interviewen lassen, meine ich. Um ein Holo zu werden.«

»So wie Adrien?«

»Ja, genau.«

»Das ist wohl eine Menge Arbeit.«

»Na, du hast ja schon einen kleinen Vorgeschmack bekommen«, sagt Dr. Gold lachend und stupst mich sanft mit ihrem Stift an.

»Heute wollen wir noch weiter über Erinnerungen sprechen«, unterbricht Dr. Connelly unser Gespräch.

Ich atme tief durch. Ich muss nur bis zum Mittagessen durchhalten, dann kann ich Adrien wiedersehen. »In Ordnung.«

»Was ist deine erste Erinnerung?«

Bei der Frage stellen sich mir alle Nackenhaare auf. Mein Gedächtnis ist eine komische Sache. Manche Erinnerungen sind ganz lebendig und klar, andere, als wären sie jemand anders passiert.

»Mein Dad war wegen einer Betriebsfeier in einer Bowlingbahn. Meine Mum musste arbeiten, und er konnte mich und meinen Bruder nicht allein zu Hause lassen, also hat er uns mitgenommen. Die Bowlingbahn war in so einer Freizeitanlage. Und ich konnte aus dem Fenster zu einem Schwimmbad ein Stockwerk tiefer runtergucken. Jemand schwamm dort seine Bahnen.«

Dr. Connelly sieht mich an, als wäre ich verrückt geworden, und wirft dann einen Blick auf Dr. Gold, die schweigt. »Das ist … also, das ist ja sehr konkret für eine so frühe Erinnerung, Cora.«

»Wollen Sie was Interessanteres?«, fahre ich ihn an. »Okay, Dr. Connelly. Ich habe die Augen aufgemacht, und drei Gesichter haben auf mich runtergeguckt und mich angelächelt, Mum, Dad und Gregor. Und sie waren so froh, mich zu sehen, und hinter ihnen schien die Sonne, und die Vögel sangen, und von irgendwoher war Musik zu hören, und wir waren alle zusammen. Wir alle vier.«

Plötzlich ist mir nach Heulen zumute. Warum mache ich das immer? Warum muss ich immer gleich um mich schlagen, wenn mich jemand in die Enge treibt? Sie kratzen an meiner Oberfläche und wollen wissen, was darunter lauert. Wissen sie eigentlich, wie schrecklich es sich anfühlt, wenn sie die Stirn in Falten legen und mit dem Kopf schütteln?

Zeig uns, wer du bist. Nein, nicht so.

Ich musste immer schon lachen, wenn die Leute sagen »Sei einfach du selbst«. Sie haben ja keine Ahnung. Nicht im Geringsten.

Ich mag mich selbst. Ich mag, wie mein Verstand funktioniert. Aber in einen Raum voller Menschen zu kommen, die nicht wie du sind und nie wissen werden, wie sich das anfühlt, das kann einen schon fertigmachen. Es würde zu lange dauern, es ihnen zu erklären. Wenn sie es überhaupt wissen wollen.

Mum fehlt mir. Ich habe das Gefühl, das jetzt nicht mehr sagen zu dürfen. Als hätte Trauer ein Verfallsdatum, das man nicht überschreiten darf. Eine Weile habe ich versucht die Zeit einzuteilen, in der ich an sie gedacht habe. Jedes Mal, wenn es geregnet hat, habe ich mir erlaubt, an sie zu denken. Aber man kann sein Leben nicht damit verbringen, auf den Regen zu warten. Die Sonne zu hassen.

Sie fehlt mir. Die ganze Zeit.

Und Adrien fehlt mir. Obwohl er genau genommen noch da ist.

Sein Verstand hat anders funktioniert. Wir waren nicht genau gleich, aber irgendwie wusste er es einfach. Er wusste, wie es sich anfühlt. Wir mussten uns einander nie erklären.

Er ist in meinem Leben aufgetaucht wie die Antwort auf eine Frage. Ist da draußen jemand wie ich? Irgendjemand?

»Ich glaube, sie ist müde«, sagt Dr. Gold leise zu Dr. Connelly und legt ihr Tablet beiseite. »Cora, wir haben diese Woche wirklich eine Menge von dir verlangt. Warum machst du nicht mal eine Pause, und wenn du so weit bist, kannst du Adrien besuchen.«

Ich beiße mir auf die Unterlippe, um zu verhindern, dass sie zittert, und nicke. Dann stehe ich auf und werfe den Apfel auf dem Weg nach draußen in den Mülleimer.

★

»Hast du manchmal Angst, erwachsen zu werden?«

Diese Frage stelle ich Adrien, als wir in unserem Wartezimmer sitzen. Er denkt über die Frage nach und zuckt mit den Schultern.

»Hin und wieder. Vor allem, wenn ich mir meine Eltern angucke.«

»Weißt du, alle werden irgendwann wie ihre Eltern. Gregor wird meinem Dad von Tag zu Tag immer ähnlicher.«

»Ich will bestimmt nicht wie mein Dad werden.«

Gerade will ich sagen, dass ohne Magnus Pomegranate Tech gar nicht existieren würde, aber kann mich noch rechtzeitig davon abhalten.

»Dein Vater ist ein bisschen wie meine Mum«, sage ich stattdessen. »Ihre Arbeit bedeutet ihnen alles und erschöpft sie. Dann sind sie nicht mehr richtig dazu in der Lage, zu Hause gut gelaunt zu sein.«

»Du kannst froh sein, dass du kein Einzelkind bist«, entgegnet er. »Entweder sie tun sich gegen mich zusammen, oder ich stehe zwischen den Fronten.«

Ich weiß nicht, ob es daran liegt, dass ich so müde bin, aber irgendetwas an Adriens Hologramm ist seltsam. Je mehr er über mich erfährt, desto mehr werde ich Teil seiner wachsenden Erinnerungen und desto distanzierter erscheint er mir. Ich frage mich, ob Holos genau wie wir auch müde werden können.

»Und was ist mit deinem Onkel Max?«

»Was ist mit ihm? Ich habe ihn nur einmal getroffen, vor Jahren an Mums Geburtstag.«

Ich starre ihn an. Bin verwirrt. »Was?«

»An Mums Geburtstag. Vor vielen Jahren. Er ist nur kurz vorbeigekommen. Hat sich mit Dad über irgendwas gestritten. Er spielt keine besondere Rolle.«

Irgendetwas stimmt nicht. Tatsächlich stimmt etwas ganz und gar nicht. Adrien hat seinen Onkel geradezu angebetet. Das beruhte auf Gegenseitigkeit. Sie hatten ein geheimes Erkennungszeichen. Sie sind zusammen geflogen. Als Adrien die Windpocken hatte, haben sie jeden Tag miteinander telefoniert. Adrien hat ständig von Max erzählt.

»Fliegen interessiert dich ganz besonders, nicht wahr?«, lege ich ihm nahe und denke an das Gespräch, das wir im Garten geführt haben.

Er nickt, und ich spüre einen Anflug von Erleichterung. Ich bin froh, dass wir wieder auf Kurs sind. »Ja.«

»Wie schön.« Ich lache, bin beruhigt.

»Eines Tages will ich unbedingt Flugunterricht nehmen.«

Jetzt bin ich nicht mehr beruhigt. Adrien hat Flugstunden genommen, lange bevor er von Pomegranate interviewt wurde. Lange bevor er mich kennengelernt hat.

»Ich weiß«, fährt er fort, »es ist eigentlich unmöglich, heutzutage fliegt ja kaum einer noch, aber ich würde es trotzdem gerne lernen. Man kann Unterrichtsstunden nehmen, in diesen winzig kleinen Flugzeugen. Ich würde es echt gerne versuchen.«

»Aber du *hast* es versucht!«, rufe ich aus, bevor ich mich bremsen kann.

»Was?«

»Adrien, du bist schon geflogen. Ganz viele Male.«

Er blickt mich an, versucht offensichtlich zu verarbeiten, was ich da gesagt habe, und friert plötzlich ein. Ich gebe einen frustrierten Laut von mir und werfe dem Spiegel einen bösen Blick zu. Die Techniker am Schaltpult müssen nach Verstärkung gerufen haben, denn Magnus Hawkins kommt plötzlich herein.

»Was ist passiert?«, fragt er steif.

»Warum kann er sich nicht an seine Flugstunden erinnern?«, will ich wissen. »Oder an seinen Onkel Max?«

Etwas huscht über Mr Hawkins' Gesicht, aber er schüttelt es ab und wirft mir einen strengen Blick zu. »Er wird sich wieder erinnern. Bestimmt nur eine kleine Panne. Danke, dass du uns darauf aufmerksam gemacht hast, Cora, aber du darfst deine Enttäuschung über Kleinigkeiten nicht an dem Hologramm auslassen.«

»Habe ich nicht.«

»Du hast dich in den Sitzungen bisher sehr reif verhalten, es wäre schade, wenn du darauf verzichten müsstest.«

Die versteckte Drohung ist mir nicht entgangen, und ich beiße mir auf die Unterlippe. Er nickt in Richtung Spiegel, und das Holo erwacht wieder zum Leben.

Sobald Adrien Magnus erblickt, verändert sich sein Gesicht. Es nimmt einen offenen Ausdruck an, und seine Augen werden weit.

»Hi, Dad.«

Magnus hat schon fast die Tür des Wartezimmers erreicht, will gehen. Er zögert und wirft einen Blick über die Schulter. »Ich muss zur Arbeit, mein Sohn.«

»Hast du nicht ein bisschen Zeit? Dann kannst du Cora kennenlernen, sie ist meine Freundin.«

Ich kann sehen, wie Magnus' Hand sich um den Türgriff klammert. Er weigert sich, uns beide direkt anzusehen.

»Ein andermal vielleicht.«

Und dann ist er fort.

»Er arbeitet die ganze Zeit«, sagt Adrien leise. »Hat nie für jemanden Zeit.«

Ich spüre all die seltsame Energie im Raum, im gesamten Gebäude, die wie ein Bienenschwarm um mich herum summt.

»Aber ihr zwei streitet doch immer, wenn ihr zusammen seid.«

»Ja«, gibt er zu. »Das stimmt.«

Schweigend sitzen wir da, und ich bin mir nun überaus bewusst, dass zwei Techniker hinter dem Spiegel sitzen, jetzt, wo ich weiß, wie der Schaltraum aussieht und wie man reinkommt.

»Dad bringt mir immer so tolle Geschenke mit«, sagt er langsam. »Für seine Arbeit muss er immer zu weit entfernten Orten reisen. Er hat mir schon Sachen aus Moskau, St. Petersburg, Edinburgh, Paris, Brüssel und Amsterdam mitgebracht.«

»Das klingt wirklich toll.«

»Ich wollte all diese Orte auch besuchen. Wollte, dass er mir davon erzählt. Dann hat er immer gesagt: ›Ich bin müde, Adrien. Ich musste hart arbeiten, um dir all diese Geschenke besorgen zu können.‹«

Er ist so still, während er spricht. Viel stiller als je zuvor.

»Ich wollte nie eins dieser Geschenke. Ich wollte, dass er mir Geschichten erzählt, mir Zeit schenkt.«

Ich denke daran, wie Magnus allein mit einem eingefrorenen Holo zu Mittag isst. Ich denke an all die verlorene Zeit.

Und daran, dass es besser ist, jemandem seine Zeit zu schenken als irgendwelche Dinge.

Kapitel zwanzig

Geschenke

»Cora, warum heiraten Menschen?«

Der Raum ist kalt; die Klimaanlage war ein wenig zu lange an. Ich weiß, dass da draußen die Sommerhitze schwer und schwül über London liegt, aber ich kann mich nicht mehr erinnern, wie sich das anfühlt.

Ich kann nichts als Kälte spüren.

»Cora?«

Dr. Connelly hat die Frage gestellt. Ich hasse solche Fragen. Es gibt buchstäblich Hunderte von Möglichkeiten, etwas darauf zu erwidern, aber sie werden eine einfache Antwort erwarten: Menschen heiraten, weil sie sich lieben.

Aber das ist nicht immer so.

»Weil sie das wollen«, entschließe ich mich zu sagen. »Der eine will Sicherheit. Der andere ist vielleicht einsam. Weil ihre Familien das wollen. Weil sie beste Freunde sind. Weil sie sich langweilen. Weil …«

»Ich trage einfach deine allererste Antwort ein«, sagt Dr. Connelly kurz angebunden und schneidet meinen Gedankengang ab. »Okay?«

»Bringt das hier irgendwas?«, frage ich scharf.

So viele Sitzungen, so viele Fragen, und jede meiner Antworten ruft ein Urteil von Dr. Connelly hervor: Er schürzt die Lippen, schüttelt mit dem Kopf, hebt abschätzig die Augenbrauen und wirft mir ungläubige Blicke zu, wenn ich ihm eine Antwort gebe, die er nicht erwartet hat. Was meistens der Fall ist.

Dr. Golds Miene ist immer undurchdringlich. Sie ist ganz anders in diesen Sitzungen.

»Natürlich bringt das was«, versichert sie mir jetzt und schenkt mir ein kleines Lächeln. »Mach dir keine Sorgen, Cora.«

»Wie fühlst du dich in Bezug auf deine Familie?«

Ich drehe den Kopf, um wieder Dr. Connelly anzusehen, der die Frage stellt, um sich dann laut zu räuspern.

»Ich verstehe die Frage nicht.«

»Liebst du sie?«

Dieser Mann fragt mich tatsächlich, ob ich meine Familie gernhabe. Ich spüre ein Jucken unter der Haut. Dasselbe Gefühl habe ich manchmal in der Schule. Eine Stimme, die sich in den letzten Jahren in meinem Kopf eingerichtet hat, sagt mir, dass ich jetzt nicht überreagieren sollte. Diese Frage stellen sie bestimmt jedem. Manche Leute mögen ihre Familie natürlich nicht. Sie wollen nur gründlich sein.

»Natürlich liebe ich meine Familie.«

»Weißt du, was Liebe ist, Cora?«

Ich klammere mich an meinem Stuhl fest, obwohl ich ihn lieber in Stücke schlagen würde. Für einen Außenseiter mag die Frage vielleicht harmlos klingen, gut gemeint. Aber ich weiß genau, worauf er hinauswill.

»Natürlich weiß ich, was Liebe ist«, entgegne ich ruhig.

»Kannst du sie für mich beschreiben?«

Ich funkele ihn wütend an. Ich habe Gefühle. So viele. Manchmal sind sie mir zu viel. Aber mein ganzes Leben lang musste ich mir sagen lassen, dass ich nicht zu durchschauen bin. Wie oft hat mir jemand die gute Laune verdorben, weil ich gefragt wurde, warum ich so miesepetrig bin. Manchmal finde ich eine Sache unglaublich komisch, aber ohne das Bedürfnis zu haben, mir deshalb auf die Schenkel zu klopfen. Und manchmal bin ich voller Mitgefühl, so überwältigt davon, dass ich es gar nicht zum Ausdruck bringen kann.

Ich bin innerlich zusammengebrochen, aber habe mich trotzdem zusammengenommen.

»Ich muss das nicht beschreiben, ich weiß, wie es sich anfühlt«, sage ich.

Ich weiß oft nicht, wie ich meine Gefühle beschreiben soll, weil sie manchmal so intensiv sein können. Ich finde nicht immer die richtigen Worte dafür.

Aber das macht sie nicht weniger echt.

»Wie fühlt es sich für dich an, Cora?«

Während mir nicht ein einziges Wort dazu einfällt, habe ich ganz viele Bilder im Kopf.

Dad und Gregor im Krankenhaus, die beide vor Sorge geradezu vibrieren. Mein Großvater, der hinter mir steht, während ich Suppe koche, um dafür zu sorgen, dass ich mich nicht am Herd verbrenne. Meine Großmutter, die lacht, weil ihre Brillengläser beschlagen, als wir den Botanischen Garten besuchen. Menschen, die am Bahnhof an Weihnachten auf ihre Verwandten warten. Cerby. Die Art, wie Ria Adrien angeschaut hat. Und Bella auch. Die Art, wie Dad mich einmummelt, wenn ich auf dem Sofa einschlafe.

Mum, Dad, Gregor, Zoe und Adrien – auch wenn sie nicht da sind, ganz egal wo sie auch sind: Meine Gefühle für sie sind immer noch da. Und werden es immer sein.

Mein Kopf sackt herunter. Ich kann spüren, wie sich mein Gesicht verzieht.

Ich bin so müde.

»In Ordnung«, sagt Dr. Gold rasch. »Das war's für heute.«

Sie kommt auf mich zu und legt einen Arm um mich.

»Na komm schon. Gehen wir ein bisschen in den Garten.«

Ich lasse mich von ihr aus dem eisigen Raum führen, hin zu dem sanften, stillen Ort voller Wasser und Steine und bunter Fische. Ich sitze auf der Bank und genieße die Wärme. Das plätschernde Wasser beruhigt mein reizüberflutetes Gehirn.

»Ich bin nicht so gut darin, solche Gefühle zu beschreiben«, sage ich schließlich zu Dr. Gold, die neben mir sitzt.

»Das ist in Ordnung.«

»Deswegen will ich auch investigative Reporterin werden«, ergänze ich. »Einfach nur Fakten. Kalte, harte Fakten.«

Sie lacht. Und gräbt dann in der Tasche ihre Blazers. Ihre weiche Hand enthüllt einen kleinen schwarzen Zylinder. Sie gibt ihn mir.

»Das ist für dich.«

»Was ist das?«

»Ein Diktafon. Und sogar brandneu. Ich habe es noch nicht benutzt.«

Es passt genau in meine Handfläche. An einem Ort voller komplizierter Schalträume und künstlicher Intelligenz ist dies etwas Einfaches und Altmodisches.

»Ein Aufnahmegerät«, erklärt sie fröhlich. »Ich benutze so eins zum Beispiel mitten in der Nacht, wenn ich aufwache und mir etwas Wichtiges einfällt. Dann murmele ich es irgendwie da rein und kann es mir am nächsten Morgen anhören.«

Ich muss lächeln.

»Und das ist jetzt deins«, sagt sie, schließt meine Finger um das Gerät und drückt meine Faust. »Dann hast du all deine Gedanken an einem Ort, wenn du an einer Reportage arbeitest.«

Es ist eine unglaubliche Geste, eine, die dazu führt, dass ich zusammenbreche. Dicke, nasse Tränen tropfen aus meinen Augen.

»Hey, hey.« Dr. Gold zieht mich in ihre Arme, und ich lasse es zu, schluchze in ihre Jacke.

»Das war alles ein bisschen viel, nicht wahr?«

»Er redet mit mir, als wäre ich gar kein Mensch«, würge ich hervor.

»Ich weiß. Leute sind manchmal voreingenommen, besonders wenn sie sich für sehr gebildet halten.«

»Adrien hat gesagt, niemand kann sich mit allem gut auskennen.«

»Da hatte er recht.«

Hatte.

»Cora, hör mir mal gut zu.« Dr. Gold hebt mein Kinn an, sodass ich sie direkt angucke. Ich blinzele durch meine Tränen. »In dir steckt etwas ganz Besonderes, es macht jeden Teil von dir aus. Ich musste eine Menge Leute interviewen und abfertigen, um dieses Unternehmen zum Laufen zu bringen. Und ich habe nie jemanden wie dich getroffen. Aber du musst die Vorurteile, die Ablehnung nutzen, musst dich davon antreiben lassen. Steck das in deine Arbeit. Und ich hoffe, ich werde das miterleben können: Wenn dein erster Exklusivbericht auf der Titelseite der Zeitung erscheint, kaufe ich mir ein Exemplar. Dann kann ich sagen, dass ich dich gekannt habe. Als du noch ein Streichholz warst, das kurz davor war, sich zu entzünden.«

Ich lasse meine Stirn gegen ihre Schulter fallen und werde von stillen Schluchzern geschüttelt. In den letzten paar Wochen war ich so sehr mit dem äußeren Schein beschäftigt. Weil ich wusste, dass ich beobachtet und abgeschätzt werde. Bin ich normal? Bin ich wie andere Leute?

Ich lasse das alles los, schwimme mich frei. Ich umklammere das Diktafon wie einen Talisman.

»Komm, wir besuchen jetzt die vierte Etage«, sagt sie, sobald ich mich beruhigt habe. »Ich will dir etwas zeigen.«

Sie nimmt mich zu dem einzigen Stockwerk mit, das ich bisher noch nicht gesehen habe. Als die Türen des Aufzugs aufgehen, erwarte ich einen weiteren langen Flur mit vielen Türen; stattdessen ist es ein einziger riesiger Raum mit kalten, glänzenden Wänden. Keine Spiegel. Nur ganz viele Projektionsapparate, Kabel und ein Stuhl in der Mitte des Raumes.

»Willkommen im Labor«, flüstert Dr. Gold in mein Ohr, als wir aus dem Aufzug steigen.

Sie schaltet das Licht an und geht zu einem Bedienfeld, das etwas wackelig auf einem Serviertisch steht.

»Dieser Raum wird für die Öffentlichkeit nie zugänglich sein, deswegen darf ich hier so unordentlich sein, wie ich will«, sagt sie über die Schulter, während sie einen dicken Ordner aufschlägt und mühselig durchblättert. Es sind durchsichtige Schutzhüllen für die Chips. So wie der Chip, den ich im Schaltraum gesehen habe. Jede Seite beinhaltet einen Chip samt einem Foto.

Sie holt einen raus und steckt ihn in das Bedienfeld. Dann stellt sie die Projektionsapparate ein, dreht Knöpfe, schiebt Schalter hin und her.

Und dann, mit einem Aufflackern, erscheint ein Holo auf dem Stuhl.

Das bin ich.

Das, was ich in diesem Moment fühle, lässt sich nicht eindeutig benennen. Angst, Horror, Scham, Entzücken, Staunen – es ist ein ganzer Strudel aus Gefühlen. Ich bewege mich darauf zu … auf *mich* zu, vergesse zu atmen.

Das Holo ist eingefroren, noch nicht zum Leben erwacht, noch nicht bei uns in diesem Raum.

»Das ist natürlich nur eine Beta-Version. Oder vielmehr Gamma oder Delta«, sagt Dr. Gold trocken. »Aber ich dachte, du willst vielleicht schon mal einen Blick darauf werfen.«

Ich gehe näher ran. Es ist ein bisschen so, wie wenn man ein Foto von sich sieht oder eine Aufnahme der eigenen Stimme hört. Dein Verstand schüttelt den Kopf und sagt dir, dass du das nicht sein kannst. Aber du weißt, dass es so ist.

Es ist wie ein Spiegelbild. Alles, was ich an meiner Erscheinung mag und nicht mag, guckt mich an.

»Ein paar von den Promis, die bei unserem Programm mitmachen, wollten, dass ich sie ein bisschen aufhübsche«, erzählt sie mir, und ihre Stimme hallt ein wenig in dem riesigen, saalähnlichen Raum. »Aber ich bin Wissenschaftlerin, keine Schönheitschirurgin. Ich verbessere nicht oder vervollkommne, ich bringe die ungeschminkte Wahrheit ans Licht.«

Ein Gefühl großer Erleichterung durchflutet mich. All meine Zweifel und Ängste, weil etwas an Adriens Holo irgendwie merkwürdig erschien, sind verschwunden. Mein Vertrauen in Dr. Gold lässt mich mein eigenes Hologramm mit trotzigem Stolz ansehen.

Ich will mit dem Holo sprechen. Mit ihr. Mit mir. So sehr.

Mein Staunen wird von Dr. Golds Handy unterbrochen. Sie seufzt, als sie sieht, wer anruft.

»Der Produzent einer Fernsehsendung, zu der ich eingeladen bin«, erklärt sie mir und verzieht das Gesicht. Sie geht ran. »Hallo? Ja, das bin ich.«

Sie drückt den Knopf für den Aufzug und gibt mir mit einer Handbewegung zu verstehen, dass es Zeit ist, zu gehen. Ich werfe einen letzten sehnsüchtigen Blick auf das Holo, das stoisch, schweigend und still auf seinem Stuhl sitzt. Dr. Gold lässt es, wie es ist, führt uns einfach aus dem Raum und wieder in den Aufzug.

Auf dem ganzen Weg zu ihrem Büro spricht sie mit dem Produzenten. Ich winke kurz, um ihre Aufmerksamkeit zu bekommen.

»Einen Moment, bitte«, sagt sie zu der Stimme am anderen Ende der Leitung und hält ihre Hand über das Mikrofon. »Was ist, Liebes?«

»Ich verschwinde mal eben auf die Toilette und geh dann Gregor suchen«, lüge ich und zeige auf den Aufzug.

»Okay, Liebes«, flüstert sie, mit den Gedanken völlig woanders. Sie telefoniert weiter, und ich drücke schnell auf den Knopf für den vierten Stock.

Ich bin allein mit mir selbst.

Ich stürze zum Bedienfeld. Vor mir ist ein großer, runder blauer Knopf. Ich drücke drauf. Ein lautes, gewichtiges Klicken ist zu hören, aber nichts passiert.

Ich eile zu dem Holo und knie mich vor sie hin.

»Los«, murmele ich, genauso wie ich das bei Adriens Hologramm immer tue.

Sie erwacht zum Leben, und wir zucken beide vor Schreck zusammen, als sich unsere Blicke begegnen, und obwohl ich sofort das Bedürfnis habe wegzugucken, wendet sie ihren Blick nicht ab.

»Du«, sagt sie leise.

»Ich«, antworte ich.

Mit weit aufgerissenen Augen starrt sie mich ängstlich an.

Das ist nicht, was ich erwartet habe. Dann löst sie ihren Blick und sieht sich ausführlich im Raum um.

»Wo haben sie mich hingetan?«

Ich blinzele. Plötzlich fallen mir die Regeln ein. Ich darf die Illusion nicht zerstören. Gerade will ich mir eine behutsame Lüge einfallen lassen, als sie aufsteht. Ich bin völlig geschockt; Della und Adrien haben nie ihre Sitzposition verlassen. Sie rennt auf den Aufzug zu, aber knallt gegen eine unsichtbare Wand, ein Hindernis, dort, wo die Projektionsapparate ihr Abbild nicht mehr darstellen können.

»Es ist alles gut«, sage ich ihr. Mir. »Alles gut, alles in Ordnung.«

»Ist es nicht, ich bin hier gefangen«, erwidert sie in scharfem Ton.

»Cora.« Es ist so was von seltsam, mit mir selbst zu sprechen. »Keine Panik.«

»Sie verändern uns.«

Ich komme auf die Beine und strecke die Hand aus, versuche sie zu beruhigen. »Es ist alles in Ordnung, versprochen.«

»Ich bin noch nicht fertig, stimmt's?«, sagt sie und beachtet meine Versuche nicht. »Sie sind noch nicht fertig mit mir, aber irgendwann werden sie das sein.«

»Ich …« Ich ringe nach Worten, will nicht die Illusion zerstören, habe aber keine Ahnung, wie ich mit der Situation umgehen soll. »Ich weiß nicht …«

»Cora«, sagt sie und wirft mir einen so eindringlichen Blick zu, dass ich vor Angst erstarre.

»Vergiss wenigstens ein Mal die Regeln. Du musst anfangen aufzupassen.«

»Das tue ich«, sage ich abwehrend. »Ich bin doch du. Du bist ich, meine ich.«

Regel Nummer eins gebrochen.

»Im Moment, ja«, sagt sie schnell. »Aber nicht mehr lange.«

»Wovon redest du?«, fauche ich.

»Gerade bin ich die Stimme in deinem Kopf, und die ganze Zeit versuchst du mich zu ignorieren«, sagt das Holo schnell und wirft einen Blick Richtung Aufzug. Sie scheint genau zu wissen, wo sie ist. Ich weiß, dass Dr. Gold gesagt hat, dass sie noch nicht fertig ist, aber sie lernt und versteht die Zusammenhänge schneller als jedes Holo, das ich bisher gesehen habe. »Hör mir jetzt endlich mal zu. Du weißt, was hier passiert.«

Gerade will ich sie bitten, mir das zu erklären, als wir beide hören, wie sich der Aufzug bewegt. Wir starren die Türen an, in dem Wissen, dass sie sich jede Sekunde öffnen können.

»Du musst zurück auf deine Startposition«, beschwöre ich sie und kann mich gerade noch davon abhalten, sie an den Schultern zu fassen, weil ich weiß, dass meine Finger durch die Luft greifen würden.

Vor Angst werden ihre Augen weit. »Lass mich hier nicht allein zurück, lass sie das nicht machen.«

»Machen? Was machen?«

»Sie nehmen alles auseinander.«

»Was um Himmels willen sagst du da?«, rufe ich verzweifelt.

»Pomegranate, der Granatapfel, Frucht der Toten.« Sie setzt sich wieder in ihre Position, sieht mich aber mit so einem ängstlichen und gleichzeitig entschlossenen Ausdruck an, dass es mir selber Angst macht. »Wenn du einmal davon gegessen hast, ist es bereits zu spät.«

»Bitte! Was meinst du?«

Ich kann hören, dass der Aufzug immer näher kommt, also haste ich zum Bedienfeld. Ich knalle mit der Faust auf den blauen Knopf, und er gibt wieder ein Klicken von sich.

Und das Hologramm erstarrt.

Ich japse nach Luft, als sich die Lifttüren öffnen. Ein Techniker kommt heraus und zuckt entgeistert zusammen, als er mich und mein Holo sieht.

»Du solltest nicht hier sein«, sagt er etwas nervös.

Ich schiebe alle ängstlichen und unsicheren Gefühle beiseite. »'tschuldigung!« Pokerface aufsetzen. »Dr. Gold hat mir gerade mein Holo gezeigt, aber musste dann einen Anruf in ihrem Büro entgegennehmen. Ich gehe da jetzt hin.«

Das scheint ihn zufriedenzustellen, während ich mich an ihm vorbeischiebe, in den Aufzug steige und den Knopf fürs Erdgeschoss drücke.

Ich umklammere das Diktafon, das mir Dr. Gold geschenkt hat, und kann nicht verhindern, dass meine Hände zittern.

Kapitel einundzwanzig

Ein bisschen mehr Zeit

»Erinnerst du dich noch daran, was ich dir gesagt habe?« Die freundliche Krankenschwester spricht leise, während ich neben Adriens Bett sitze. »Es hilft, wenn du mit ihm sprichst. Es wird euch beiden helfen.«

»Danke«, sage ich mit rauer Stimme, aber sie hat den Raum schon verlassen. Ich bin immer noch total aufgewühlt nach allem, was bei Pomegranate passiert ist.

Und zwinge mich, meinen schlafenden Freund anzusehen.

In der Ecke des Zimmers hängt ein Fernsehbildschirm an der Wand. Er ist an, aber ohne Ton. Als hätte er gerade ferngeschaut.

Aber das hat er natürlich nicht.

»Heute war ein verrückter Tag«, sage ich zu ihm. »Wenn ich es dir erzählen würde, du würdest es echt nicht glauben.«

Keine Reaktion. Ich rutsche auf meinem Stuhl herum und werfe einen Blick auf seinen Arm, der vollkommen still auf dem Bett liegt.

»Doch, würdest du«, korrigiere ich mich leise. »Du würdest mir immer glauben.«

Ich greife in meine Tasche und hole den blütenweißen Briefumschlag heraus, den Magnus Hawkins mir gegeben hat, als ich vor ein paar Stunden bei Pomegranate angekommen bin. Ich öffne ihn.

Ich blättere durch die Seiten und spüre, wie mir eng um die Brust wird.

Eine Verschwiegenheitserklärung. Wenn ich sie unterschreibe, ist es mir nicht erlaubt, über irgendetwas zu sprechen, was bei Pomegranate Tech passiert ist. Mr Hawkins hat gesagt, das wäre üblich, aber als ich all die kleingedruckten Textblöcke sehe, die mich wütend anzustarren scheinen, überkommt mich ein Gefühl von Panik.

»Dein Dad will, dass ich die Klappe halte«, erzähle ich Adrien. »Wem, glaubt er, soll ich das erzählen? Wer, denkt er, würde mir wirklich zuhören?«

Ich starre auf die Seiten runter.

»Keiner hört mir zu, Adrien. Außer dir. Und Dr. Gold. Dad und Gregor machen sich die ganze Zeit Sorgen um mich, wollen mich in Watte packen und alle schwierigen Themen vermeiden. Seit Mum gestorben ist, läuft bei ihnen so eine Art seltsamer Wettbewerb, bei dem man über nichts Schwieriges oder Trauriges und auch nicht über Mum reden darf.«

Ich fahre mit den Fingern über das Pomegranate-Logo in der oberen Ecke des Briefumschlags. Ein Granatapfel.

»Und ich glaube, sie vergessen, dass ich manchmal nicht weiß, wie ich mit Leuten reden soll. Ich weiß nicht, wie ich all die schwierigen Sachen im Leben in nette, höfliche Worte verpacken soll und wie ich die Leute davon überzeugen kann, dass ich mir echt Mühe gebe.«

Die Verschwiegenheitserklärung verschwimmt mir einen Moment lang vor den Augen.

»Ich gebe mir nämlich wirklich Mühe, Adrien, und ich glaube, du bist der Einzige, der das je verstanden hat. Ich will ja den Leuten gegenüber nicht gemein und unnahbar sein. Ich finde es nur so schwer zu kommunizieren. Es ist, als würde ich eine ganz andere Sprache sprechen als alle anderen. Und irgendwann bin ich einfach total erschöpft und schnauze alle an. Und keiner versteht, warum.«

Ich sehe mich im Krankenzimmer um. All die Geräusche und Gerüche und grellen Lichter, die ich gehofft hatte nie wiederzusehen.

»Mum war krank«, sage ich mehr zu mir selbst als zu Adrien. »Und dann lag sie im Sterben. Das wollte nur keiner aussprechen. Und das hat mich wütend gemacht.«

Fakten. Klare, wahrhaftige Fakten. Mehr wollte ich nie.

»Ständig haben alle behauptet, dass es ihr bald besser gehen würde. Gregor hat gesagt, dass wir alle zusammen Urlaub im Lake District machen werden. Und vier Stunden später ist sie gestorben.«

Ich umklammere die Seiten.

»Ich will nur die Wahrheit«, sage ich und starre auf das Papier. »Und die Wahrheit ist, dass diese schreckliche Krankheit sie umgebracht hat. Nicht, weil sie aufgehört hat zu kämpfen oder aufgegeben hat oder nicht stark genug war. Es ist einfach passiert.«

Plötzlich fange ich an, die Verschwiegenheitserklärung in Fetzen zu reißen.

»Diese furchtbare …« *Fetz.* »Widerliche …« *Fetz.* »Schreckliche …« *Fetz.* »Abscheuliche …« *Fetz.* »Krankheit.«

Ich starre auf meinen Schoß, der jetzt voller winziger Stücke Papier ist. Fast muss ich lachen. Ich knülle das Ganze zu einem kleinen Schnipselball zusammen und werfe ihn in den Mülleimer.

»Cora?«

Mit einem Ruck wende ich den Kopf zur Tür. Dort steht Dad. Gregor muss ihm gesagt haben, wo ich hinwollte.

»Was ist los?«, fragt er leise und setzt sich neben mich. Wir lehnen beide mit dem Rücken an der Heizung.

»Dad?« Der Fernseher läuft immer noch ohne Ton, irgendeine Talkshow läuft gerade, bei der hitzig diskutiert wird. »Warum hasst du Pomegranate so sehr?«

Er stößt einen tiefen Seufzer aus. »Cora, ich verstehe, wie dir das in deinem Alter vorkommen muss. Es muss dir wie ein Ort erscheinen, der alle schlimmen Sachen im Leben wieder heil macht. Aber diese Dinge gehören zum Leben dazu.«

»Dass Mum so krank geworden ist, gehört zum Leben dazu?«, höhne ich und koche vor Wut. »Dass Adrien hier so liegt, gehört zum Leben dazu?«

Er fasst mich an den Schultern und zwingt mich, ihn anzugucken. So habe ich ihn noch nie erlebt.

»Ja«, sagt er schroff, und ihm versagt beinahe die Stimme, als er fortfährt: »Ja, Cora, das tut es. Das ist etwas, was jeder Mensch fühlen muss, seit Tausenden von Jahren fühlt. Jeder,

der je auf diesem Planeten gelebt hat, kennt diesen Schmerz, und alle, die nach uns kommen, werden das auch. Das ist das Leben. So soll es sein. Man kann sich da nicht rausmogeln.«

»Ich will das aber nicht fühlen«, sage ich, und meine Stimme bricht. »Ich will das nicht.«

»Ich weiß«, entgegnet er in einem Tonfall, so elend, dass es kaum zu ertragen ist. »Ich weiß.«

»Willst du mir also ernsthaft sagen, dass du nicht hingehen würdest und ein Hologramm von Mum besuchen?«

Er sieht mich mit festem Blick an. »Ja.«

Ich schüttele wie wild mit dem Kopf. »Du lügst«, sage ich leise.

»Das tue ich nicht, mein Schatz. Ich würde es nicht machen. Man kann einen echten Menschen nicht nachbilden.«

»Tun sie aber!«, beharre ich und winde mich aus seinen Armen. »Ich habe sie gesehen. Sie sind ganz lebendig!«

»Nein, Cora. Das ist nicht möglich.«

Ich gebe ein frustriertes Grollen von mir. »Und dann? Dann soll ich einfach ohne Adrien weitermachen? Ihn hinter mir lassen?«

»Er ist doch hier, Cora«, sagt Dad sanft und berührt meine Stirn. »Was immer auch passiert, er wird immer da drin sein. Du kannst ihn gar nicht hinter dir lassen, so wie du Mum nicht hinter dir lassen kannst.«

Ich fühle mich, als hätte ich seit Wochen nicht geschlafen. Erschöpft, aber nicht in der Lage, abzuschalten und mich zu beruhigen. »Aber ich kann nicht mit ihnen sprechen. Ich kann sie nicht mehr hören.«

Ich werfe einen Blick auf den Fernseher und blinzele erstaunt, als ich Della Lacy in einem Interview sehe. Sie lässt sich sonst nie interviewen. Auch wenn ich nicht hören kann, was sie sagt, scheint sie sehr ernst und leidenschaftlich zu sprechen.

Mir fällt auf, dass sie gar nicht aussieht wie ihr Hologramm: Das hatte ganz glatte Haut, während ihr echtes Gesicht ein paar Sommersprossen und Unreinheiten aufweist. Ihre echten Augen sind kleiner, ihre Ohren stehen ein wenig ab, und alles, was sie sagt, scheint sie mit den Händen zu unterstreichen.

Das Hologramm war überhaupt nicht wie die echte Della. Ich habe eine vollkommen Fremde getroffen.

»Dad, wird das immer so sein?«, frage ich. »Wenn jemand geht. Wird das immer so sein wie mit Mum?«

Er greift in mein Haar und zieht ganz sanft an einer Locke. »Ja.«

Und ausnahmsweise mal lügt er mich nicht an.

»Aber wie soll ich das aushalten, Dad?«, stoße ich hervor und habe das Gefühl, auseinanderzufallen.

Er nimmt mich in die Arme, während ich verzweifelt nach Luft ringe.

»Trauer ist nichts anderes als Liebe, die um ein bisschen mehr Zeit bittet. Und du bist nicht allein. Ich bin da. Gregor ist da. Auch wenn es sich nicht so anfühlt, Adrien ist auch noch da. Wir sind echt. Wir sind Menschen. Du brauchst keine digitalen Geister. Du bist nicht allein.«

»Ich will einfach nur, dass er aufwacht«, sage ich mit dem

Gesicht an Dads Schulter. »Es ging so schnell, ich war darauf nicht vorbereitet. Nie bin ich vorbereitet.« Unwillkürlich entfährt mir ein leises Wimmern. »Ich brauche noch mehr Zeit, Dad. Nicht mal besonders viel, nur eine Stunde oder so.«

»Ich habe alle Zeit der Welt für dich, mein Liebling«, sagt er mit zitteriger Stimme. »Vergiss das nie.«

»Dad?« Ich denke an Adriens Hologramm. An Dellas. An meins. »Würdest du etwas an mir ändern? Wenn du das könntest, würdest du mich normal machen?«

Dad gibt einen verächtlichen Laut von sich. »Normal? Hast du gerade gefragt, ob ich dich *normal* machen würde?«

»Ja.«

»Ich würde nicht das kleinste bisschen an dir ändern.«

»Du findest also nicht, dass ich … ich weiß nicht, optimiert werden könnte?«

»Nichts an dir muss optimiert werden«, sagt er, und sein Ton ist sehr ernst. »Hörst du? Ich würde nicht das kleinste bisschen an dir verändern. Um keinen Preis. Du siehst die Welt so anders. Weißt du, ich glaube, während alle anderen sie in Schwarz-Weiß sehen, ist für dich alles voller Farbe.«

Ich muss hicksen, der Schluckauf eine Mischung aus Lachen und Weinen.

»Das ist die Wahrheit. Also, dann erzähl doch mal. Denn letztendlich weiß ich nichts über Pomegranate. Ich habe nur ein Bauchgefühl. Aber du kennst den Laden. Ich weiß, dass du dir alles genau angesehen haben wirst. Dinge gesehen haben wirst, die deinem Bruder und anderen nicht aufgefallen sind. Also, was hast du entdeckt?«

Wie soll ich Pomegranate erklären? Es ist auch mir ein Rätsel, zudem eines, das sich ständig verändert.

Plötzlich spüre ich eine Veränderung in der Luft, und als ich nach draußen blicke, hat es angefangen zu regnen.

»Guck mal«, sage ich zu Dad und nicke in Richtung Fenster.

Er dreht sich um und schaut auch nach draußen. Er lächelt.

Schweigend sehen wir dem Regen zu.

Und mit einem Mal öffnet sich in mir etwas, lässt all meine Gefühle frei, sodass ich atmen kann. Ich fasse einen Entschluss und hole tief Luft.

»Dad, ich muss zurück zu Pomegranate. Ein letztes Mal.«

★

Nur ein bisschen mehr Zeit.

Ich bin wieder bei Pomegranate. Als ich vor Adriens Hologramm Platz nehme, fühlt sich das ganz vertraut an. Wie wieder im Krankenhaus zu sein: die weißen Wände, die klugen Mitarbeiter, die alle zu beschäftigt und zu wichtig zu sein scheinen, um grundlegende Fragen zu beantworten. Das grelle Licht, der klinische Geruch.

»Adrien.« Ich wende den Blick nicht von meinem digitalen Freund ab. Nach dem Gespräch mit Dad war ich erschöpft eingenickt, und im Halbschlaf habe ich den ängstlichen Ausdruck auf dem Gesicht meines eigenen Hologramms gesehen. Habe mich an ihre vagen und beunruhigenden Worte erinnert. »Kann ich dir was sagen?«

»Natürlich.«

»Ich werde im Moment dauernd interviewt. Von so Wissenschaftlern.«

Ich wette, dass die Techniker nebenan jetzt sofort angespannt sind und bereit, Mr Hawkins zu rufen.

»Das klingt ernst.«

»Ach, ich weiß nicht.« Ich überlege einen Moment lang, wie ich ihm alles erzählen kann, ohne die Vorschriften zu verletzen. Ich frage mich, wie dieses Holo Sachen verarbeitet. Fühlt.

Ich will nicht davon ausgehen, dass diese Kreation keine Gefühle hat, so wie das viele Leute von mir denken. Ich mag vielleicht aus Fleisch und Blut sein, ein Mensch, aber er ist immer noch mein bester Freund. Irgendwo da drin.

»Ich bin Autistin, und sie wollen mich studieren, um herauszubekommen, wie ich mich von anderen unterscheide.«

»Dich studieren?« Er lehnt sich ein wenig nach vorne und sieht besorgt aus. »Cora, das klingt ganz schön gruselig.«

Das tut es, nicht wahr?

»Und außerdem«, ergänzt er, »bist du doch einfach du. Eine Person. Du bist doch nicht alle anderen autistischen Menschen.«

»Ich weiß, das habe ich auch gesagt«, sage ich lachend. »Es ist voll komisch, ich muss lauter Aufgaben und Tests machen und ganz viele Fragen beantworten.«

»Klingt schrecklich.«

»Ja.« Ich verschränke krampfhaft meine Hände in meinem Schoß. »Deswegen fehlt mir mein bester Freund noch mehr.«

»Der, der so weit weg ist?«

»Ja. Ich wünschte, er wäre hier. Dass er mich wie immer zum Lachen bringen würde, mir sagen, wenn ich mich zu sehr verausgabe. Mir zeigen, dass alles wieder gut wird.«

»Also, ich bin da bestimmt keine große Hilfe.« Er lacht, und dieser Klang ist so schmerzhaft vertraut. »Aber alles wird wieder gut, Cora.«

»Adrien.« Ich sehe ihn an, schwere Tränen hängen an meinen Wimpern. »Wie hast du dich gefühlt, als du mit ADHS diagnostiziert wurdest?«

Ich weiß, was als Nächstes passieren wird, bevor es passiert. Dieses kalte Gefühl in meinem Bauch, das sich jedes Mal meldet, wenn er zu still, zu zurückhaltend ist. Jedes Mal, wenn seine Miene nicht so recht zu seinem perfekt nachgeahmten Gesicht passt. Jedes Mal, wenn seine Erinnerung aussetzt oder anders ist oder einfach nicht so klingt, wie Adrien sie mir erzählt hätte.

»Ich habe kein ADHS.«

Ich wusste, dass er das sagen würde, aber es haut mich trotzdem um. Ich wende mich dem Spiegel zu, damit die Leute, die ich nicht sehen kann, es ja nicht wagen, sich einzumischen. Mich aufzuhalten.

»Cora? Alles in Ordnung?«

Ich schaue ihn wieder an und verziehe das Gesicht. »Alles gut.«

»Ich fürchte, ich bin total langweilig und normal«, sagt das Hologramm.

»Nein«, hauche ich. »Das stimmt nicht.«

Nichts an Adrien ist normal. Endlich verstehe ich, warum er dieses Wort schon immer gehasst hat. Und ich sehne mich nicht mehr danach. Jetzt weiß ich, dass es sich nicht lohnt, dass normal zu sein mir keine Sicherheit verschafft. Und was für Adrien galt, gilt auch für mich.

Traurig lächele ich ihn an. Weil er gerade alles verändert hat.

Ich weiß jetzt, was ich zu tun habe. Ich weiß jetzt, wie ich durchkomme.

Kapitel zweiundzwanzig

Mission

»Cora.«

Mr Hawkins hat meine Sitzung mit Adrien abgebrochen; die Techniker müssen ihn ein weiteres Mal gerufen haben. Ich sitze ihm gegenüber, und Gregor wurde auch dazugeholt. Er hat neben mir Platz genommen und blickt nervös zwischen uns hin und her.

»Cora«, versucht Mr Hawkins es wieder. »Ich weiß nicht, was du glaubst, was da drin passiert ist, aber ich will nicht, dass du dich aufregst. Dr. Gold und ich müssen uns in ein paar Stunden für einen Auftritt im Fernsehen bereit machen, also will ich nicht, dass wir im Streit auseinandergehen, sondern in aller Freundschaft.«

»Er ist anders«, sage ich in herausforderndem Ton. »Er wurde verändert.«

»Ich verstehe nicht«, schaltet Gregor sich ein und sieht ein weiteres Mal von seinem Chef zu mir. »Ist irgendetwas mit Adriens Hologramm passiert?«

»Er ist nicht korrekt abgebildet worden«, sage ich meinem Bruder. »Er hat kein ADHS.«

»Okay«, Gregor lacht nervös. »Jetzt verstehe ich wirklich gar nichts mehr. Was bedeutet das?«

»Sie bilden ihn ohne die Eigenschaften ab, die ihn ausgemacht haben«, sage ich mit fester Stimme.

»Cora.« Mr Hawkins bringt mich mit seinem herablassenden Ton zum Schweigen; wahrscheinlich hat er schon immer so gesprochen, aber es ist mir vorher nie aufgefallen. »Mach nicht so ein Drama daraus.«

»Das ist nicht er!«

»Nun, natürlich nicht«, spottet Magnus. »Das ist eine Nachbildung. Ein digitaler Klon.«

»Ja, aber kein korrekter«, beharre ich. »Jemand hat absichtlich Eigenschaften weggelassen. Nicht nur seine ADHS, Gregor, sondern auch Teile seiner Erinnerungen. Er wurde verändert.«

»Nein, er wurde *geheilt*!«

Es ist Magnus, der das brüllt und mich dadurch zum Schweigen bringt. Auch Gregor starrt nur stumm Adriens Vater an, der völlig die Fassung verloren hat.

»So ist es besser für ihn«, fährt Magnus fort, ballt eine Hand zur Faust und blickt auf den Fußboden. »Ich habe dafür gesorgt, dass sie die Teile entfernt haben, die ihn schwach machen.«

»Schwach?!« So laut war meine Stimme noch nie. Ein Teil von mir hat das Gefühl, als würde mir selbst zugucken, völlig geschockt und ein wenig entsetzt von meinem eigenen Mut. »Wagen Sie nicht zu sagen, dass er schwach war! Er war … ist der stärkste Mensch, den ich kenne!«

»Ach, werd erwachsen, Cora«, sagt er scharf. »Er ist in der Schule nicht zurechtgekommen. Er konnte kein Gespräch führen, wenn ihn das Thema nicht interessiert hat.«

»Mir ist das nie aufgefallen!«, brülle ich. »An mir war er immer interessiert. Und immer interessant.«

»Das ist ja alles schön und gut, solange man ein Kind ist und die Leute nachsichtig sind.« Mr Hawkins spricht jetzt Gregor an, als hätte ich mit meinem Ausbruch das Recht auf seine Aufmerksamkeit verwirkt. »Als Erwachsener hätte er es sehr schwer gehabt.«

»Nur wenn die Leute intolerant und ignorant sind! Wenn sie das nicht wären, hätten es Leute wie wir nicht so schwer. Egal, ob es um Kinder oder Erwachsene geht, Sie können nicht einfach Teile einer Person entfernen, die Ihnen nicht gefallen«, sage ich mit gepresster Stimme. »So funktioniert das nicht.«

»Aber doch. Jetzt schon!« Seine Augen leuchten, als er spricht. »Jetzt können die Leute ihre verloren geglaubten Verwandten wiedersehen und die Version erleben, an die sie immer geglaubt haben. Die bessere Version. Die glücklichere, gesündere Version.«

»Er *war* glücklich und gesund!« Ich spüre, dass meine Hände anfangen zu zittern und meine Stimme auch. »Es war gar nicht möglich, ihn besser, gesünder zu machen, ihn zu optimieren.«

»Das ist …« Gregor sieht aus, als würde er versuchen, aus einem Albtraum zu erwachen. »Das ist wirklich nicht in Ordnung. Sie können so was nicht machen.«

»Ich gebe den Menschen die Möglichkeit, abzuschließen und echte Beziehungen zu haben«, zischt Magnus. »Zu erleben, wie ihre Liebsten ihr volles Potenzial ausschöpfen. Dad war Alkoholiker? Keine Sorge, das lassen wir weg. Mum war vergesslich? Zahlt ein wenig mehr, und wir geben ihr ihre Erinnerungen zurück. Wir können Sprachfehler löschen. Menschen den perfekten Körper geben. Wir vervollkommnen die Menschheit.«

»Gregor, ich will nach Hause.«

Mein Bruder springt auf die Beine, der Ausdruck in seinen Augen etwas verstört, und nimmt meine Hand. »Okay. Ja, ich … okay.«

»Cora«, sagt Magnus beschwörend, aber trotzdem noch in arrogantem Ton. »Das verändert gar nichts.«

Ich weiß, was er eigentlich sagen will. *Du* kannst nichts verändern.

Aber ich werde es ihm schon zeigen.

Ich stürme aus dem Gebäude, mein Bruder direkt hinter mir. Als wir auf dem belebten Bürgersteig stehen, drehe ich mich zu ihm hin und gucke ihm direkt in die Augen.

»Arbeitet Magnus heute Abend noch, bevor er ins Fernsehstudio muss?«

Gregor denkt einen Augenblick lang nach und sieht etwas benommen aus, nickt dann aber. »Ja, er hat eine Videokonferenz mit ein paar Influencern, die sich eventuell am Geschäft beteiligen wollen.«

»Dann müssen wir sofort zu Mrs Hawkins.«

»Cora, ich …«

»Gregor!« Ich greife nach seiner Hand und drücke sie. »Was er da macht, ist falsch. Was würdest du geben, um Mum wiederzusehen?«

Mein Bruder zuckt zusammen und guckt auf unsere Hände runter. »Alles.«

Meine Stimme zittert. »Genau. Und das wissen sie. Das wissen sie, Gregor. Genauso wie sie wussten, dass ich alles tun würde, um Adrien wiederzusehen. So werden sie die Leute kriegen. Ihr Geld bekommen. Und sie dann noch mehr bezahlen lassen, um die Menschen zu optimieren. Die Teile zu löschen, die sie ausgemacht haben. Ein ganzes Gebäude voller langweiliger, perfekter Holos ohne Persönlichkeit. Wir müssen sie aufhalten.«

Gregor atmet schnell. Ich weiß, dass das schwer für ihn ist, aber wir haben keine Zeit zu verlieren.

»Ich entschuldige mich für meine Ausdrucksweise«, sagt er mit zittriger Stimme und sieht mich mit einem so grimmigen Blick an, dass ich Hoffnung schöpfe. »Aber du weißt schon, dass alles, was Magnus gesagt hat, ein Haufen Scheiße ist, oder? Nichts an dir oder an irgendjemand anderem muss verändert werden.«

Ich muss lächeln. »Natürlich weiß ich, dass das Scheiße ist, Gregor.«

»Du bist absolut perfekt so, wie du bist.«

»Ich weiß.« Er lacht. »Aber danke trotzdem, großer Bruder.«

Wir halten uns immer noch an den Händen.

»Wir müssen nach Knightsbridge, und ich muss mit

Adriens Mum sprechen«, sage ich sanft. »Bitte. Ausnahmsweise musst du mal wie Dad fahren.«

Er lacht und nickt dann. »Okay. Dann nichts wie los!«

Er fährt zwar immer noch zu vernünftig, aber viel schneller als sonst. Mit quietschenden Reifen hält er vor Adriens Haus, und ich bin schon ausgestiegen, bevor das Auto zum Stehen gekommen ist. Ich nehme zwei Treppenstufen auf einmal und klingele an der Tür, so oft ich kann.

»Schon gut, schon gut«, höre ich auf der anderen Seite der Haustür, während ich weiter drücke und drücke.

Die Tür geht auf, und Ria erscheint, in einem weißen Bademantel und offenbar völlig erstaunt, mich zu sehen.

»Cora!«

Alles, was ich erfahren habe, überflutet mich plötzlich wie ein Tsunami, und ich werfe meine Arme um sie und klammere mich an sie. Sie hält mich sofort ganz fest, und ihr Duft wiegt mich so sehr in Sicherheit, dass ich weinen will.

»Was ist denn bloß los?«, fragt sie zärtlich, und ich spüre ihre gepflegten Hände in meinem Haar.

»Alles«, sage ich in ihren flauschigen Bademantel. »Aber ich bringe das schon in Ordnung.«

Sie lässt uns herein, schließt die Haustür und führt uns ins Wohnzimmer, wo Cerby neben einem knisternden Kaminfeuer schläft.

»Jetzt sag mir sofort, was los ist«, sagt sie streng.

»Es ist Adrien.«

Sofort verzieht sich ihr Gesicht und nimmt einen Ausdruck schrecklicher Sorge an. Dann lacht sie, aber völlig ohne Humor. »Was? Was haben sie mit ihm gemacht?«

»Haben Sie sein Hologramm kennengelernt, Mrs Hawkins?«, fragt Gregor, zieht sich einen Stuhl heran und betrachtet sie sorgenvoll.

»Nein«, sagt sie leise. »Ich konnte es nicht ertragen, mir dieses Ding anzusehen.« Sie hält inne und wirft meinem Bruder einen entschuldigenden Blick zu. »Tut mir leid, Gregor, aber ich habe festgestellt, dass mir das Ganze eher Qualen bereitet. Die Idee hat mir von Anfang an nicht gefallen. Ich habe Magnus letztes Jahr angefleht, Adrien nicht dazu zu zwingen.«

Sie hat es nicht gesehen. Sie weiß nicht, was die getan haben.

»Mrs Hawkins.« Ich hole tief Luft. »Sie haben sein Holo verändert. Teile rausgenommen. Seine ADHS gelöscht. Das ist überhaupt nicht er, sie haben ihn verändert.«

»Mr Hawkins hat vorhin gesagt, als Cora ihn deswegen angegangen ist, dass sie ihn nur heilen wollten«, ergänzt Gregor.

Ria stößt einen erstickten Laut aus. »Ihn heilen? Wovon denn?«

»Genau!«, rufe ich. »Es gibt nichts zu heilen. Er ist perfekt.«

Sie sieht mich an und lächelt ein müdes Lächeln. »Ja. Er ist perfekt.«

»Genau so, wie er ist.«

»Genau so, wie er ist.«

»Sie löschen ihn, Mrs Hawkins«, sage ich, und meine Stimme stockt. »Bitte. Wir müssen etwas tun.«

Sie seufzt und verzieht ihr Gesicht, als hätte sie Schmerzen. »Mir war nicht bewusst, wie weit Magnus gegangen ist. Er hat gesagt, es wäre eine identische Kopie. Wie ein Klon.«

»Er sieht total echt aus«, gebe ich zu. »Zu echt. Aber sein Verstand, seine Seele … die sind anders.«

»Magnus hat ihn noch nie verstanden«, erklärt sie. »Hat ständig die Therapeuten und Ärzte gefragt, wie er wieder gesund werden kann. Sie haben genau das Gleiche gesagt wie ich: dass er nicht geheilt werden muss. Nur geliebt und unterstützt. Das ist das Einfachste auf der Welt.«

Sie nimmt ein Taschentuch vom Couchtisch und tupft sich die müden Augen. »Für mich war er schon immer ein Wunder. Ein vollkommenes Wunder. Ich hätte nicht das Geringste an ihm geändert.«

Bewundernd sehe ich sie an. »Das weiß er, Mrs Hawkins.«

Ihr entfährt ein kleiner Schluchzer. »Gut. Das habe ich nie für ihn gewollt.«

»Gregor.« Ich wende mich an meinen Bruder. »Die Chips. Jedes Hologramm hat einen Chip, stimmt's?«

»Stimmt.«

»Wem gehören die? Ich meine, in Wirklichkeit. Außer Pomegranate.«

»Sie gehören nicht Pomegranate«, sagt Gregor. »Der Firma gehören die Apparate, die die Hologramme zum Leben erwecken, aber die Chips gehören der Familie, oder wer auch immer das Hologramm in Auftrag gegeben hat.«

»Wem gehört Adriens Chip?«

Gregor schüttelt mit dem Kopf. »Wahrscheinlich Magnus.«

Alle Luft weicht aus meinen Lungen, meine Hoffnung stirbt. Wenn Adriens Chip Magnus gehört, dann können wir es nicht tun, ohne das Gesetz zu brechen. Und zwar erheblich.

»Was können wir nicht tun?«

Ich muss wohl laut vor mich hingeredet haben, sonst würde mich Ria das nicht fragen.

Ich sehe sie an, habe die Maske fallen lassen und bin völlig offen. »Wir müssen ihn befreien.«

Kapitel dreiundzwanzig

Großes Abenteuer

Ria blinzelt mich an. »Was?«

»Wir müssen ihn befreien, Mrs Hawkins.« Noch nie habe ich etwas als so dringlich empfunden, mein ganzer Körper scheint unter Strom zu stehen. »Adrien wollte das nie. Ich habe ihn damals nicht verstanden, ich fand Pomegranate so toll, er aber nicht.«

Sie sieht von Gregor zu mir, und dann winselt Cerby und kommt an ihre Seite. Er legt seinen großen Kopf mit den riesigen Ohren in ihren Schoß und sieht sie treuherzig an.

»Er wollte das nicht, Mrs Hawkins.«

»Ich weiß«, flüstert sie.

Plötzlich steht sie auf und geht zu der antiken Vitrine in der Ecke des Zimmers. Sie dreht den kleinen Schlüssel um und öffnet die Tür. Sie geht ein paar Papiere durch, holt dann eins mit einem goldenen Rand heraus und nimmt es mit zum Sofa.

»Das ist von ihnen«, sagt sie. »Von Pomegranate Tech.«

Ich gucke es an und sehe dann zu Gregor. »Was ist das?«

Sie gibt es meinem Bruder, und ich kann sehen, wie das Blatt Papier bebt, weil ihre Hände so heftig zittern. Gregor nimmt es entgegen und liest es aufmerksam durch. Dann schießt sein Kopf nach oben, und er sieht mich an, der Ausdruck in seinen Augen wie elektrisiert. Dann guckt er wieder zu Ria.

»Der Chip gehört Ihnen?«

Sie nickt, vergräbt eine Hand in Cerbys Fell. »Ja.«

Ich springe auf die Beine, meine Hände fliegen und flattern voller Vorfreude und Reizüberflutung. »Wirklich?«

»Wirklich.« Sie nimmt Gregor das Blatt Papier ab und überfliegt es. »Das war das Einzige, worauf ich bestanden habe, als Magnus mir von seinem grässlichen Vorhaben erzählt hat. Ich habe ihm gesagt, das ist mein Sohn und ich will Entscheidungen treffen können. Das hier wurde abgefasst, und ich habe es unterschrieben. Seitdem habe ich nicht mehr daran gedacht.«

»Gregor, reicht das?«, frage ich aufgeregt. »Reicht das, um den Chip zu zerstören?«

»Jetzt warte mal kurz.« Gregor fährt sich mit den Händen durchs Haar und greift sich dann an den Kopf, als wollte er verhindern, dass sich alles dreht. »Mal langsam.«

»Langsam ist jetzt nicht«, sage ich. »Wir haben keine Zeit. Gibt es Sicherheitskopien von diesen Chips?«

»Nein. Nur eine Datei auf dem Server.«

»Kann man sie endgültig löschen?«

»Na ja, wir können sie löschen. Aber die Chips sind das Wichtigste.«

Ich wende mich an Ria und gucke sie direkt an. »Mrs Hawkins ... haben wir Ihre Erlaubnis, den Chip zu zerstören? Um ihn zu befreien?«

Sie starrt uns beide an und sieht dann auf ihre Hände runter.

»Du musst mir von diesem Tag erzählen, Cora.«

Ich bemerke Gregors verwirrten Gesichtsausdruck, aber ich weiß genau, was sie meint. »Was möchten Sie denn wissen?«

»Was ist passiert?«

Ich lasse mir einen Moment Zeit. Sammle all meinen Mut zusammen. »Wir sind vom Park nach Hause gegangen. Er hat geredet und stand am Bordstein. Überall rasten Autos durch die Gegend, solche Sportwagen, die haben sich richtige Rennen geliefert.«

Ich weiß, dass sie das alles bestimmt längst weiß. Ich weiß, was sie eigentlich wissen will.

»Nachdem er angefahren wurde, hat eine Frau den Krankenwagen gerufen. Ich habe neben ihm gesessen. Die ganze Zeit, Mrs Hawkins. Ich war bei ihm. Er war nicht allein.«

Ich halte einen Augenblick inne und gebe mir dann einen Ruck.

»Er hat nach Ihnen gefragt.«

Sie krümmt sich. Vergräbt ihr Gesicht an Cerbys Hals. Ich knie mich neben sie und nehme ihre Hände in meine, schenke ihr jedes bisschen Mitgefühl, das ich habe.

»Er darf nicht allein sein«, ruft sie, hebt das Gesicht. Ihre Wimperntusche ist verschmiert, aber der Ausdruck in ihren

Augen ist ruhiger, als ich das je zuvor gesehen habe. »Du hast meine Zustimmung, aber lass ihn nicht allein gehen.«

»Das werde ich nicht.«

Noch nie habe ich mich so stark gefühlt. Etwas Schreckliches durchzumachen, löst etwas in einem. All die Sachen, die mir früher Angst gemacht haben. Meine Befürchtungen, dass die Leute denken könnten, ich wäre anders, böse, falsch.

All das ist jetzt völlig unwichtig.

»Wir müssen los«, sage ich zu Gregor.

»Ich komme mit euch mit.« Ria kommt auf die Beine und wischt sich die Augen. »Gebt mir einen Augenblick, um mich anzuziehen, und dann treffe ich euch gleich draußen.«

Ich nicke und will los, als sie mich am Arm festhält.

»Danke dir, Cora.«

Ich lächele sie an. »Gern geschehen, Mrs Hawkins. Ich mache es für ihn.«

»Ich weiß. Das weiß ich.«

★

Als wir vor dem Firmengebäude vorfahren, fühlt es sich ganz anders an. Es sind nur ein paar Stunden vergangen, seit ich das letzte Mal hier war, aber für mich hat es sich vollkommen verändert. Es ist unheimlich still, als wir reinkommen.

»Gregor.« Ich wende mich an meinen Bruder. »Du musst in den Schaltraum von einem der Wartezimmer gehen. Und du brauchst Adriens Chip.«

»Okay.« Er zieht seinen Ausweis durch das Lesegerät und steigt in den Aufzug. »Ich treffe dich im blauen Wartezimmer, wenn du so weit bist.«

Ich gehe auf die Treppe zu.

»Ich mache mich auf die Suche nach meinem Mann«, sagt Ria leise. »Weißt du, wo er sein könnte?«

»Nicht so wirklich.« Ich überlege kurz, nehme das Adrenalin wahr, das wie Strom durch mich durchfließt. »Ich würde vielleicht im Garten des Friedens warten. Ich muss Dr. Gold finden.«

Trotz all des Durcheinanders und der Aufregung dieses Tages und obwohl ich große Angst habe, was Magnus Hawkins aus Pomegranate machen könnte, bin ich auch stolz. Stolz auf mich selbst, dass mein Verstand alles so schnell kombiniert hat. Stolz, dass ich für mich einstehe. Und für Adrien. Und für all die Menschen, die Pomegranate für fehlerhaft hält.

Ich stürme die Treppen hinauf. Als ich das richtige Stockwerk erreicht habe, rase ich auf die schwarze Tür zu und gehe rein, ohne zu klopfen. Dr. Gold sitzt hinter ihrem Schreibtisch, die Füße hochgelegt, und liest etwas auf ihrem Tablet. Erschrocken sieht sic auf, als ich in den Raum stürze.

»Cora!«

»Ich muss mit Ihnen sprechen«, japse ich, eile zu ihr hin und halte mich an dem Stuhl fest, der vor ihrem Schreibtisch steht. »Dringend.«

Sie legt das Tablet in die Schreibtischschublade und schenkt mir ihre volle Aufmerksamkeit. »Was ist passiert?«

»Es ist Mr Hawkins. Er macht schreckliche Sachen mit den Holos, Dr. Gold.«

»Setz dich.« Sie sieht besorgt aus und greift in ihren Minikühlschrank, um mir eine Flasche Wasser zu reichen. »Trink mal etwas, du bist knallrot im Gesicht.«

»Kein Zeit«, keuche ich. »Wir müssen jetzt sofort etwas tun. Er hat Adrien verändert. Seinen Verstand, Teile von ihm gelöscht. Das wird er ganz bestimmt auch mit den anderen Holos machen.«

Ruckartig schüttelt Dr. Gold mit dem Kopf, als wollte sie so meine Worte loswerden. »Ich verstehe nicht … wie konntest du …«

»Es ist sozusagen … digitale Eugenik. Wie die sogenannte Rassenhygiene bei den Nazis.« Ich bin immer noch ganz außer Atem. »Er will die wahren Persönlichkeiten auslöschen, will die Hologramme einfach umprogrammieren.«

Sie fährt sich mit der Hand durch das lange blonde Haar und drückt kurz ihre Fingerspitzen auf die Augen. »Das ist ganz schön viel auf einmal.«

»Es ist furchtbar«, sage ich. »All die Leute, die hierherkommen werden, um für ihre Familien erhalten zu bleiben, und er wird sie einfach verändern. Ohne ihre Zustimmung.«

Mit weit aufgerissenen Augen starrt sie mich an. »Woher weißt du das?«

»Er hat es mir gesagt«, erkläre ich. »Nachdem ich vorher selbst darauf gekommen bin. Adriens Holo ist falsch, Dr. Gold. Ich weiß, Sie kannten ihn nicht, deswegen würde es

Ihnen nicht auffallen, aber das ist er nicht. Magnus glaubt, dass er ihn geheilt hat, aber er hat ihm die Seele genommen. Das ist nicht richtig.«

Dr. Gold kommt etwas unstet auf die Beine, ihre Hand gleitet über die Wasserflasche und das Handy auf ihrem Schreibtisch. Und über einen Stapel mit Papieren. »Wer weiß noch darüber Bescheid?«, fragt sie leise.

»Ich, Gregor und Adriens Mum«, sage ich verzweifelt. Ich verstehe ja, dass sie geschockt ist, aber das muss jetzt mal bei ihr ankommen. »Ich habe es beiden gesagt.«

Gerade will ich ihr noch mitteilen, dass Ria Hawkins unten ist, als Dr. Gold den Finger hebt und sagt: »Ich muss erst einmal das Gebäude räumen lassen, bevor ich mich darum kümmern kann. Warte hier einen Moment.«

»Wir haben keine Zeit«, flehe ich sie an, aber sie bedeutet mir, still zu sein, verlässt schnell den Raum und lässt mich allein in ihrem Büro zurück. Mit gesenktem Kopf versuche ich wieder zu Atem zu kommen, voller Erleichterung, dass jetzt noch jemand Bescheid weiß. Jemand, der eine entscheidende Position bei Pomegranate hat.

Ich fahre zusammen, als plötzlich ihr Handy klingelt. Es klingelt und vibriert laut auf ihrem Schreibtisch. Ich gehe nicht ran, sehe mich in ihrem Büro um, während ich darauf warte, dass es aufhört. Als es immer weiter klingelt, werfe ich einen Blick darauf, falls es Mr Hawkins ist.

Und mir bleibt fast das Herz stehen.

Mum.

Auf dem Display steht *Mum.*

Obwohl ich noch immer schweißgebadet bin, wird mir mit einem Mal ganz kalt.

Aber ich könnte mich irren. Mag ja sein, dass jemand anders das Handy ihrer Mutter benutzt. Dass die Anruferkennung nie geändert wurde.

Es könnte alles Mögliche sein. Aber es kann nicht sein, dass Dr. Golds Mutter anruft, denn Dr. Golds Mutter ist tot.

Das hat sie mir selbst erzählt. Mehrere Male. Ihre Mutter ist gestorben, und deswegen hat sie Pomegranate gegründet. Deswegen hat sie mit dem Team Gold angefangen.

Das Handy hört auf zu klingeln, und ich kann Dr. Golds Schritte draußen im Flur hören.

»Also dann«, sagt sie ruhig, als sie wieder ins Büro kommt. »Die Belegschaft ist nach Hause gegangen, Magnus auch, so wie es aussieht. Dann muss das morgen erledigt werden.«

Benommen nicke ich. »Ihr Handy hat geklingelt, während Sie weg waren.«

»Oh.« Zerstreut nimmt sie ihr Handy in die Hand. »Das war nur meine Mutter.«

Sie setzt sich wieder hinter ihren Schreibtisch und fängt an zu reden, in ruhigem, sachlichem Ton, aber ich verstehe kein Wort. Ich höre nur, wie mir das Blut in den Ohren rauscht.

Sie hat mir gesagt, ihre Mutter wäre tot.

»Was für ein Durcheinander«, sagt sie gerade und fummelt an ihren Haaren rum. »Magnus war schon immer unberechenbar. Besonders in letzter Zeit.«

Sie sieht mich an und lächelt. Ich lächele nicht zurück.

»Cora, das tut mir alles furchtbar leid. Es tut mir leid, dass dich das so aus der Fassung gebracht hat, und ich bin wirklich sehr dankbar, dass du deswegen zu mir gekommen bist.«

Ich beobachte sie. Und greife vorsichtig in meine Tasche.

»Aber Schätzchen, ich glaube, du hast Mr Hawkins nicht ganz richtig verstanden.«

Ich spüre, wie mir Tränen in die Augen steigen, aber ich halte sie zurück. Ich zwinge mich, ihrem Blick zu begegnen. »Inwiefern?«

»Nun, er hat weder etwas gelöscht noch etwas verändert«, sagt sie liebevoll und lächelt mich genauso an wie an dem Tag im Krankenhaus. »Er räumt nur hier und da ein bisschen auf. Nichts, worüber man sich aufregen muss.«

»Er *räumt auf.*«

»Ja.« Sie nimmt einen großen Schluck aus der Wasserflasche. »Ich weiß, das kommt dir bestimmt kompliziert vor, aber es ist nicht, was du denkst. Du bist nur ein bisschen durcheinander.«

»Oh«, sage ich tonlos.

»Ach, Schätzchen.« Traurig lächelt sie mich an, ihre gesamte Miene strahlt Mitgefühl aus. »Ich verstehe das. Die letzten Wochen hier waren sehr anstrengend. Pomegranate kann einen überwältigen. Besonders jemanden wie dich.«

»Wie mich?«

Anscheinend kann ich gerade alles nur wiederholen.

»Nun, jemanden mit deiner Krankheit«, sagt sie sanft.

Es ist wie eine Nadel in meinem Arm. Wenn die Krankenschwester dir die Spritze bei zwei reinrammt, nachdem sie behauptet hat, bis drei zu zählen.

»Sie glauben, ich habe alles falsch verstanden?«

»Nun, ja. Schätzchen, das ist nicht schlimm. Das kann passieren, das ist nicht deine Schuld.«

Die frühere Cora hätten jetzt Zweifel beschlichen. Die frühere Cora hätte wahrscheinlich zustimmend genickt und darüber nachgegrübelt, ob sie das wirklich falsch verstanden hat. Die frühere Cora wäre jetzt vor Scham rot im Gesicht geworden, hätte eine Entschuldigung gemurmelt, sich selbst dafür gehasst, dass sie die Dinge so falsch eingeschätzt hat.

Aber diese Cora gibt es nicht mehr. Ich weiß, wer ich bin. Und ich weiß, was ich gehört habe.

»Vielleicht hat Mr Hawkins etwas im übertragenen Sinne gemeint, und du hast es wörtlich genommen«, sagt sie sanft.

Ich treffe ihren Blick und lächele still, was dazu führt, dass sie ein breites Lächeln aufsetzt. Vor Erleichterung.

»Vielleicht habe ich ihn wirklich beim Wort genommen«, sage ich nachdenklich.

»Bestimmt.«

»So wie, als Sie gesagt haben, dass Ihre Mutter gestorben ist.«

Das Lächeln verschwindet. Einen Moment lang sieht sie ganz panisch aus. Ein ganz neuer Gesichtsausdruck, den ich an ihr noch nie gesehen habe. Aber dann rückt sich alles wieder zurecht, und sie lächelt wieder.

Ein fürchterliches Lächeln. Ein durchbohrender, vernichtender Blick.

»Na, jetzt hast du mir aber wirklich den Abend verdorben, Cora.«

Kapitel vierundzwanzig

Der Cora-Test

Verrat ist wie Gift. Bitter und schmerzhaft wühlt es mein Inneres auf, sodass ich alles wieder ausspucken will. Aber das kann ich nicht. Ich muss mich konzentrieren. Alles hat sich verändert, für Adrien aber gar nichts. Und um ihn geht es jetzt. Nichts ist wichtiger.

»Weißt du, was Menschen machen, wenn jemand stirbt, Cora?«

Sie stellt die Frage leichthin, tritt sich die Schuhe von den Füßen und zieht die Beine an, während sie noch mal aus der Wasserflasche auf ihrem Schreibtisch trinkt.

Ich antworte nicht.

»Sie machen sich etwas vor«, erklärt sie mir trotzdem. »Sie belügen sich selbst. *Oh, er war ein Heiliger. Oh, sie war eine wunderbare Frau.* Lügen. Und sie belügen sich selbst, damit sie sich nicht schuldig fühlen. Schuldig, weil die letzten Worte, die sie gesagt haben, gleichgültig oder sogar richtig gemein waren. Weil sie sich nie so oft gemeldet haben, wie sie das hätten tun sollen. Weil sie nicht noch ein kleines bisschen länger im Krankenhaus geblieben sind.«

Sie rümpft die Nase und lächelt mich dann an, aber es ist ein kaltes Lächeln.

»Sie gehen zu spiritistischen Sitzungen«, fährt sie fort. »Sie zahlen Geld an einen absoluten Schwindler, damit sie so tun können, als würden sie mit ihrem toten Verwandten reden, und der Schwindler erzählt ihnen, was immer sie hören wollen.«

Sie lehnt sich ein wenig nach vorne. »Für den richtigen Preis, versteht sich.«

Ich schlucke. »Warum erzählen Sie mir das?«

»Weil Eugenik ein so langweiliges Wort ist«, spuckt sie. »Es war schon vor einhundert Jahren langweilig und ist heute noch langweiliger.«

»Aber genau das machen Sie doch.«

»Das sind keine echten Menschen«, fährt sie mich an und beugt sich plötzlich nach vorn. Ich zucke zurück. »Das sind digitale Profile. Kopien. Klone. Das sind keine echten Menschen. Das sind Untermenschen.«

»Fängt es nicht jedes Mal so an?«

»Ach, hör auf, mich zu langweilen!«

Sie schreit mir die Worte entgegen, und ich spüre, wie sie mir ins Gesicht schlagen.

»Ich bin besser als jede spiritistische Sitzung«, sagt sie und spricht jetzt leise und eindringlich. »Ich gebe den Leuten etwas, das annähernd echt ist. Etwas Wahrhaftiges. Und ich korrigiere alle Probleme.«

»Aber damit tun Sie ihnen keinen Gefallen, ganz im Gegenteil«, schnauze ich sie an. Offenbar habe ich meine Sprache wiedergefunden. »Man kann Menschen nicht korrigieren. Sie sind, wer sie sind.«

»Nein, Cora«, sagt sie langsam und von oben herab. »Sie sind, wer sie sich bemühen zu sein. Und nachdem sie tot sind, mache ich etwas Besseres aus ihnen.«

»Nein, das tun Sie nicht«, wehre ich mich. »Sie machen sie *normal*. Normal ist nicht besser, es ist einfach Durchschnitt. Wenn man zur breiten Masse gehört, fühlt man sich sicher.«

»Und wo ist deine Masse, Schatz?«, fragt sie und lacht mich aus. Ich sehe auf meine Hände runter, um festzustellen, dass sie sich öffnen und schließen, selbststimulierendes Verhalten.

»Na? Hey«, flüstert sie und tippt mir einmal auf die Schulter. »Wo ist dein kleiner Freund jetzt?«

Etwas in mir will sich entzünden, wie ein nasses Feuerzeug, das versucht, eine Flamme zu produzieren. »Wagen Sie es nicht, über ihn zu reden.«

»Er ist unten, Mädchen. Besuch ihn ruhig. Ich habe ihn geheilt, etwas Besseres aus ihm gemacht. Und ja, sein Daddy hat das abgesegnet. Freudig. Aber es war meine Idee, er verdient also keine Anerkennung von dir.«

»Sie lügen«, flüstere ich traurig. »Alles, was Sie sagen, ist eine Lüge.«

»Tja, willkommen in der Welt der Erwachsenen. Willkommen in der Welt außerhalb deiner kleinen Blase, wo sie dir alle erzählen, dass du genau richtig bist, wie du bist, und dass alle auf dieser Welt ihren Platz haben.«

»Es sollten alle auf dieser Welt ihren Platz haben.«

»Ach, werd erwachsen.« Sie zieht sich wieder die Schuhe

an. »Abgesehen davon habe ich es auf niemanden abgesehen. Ich mache alle nur besser. Glaubst du wirklich, diese Schauspielerin, die du so anhimmelst, ist wirklich so vollkommen schön? Wohl kaum. *Ich* habe sie vollkommen gemacht. Mehr ist das nicht. Ich schleife nur etwas die Ecken und Kanten. Decke die Risse ab. Egal, wie sie sich zeigen.«

Ich denke an all unsere Gespräche zurück. Wie sie mir gesagt hat, dass ich eine tolle Journalistin werden würde, und mich ermutigt hat, meine eigene Zeitung zu gründen. Wie sie mir in allen Einzelheiten erzählt hat, wie es war, ihre Mutter zu verlieren. Wie echt sich das angefühlt hat. Wie wahr.

Aber vielleicht wollte ich einfach, dass es wahr ist. So sehr.

»Ihre Mutter ist nicht tot.« Ich spreche ihre entsetzliche Lüge offen aus, damit ich wieder Halt finde und uns beide daran erinnere, wer hier im Unrecht ist.

»Nein.« Sie seufzt überheblich. Kommt auf die Beine. »Sie lebt in Surrey und guckt wahrscheinlich gerade irgend so einen Homeshopping-Sender. Sie ist so ungefähr die dümmste Frau der Welt, aber ja … noch auf dieser Welt.«

Sie sammelt ihre Sachen zusammen.

»Was du dir klarmachen musst, Cora, ist, dass keiner dir glauben wird. Mrs Hawkins ist eine beschränkte kleine Hausfrau, und du und dein Bruder, ihr seid beide ein Niemand aus einem schlechten Viertel. Sie werden euch Opportunisten nennen. Mediengeil. Verrückt. Also mach ruhig ein großes Gewese um das Ganze, aber es wird dir nicht weiterhelfen. Und ganz sicher wird es meine Arbeit hier nicht aufhalten. Diese Information bekommst du von mir umsonst.«

»Warum?« Ich presse das Wort hervor und starre auf den Fußboden. »Warum haben Sie mich in den letzten paar Wochen hierherkommen lassen? Sie haben gesagt, ich würde den Menschen helfen – was sollte das alles?«

»Oh«, sie lacht so wie die Mädchen in der Schule, wenn sie das absichtlich machen. »Du hast den Menschen wirklich geholfen, Cora.«

Ich kenne die Wahrheit. Ich weiß, warum sie und Dr. Connelly mich nicht aus den Augen gelassen haben, jede Antwort, jede Erinnerung, jeden Gedanken von mir infrage gestellt haben.

»Sprechen Sie es aus.«

Sie atmet tief aus, als wäre ich die nervigste Person auf der ganzen Welt. »Wir studieren dich, Cora.« Sie spricht langsam, herablassend. Grausam. »Damit wir wissen, welche Eigenschaften unsere Hologramme *nicht* haben sollen.«

Es ist, als würde man unter Wasser getaucht. Ich wusste, dass es darauf hinauslief. Vielleicht wusste ich es von Anfang an. Die Dr. Gold, die ich meinte zu kennen, war genauso falsch und künstlich wie das Hologramm, das ich am Tag der Betriebsversammlung gesehen habe. Ein klug hergestelltes Trugbild, das dazu gemacht wurde, um zu täuschen und zu manipulieren.

»Du stellst viel zu viele Fragen«, sagt sie unbeschwert. »Du bist stur. Du lässt dich nicht beeinflussen. Mit Charme lässt sich bei dir nichts erreichen. Mein Gott, war das schwierig, Antworten von dir zu bekommen. Ein Ding der Unmöglichkeit. Genauso wie bei deinem herzallerliebsten Adrien.«

Dass sie überhaupt seinen Namen erwähnt, bringt mich innerlich zur Weißglut. »Wir sind zu schwierig. Ist es das, was Sie sagen wollen?«

»Meine zukünftige Kundschaft will den Schlüssel zu netten, einfachen, gefälligen Menschen. Wie man sie herstellt, wie man sie erkennt. Und an dir ist rein gar nichts einfach oder gefällig.«

Sie will mich damit beleidigen, aber ich fühle mich im Stillen ermutigt.

»Na los.« Dr. Gold lacht, während sie das sagt, ihr Blick ist voller Schadenfreude. »Nun sag es schon, Cora. Sag mir, dass ich niemals damit durchkommen werde.«

Sie lacht mich aus. Ich erwidere ihren Blick. Ich bin es gewohnt, dass Leute mich auslachen. Nie mehr wird sich die Stimme in meinem Kopf zum Schweigen bringen lassen. Die Stimme, die mir sagt, was richtig ist, egal wie sich andere Leute verhalten. Was sie tut, ist falsch, und das weiß ich. Egal wie vernünftig sie es klingen lässt, egal wie laut sie lacht.

»Du hast ja keine Ahnung, wie viel Geld ich mit diesem neuen Programm verdienen werde, Cora«, sagt sie, und ihr ganzer Körper leuchtet förmlich vor Vorfreude und Entzücken. »Wenn ich den vollkommenen Menschen verkaufe und digitale Heilung, werden sich die Leute für mich verschulden. Ich kann ihnen etwas anbieten, was sie sich immer schon für ihre Familie gewünscht haben. Und das Datenmaterial! Die Geheimnisse, die ich zum Verkauf anbieten kann! Unternehmen, große Medienkonzerne, Regierungen … sie werden mich alle bezahlen wollen. Verdammt, auch für sie finde ich bald die perfekte Lösung. Menschen, die nie Nein sagen und keine Fragen stellen.«

Plötzlich steht sie vor mir, nimmt meinen Kopf in beide Hände. Ich keuche, als sie zudrückt.

»Ich hoffe, dein geringer Verstand wird das eines Tages verstehen«, sagt sie leise. »Weil Menschen wie du ständig Fragen stellen wollen. Ihr immer mit euren Fragen und euren moralischen Bedenken. So unfassbar öde.«

Ihre Hände umfassen mich wie ein Schraubstock, und dann schubst sie mich, sodass ich auf den kalten, glänzenden Fußboden falle.

»Du solltest wissen, dass ich dir letztendlich wirklich dankbar bin, Cora.« Sie scheint mich allein in ihrem Büro zurücklassen zu wollen. »Leute wie du werden dafür sorgen, dass ich eine Menge Geld verdienen werde.«

Ich zwinge mich, auf die Knie zu kommen, mein Kopf pocht immer noch von ihrer Umklammerung. »Nein. Werden. Wir. Nicht.«

Sie wirft mir einen amüsierten Blick zu, weil ich mich immer noch wehre.

»Wir sind nicht hier, um Menschen wie Ihnen zu dienen.«

Ich komme auf die Beine, langsam, aber ich lasse mich nicht abbringen. Gehe zu ihren Regalen und begutachte all den Schnickschnack und Nippes. Hässliches, unpersönliches Zeug, wo eigentlich Fotos und Karten und Briefe sein sollten.

Ich nehme eine Glaskugel in die Hand, die mit orangem und schwarzem Öl gefüllt ist.

Dann schmettere ich sie mit solcher Wucht auf den Boden, dass sie in tausend Stücke zerspringt.

Sie kreischt, aber ich höre nicht auf. Ich nehme mir den nächsten nutzlosen Klimbim und zerstöre auch den. Und den nächsten. Ich spüre, wie sie nach mir greift, an mir zieht, also trete ich in ihre Richtung, und das gesamte Regal kracht in sich zusammen. Als sie versucht, nach meinen Armen zu greifen, um zu verhindern, dass ich wild um mich schlage, trete ich sie wirklich.

»Fassen Sie mich ja nicht an!«, fauche ich und stürze zur Tür.

Mit ganzer Kraft knalle ich sie hinter mir zu und renne zum Treppenhaus. Ich kann sie hinter mir hören, als ich die Stufen hinunterstürze.

Als ich das Marmorfoyer erreiche, rase ich in den Garten des Friedens, und ein Seufzer der Erleichterung entfährt mir, als ich Mr und Mrs Hawkins am Eingang stehen sehe.

Doch als Ria sich mir zuwendet, werde ich plötzlich von Entsetzen gepackt. Was ist, wenn sie, wie Dr. Gold, auch miteingeweiht ist? Was ist, wenn ich mich auch in Adriens Mutter getäuscht habe?

Irgendetwas davon muss sich in meinem Gesichtsausdruck spiegeln, denn sie sieht mit einem Mal völlig schockiert aus, als sie auf mich zustürzt. Sie nimmt mich in die Arme und drückt mich fest, und ich schluchze auf, vor Erleichterung und vor Verzweiflung gleichzeitig.

»Was ist, Cora?«

»Es ist Dr. Gold«, sage ich mit erstickter Stimme. »Es war

ihre Idee. Die ganze Sache. Und es ist noch viel schlimmer, als wir dachten.«

Zwischen ihren Armen hindurch werfe ich einen wütenden Blick auf Mr Hawkins.

»Was haben Sie getan?«, schreie ich ihn an.

Er blickt zurück, total benommen und erschöpft.

»Diese Kreatur sollte man einsperren.«

Dr. Gold taucht auf dem Treppenabsatz auf. Ganz offensichtlich versucht sie, gefasst zu bleiben und nicht durchzudrehen. Sie will in meine Richtung, aber Ria zieht uns beide zur Seite und hält mich fest.

»Dann geh halt und erzähl Lügen über dieses Unternehmen.« Dr. Gold seufzt, die Fassade steht wieder. »Aber du würdest damit viel harte Arbeit und eine lebensrettende Dienstleistung für unzählige Menschen zunichtemachen.«

»Was Sie tun, ist böse«, beharre ich. »Das werde ich nicht zulassen.«

»Du hast mir da gar nicht reinzureden«, fährt sie mich an.

»Und Sie haben mich in den letzten Wochen für Forschungszwecke ausgenutzt«, feuere ich zurück und wende mich dann an Adriens Vater.

»War Ihnen klar, was die mir angetan hat?«, will ich von ihm wissen. Starre ihm direkt ins Gesicht. »Mr Hawkins? War Ihnen klar, warum sie mich studieren wollte?«

Sein Blick huscht zu Ria, die groß und stark hinter mir steht. Und sein Gesicht verzieht sich vor Scham.

»Wie konnten Sie mir das antun?«, sage ich mit zitternder Stimme. »Wie konnten Sie das Adrien antun?«

»Jetzt hör schon auf, so ein Drama daraus zu machen«, stöhnt Dr. Gold und sieht mich wutentbrannt an. »Niemand will dir etwas tun. Niemand hat es auf dich abgesehen.«

»Sie finden nur, ich sollte nicht die sein, die ich bin?«

»Du scheinst nicht verstehen zu wollen, dass Kinder wie du nicht immer bloß ein Quell der Freude sind. Eltern wollen vielleicht auch mal nur die Stärken ihrer Kinder sehen, wenn sie sie besuchen. Kinder wollen vielleicht ihre Eltern besuchen, ohne dass es ihnen Kummer bereitet. Ich will alle optimieren!«

»Das steht Ihnen nicht zu«, sagt Ria kühl.

»Von einem dummen, verwöhnten reichen Mädchen werde ich mich bestimmt nicht belehren lassen«, erwidert Dr. Gold feixend. »Das können Sie sich sparen.«

»Wie funktioniert das eigentlich genau?«, fragt Ria, ihre Stimme klingt gleichmütig und ruhig. Sie lässt sich nicht provozieren.

Dr. Gold lächelt süffisant: »Eine nette kleine digitale Lobotomie.«

Ich muss an mein Hologramm denken, und mir wird schlecht. Sie war mit mir identisch. Sie war einfach noch nicht »optimiert« worden. Deswegen hatte sie solche Angst. Wollte mich unbedingt warnen.

Ich wende mich wieder an Magnus. »War ich Adrien nicht eine gute Freundin, Mr Hawkins? War er nicht wunderbar? Waren nicht alle glücklicher?«

Einen Augenblick lang herrscht Stille, bevor Magnus flüstert: »Ja.«

Ich spüre, wie mir eine Träne übers Gesicht läuft und auf den Marmorfußboden fällt. »Warum uns das dann antun?«

»Warum reden wir überhaupt mit diesem Kind?«, fährt Dr. Gold ihn an und zeigt auf mich. »Warum? Sie ist unwichtig, spielt keine Rolle. Dann soll sie halt ein paar Leuten erzählen, was wir hier machen, und wenn schon. Das wird keinen interessieren.«

»Das wird die Leute interessieren«, widerspreche ich ruhig. »Sie werden erfahren, was Sie hier tun. Und dann werden sie sagen, dass das falsch ist. Die meisten Menschen sind gut.«

Sie lacht wieder, und es hallt schrill in dem hohen Raum wider. »Die meisten Menschen sind dumm. Und Geld regiert die Welt, Cora. Wenn die Leute wollen, dass ich ihre Verwandten so lasse, wie sie sind, ist das ihr gutes Recht, aber andere werden ein besseres Produkt haben wollen. Und bezahlen werden sie auch dafür. Investoren interessieren sich nicht für moralische Fragen, Schätzchen.«

»Die Investoren wissen nicht Bescheid.«

Wir wenden uns alle der neuen Stimme zu, und ich muss lächeln, als Gregor aus dem Garten des Friedens auftaucht. Er starrt Dr. Gold so lange an, bis sie wegsieht, und zum ersten Mal sieht er genau aus wie unsere Mum.

»Ihre Investoren wissen rein gar nichts von Ihren gruseligen Löschmethoden. Denn wenn sie das wüssten, wäre das ganz schlechte PR.«

Einen Moment lang ist Dr. Golds Miene undurchdringlich. Ihr Blick huscht zurück zu Magnus.

»So sollte es nicht sein«, sagt Magnus aufgelöst und sieht

uns alle an. »Ich hätte nie gedacht … ich wollte nur dieses Gefühl nicht, dass …«

»Mr Hawkins, an Adrien gab es nie irgendetwas auszusetzen«, sage ich mit dem letzten Rest Mitgefühl, den ich aufbringen kann. »Und selbst wenn, ist es nicht unsere Aufgabe, andere zu optimieren. Sein Verstand war vollkommen. Das, was Dr. Gold macht, ist nicht richtig. Sie verwandelt nicht etwas Schlechtes in etwas Gutes. Und es ist auch nicht dasselbe, wie eine Wunde zu verbinden oder eine Brille zu tragen. Er musste nie verbessert werden.«

Magnus starrt zu Boden. »Wenn er konzentriert gewesen wäre, wenn er dazu in der Lage gewesen wäre, dann wäre er nicht von dem Auto angefahren worden. Dann wäre er jetzt nicht im Koma.«

Zu sehen, wie er kurz davor ist, die Fassung zu verlieren, bringt mich den Tränen nahe. »Mr Hawkins, die Männer, die Adrien angefahren haben, die haben entschieden, sich hinters Steuer zu setzen und so zu fahren. Die sind einfach weggefahren und haben ihn liegen lassen. Mit denen ist was falsch, nicht mit ihm.«

Seine Knie geben nach, und er sinkt auf den Fußboden. Gregor und Ria kommen an seine Seite, und Dr. Gold gibt einen höhnischen Laut von sich.

»Ist das alles ermüdend«, murmelt sie. »Und es spielt keine Rolle. Das hier ist mein Unternehmen. Meine Vision. Ich brauche keinen von euch, und keiner von euch hat das Recht, mich aufzuhalten.«

»Wer bin ich?«

Wir zucken alle zusammen und drehen uns um. Hinter dem Tresen starrt Noma mit einem entsetzten Ausdruck im Gesicht Dr. Gold an. Das Holo. Es muss jedes Wort gehört haben.

Sie sieht genauso aus, wie ich mich fühle.

»Was«, ihre Stimme zittert, »bin ich?«

Dr. Gold stolziert ein paar Schritte auf sie zu. »Du bist nichts.«

Ria keucht, und Gregor flucht. Er stürzt auf den Tresen zu, sucht nach Nomas Chip, damit er sie abschalten kann.

»Ich bin nichts«, sagt das Holo leise.

Endlich findet Gregor ihn und zieht den Stecker.

»Sie sind abscheulich«, schnauzt Gregor seine Chefin an. »Sie sollten sich schämen.«

»Ja, ja, wen interessiert das schon«, erwidert Dr. Gold und tippt schnell etwas in ihr Handy. »Ich habe euch alle so was von satt. Fahrt doch zur Hölle.«

Sie wirft Magnus einen letzten Blick zu und wankt dann Richtung Ausgang.

»Lasst sie gehen«, sagt Ria leise. »Es wird sie schon noch einholen, da bin ich mir sicher.«

»Wir können sie nicht einfach laufen lassen. Sie wird Pomegranate Tech gleich einem riesigen Publikum verkaufen, live im Fernsehen. Sie haben es vorhin selbst gesagt, Mr Hawkins. Millionen von Leuten werden zuschauen.«

Ria und Gregor wechseln einen Blick, und Mr Hawkins geht langsam zum Empfangstresen. Er starrt auf die Worte an der Wand:

Lasst sie glauben
Lasst sie, wie sie sind
Lauscht und lernt

Und da weiß ich, was ich tun muss.

»Mr Hawkins«, flehe ich ihn leise an. »Wir haben noch Zeit. Wir können ins Fernsehstudio gehen. Wir können ihnen alles erzählen.«

»Die werden euch nicht einfach so reinlassen«, sagt Gregor niedergeschlagen. »Da braucht man eine Einladung.«

»Wir müssen es versuchen«, wende ich mich an sie alle. »Und dann müssen wir jetzt los. Bevor sie alle hinters Licht führt.«

»Ich habe eine Einladung.«

Mr Hawkins spricht so leise, dass ich ihn fast nicht gehört hätte. Ich drehe mich um und sehe ihn an. Er begegnet meinem Blick.

»Ich kann dich da reinbringen, Cora.«

Seine Worte sind wie ein Schlüssel, der die letzte Tür aufschließt.

»Tausend Dank«, sage ich zu ihm. »Dann müssen wir los. Jetzt.«

Kapitel fünfundzwanzig

Rededuell

Gregor hält im Firmengebäude die Stellung, während Adriens Eltern und ich zu dem Fernsehstudio im Süden der Stadt rasen.

»Ich sorge dafür, dass du ins Publikum kommst«, sagt Magnus, als wir den Seiteneingang des Studios erreichen. »Versuch, nicht aufzufallen, und gib dich bescheiden.«

Ich verdrehe die Augen, nicke aber.

»Sie wird im Green Room sein«, sagt Ria. »Sie wird dich nicht entdecken.«

»Okay.« Ich schnalle mich ab, als das Auto langsamer wird. »Ich muss nur das Mikro zu fassen bekommen, bevor sie anfangen kann, ihre Lügen zu verbreiten.«

»Cora.« Ria schaut mich eindringlich an. »Du musst sie zuerst reden lassen.«

»Was?«

Wir sind jetzt alle ausgestiegen und gehen schnellen Schrittes, Mr Hawkins genau hinter uns, auf die Menschenmenge zu, die darauf wartet, eingelassen zu werden.

»Lass sie erst einmal ihre Lügen erzählen«, sagt sie vorsichtig mit gesenkter Stimme. »Lass sie ihre Masche durchziehen. Und dann kannst du sie entlarven.«

»Ich verstehe nicht.« Ich stehe zwischen den beiden und kann Adrien an meiner Seite spüren, der mir sagt, dass ich zuhören soll.

»Es ist wichtig, dass die Leute sehen, wie sie wirklich ist, Cora.«

Ich lasse mir ihre Worte durch den Kopf gehen.

»Los, kommt«, Mr Hawkins führt uns in eine andere Richtung. »Ich kenne einen schnelleren Weg da rein. Außerdem habe ich eine VIP-Einladung.«

Das ist seine Art der Wiedergutmachung. Und es liegt an mir, ob ich das annehme oder auch nicht. Ich werfe einen Blick auf Ria Hawkins. Sie lächelt mich an.

»Okay. Showtime!«

★

Ria und ich sitzen im Publikum. Am Ende einer Reihe, direkt am Gang. Insgesamt sind es etwa hundert Leute, und alle unterhalten sich, während die Fernsehcrew alles für die Liveübertragung vorbereitet.

Der Moderator steht bereits am Rand der Bühne und lässt sich das Mikrofon anstecken. Er sieht entspannt aus, routiniert. Bereit, wieder mal eine Livesendung zu moderieren, so wie er das Woche für Woche macht.

Manchmal werden Leute in dieser Sendung laut und sehr leidenschaftlich, aber das, was ich heute vorhabe, hat bestimmt noch nie jemand gemacht.

»Bist du nervös?«, fragt Ria mich leise.

»Ja«, sage ich geradeheraus. »Ich habe Angst.«

»Musst du nicht«, entgegnet sie in ruhigem, aber eindringlichem Ton. »Ich bin bei dir.«

Kurz drücke ich ihre Hand.

»Falls es ans Eingemachte geht«, ergänzt sie.

»Es geht schon längst ans Eingemachte«, flüstere ich. »Die Menschen müssen darüber Bescheid wissen.«

»Und ich glaube, dir ist nicht klar, wie wichtig es ist, dass das von dir kommt«, sagt sie und blickt auf die Bühne, wo die letzten Vorbereitungen getroffen werden.

»Mir hört doch sowieso niemand zu«, spotte ich, etwas abgekämpft.

»Adrien schon.«

In diesem Moment seinen Namen zu hören, angesichts dessen, was ich vorhabe, bringt mich fast zum Weinen.

»Du machst das nicht nur für ihn, Cora«, sagt Ria mit fester Stimme. »Sondern auch für dich selbst. Und das ist wichtig. *Du* bist wichtig.«

Ich hole tief Luft und merke, wie ich immer nervöser werde. »Es wäre so schön, wenn er hier wäre.«

Meine Stimme bricht, als ich das sage. Ich habe wirklich Angst.

»Ich weiß, mein Schatz.«

Als der Moderator seinen Platz einnimmt und die Kameraleute sich bereit machen, fangen plötzlich alle an zu klatschen. Die Scheinwerfer richten sich auf zwei Personen, die nun die Bühne betreten: Dr. Gold und ein Mann, den ich nicht sofort erkenne. Sie nehmen die beiden leeren Plätze ein, und ich unterdrücke das Verlangen, mich in meinem Sitz zu ducken, damit sie mich nicht im dunklen Zuschauerraum entdeckt.

»Willkommen zum *Rededuell*, ich bin Richard Parton. Heute Abend darf ich den Gesundheitsminister Elijah Warrington und Dr. Sabrina Gold begrüßen. Ein herzliches Willkommen an Sie beide, an unser Studiopublikum und an alle Zuschauerinnen und Zuschauer zu Hause.«

Wir klatschen. In Gedanken bin ich ganz woanders. Ich lasse Dr. Gold nicht aus den Augen: Sie sieht nicht im Entferntesten nervös aus, sondern völlig entspannt und total selbstsicher.

Parton spricht in den ersten paar Minuten mit dem Minister über Gesundheitspolitik. Warringtons Antworten klingen wie auswendig gelernt und sind ziemlich langweilig. Bald wendet sich Parton an Dr. Gold.

»Was genau machen Sie denn, Dr. Gold?«, fragt er im Plauderton. »Sie haben ja ein paar Artikel über die Weiterentwicklung von künstlicher Intelligenz geschrieben, wir haben alle Ihren Beitrag im *Chronicle* gelesen.«

»Nun, mein Hauptaugenmerk gilt der Digitalen Unsterblichkeit.«

»Ganz schön heftig, die Vorstellung.«

»Nun, nicht wirklich, Richard«, sagt Dr. Gold mit warmer Stimme. »Seit Jahren reden wir davon, das endlich richtig anzugehen. Es ist ja jetzt schon so, dass die Leute nach ihrem Tod in den sozialen Medien weiterleben und Spuren im Internet hinterlassen. Meine Arbeit, das, was ich tue, erlaubt ihnen, sich in einem geordneten System korrekt dokumentieren zu lassen.«

»Nämlich von Pomegranate Tech.«

»Ja. Bei Pomegranate haben wir die Technologie und die Mittel, damit Menschen und ihre Familien mithilfe von KI weiterleben können. Ihre Seelen werden digital hochgeladen. Wir nennen sie Hologramme – oder kurz Holos. Auch Prominente gehören dazu. Wollten Sie schon mal Marilyn Monroe kennenlernen, Richard?«

»Tja.« Parton lacht zurückhaltend. Er scheint völlig von ihr eingenommen zu sein. »Natürlich. Aber reden wir über den ersten Teil. Wie haben Sie das eben gesagt? Ihre Seelen werden hochgeladen?«

»Ihre Seelen, ihr Verstand, ja. Wie immer Sie das nennen wollen, was einen Menschen ausmacht. Wir führen ausführliche Interviews mit diesen Personen durch, studieren sie, und dann bildet unser unglaubliches Team sie nach, sodass ihre Familien sie besuchen können, nachdem sie verstorben sind.«

»Hat die Person denn die Möglichkeit, ihre Einwilligung für das fertige Produkt zu geben?«

Dr. Gold hält inne und lächelt dann strahlend. »Es hat sich noch nie jemand beschwert.«

»Das ist eine Lüge.«

Das Publikum murmelt und schaut sich um, und mir wird klar, dass ich aufgestanden bin und die Wörter laut und scharf ausgesprochen habe. Eine Kamera schwingt in meine Richtung, und Parton sieht mich erstaunt an. Schnell wird ein Galgenmikrofon geschwenkt, sodass es über meinem Kopf schwebt.

Und Dr. Gold und ich starren einander an.

»Ich heiße Cora Byers«, spreche ich weiter und hebe das Kinn an, damit das Mikrofon jedes Wort einfängt. »Ich bin zwölf Jahre alt, fast dreizehn. Meine Mum ist vor einem Jahr gestorben. Pomegranate Tech habe ich für die tollste Sache gehalten, von der ich je gehört habe.«

Ich hole tief Luft und würde am liebsten einfach abhauen. Aber ich starre Dr. Gold an.

»Als Teil ihrer Arbeit bei Pomegranate hat mich Dr. Gold wochenlang interviewt. Sie und ein anderer Wissenschaftler haben mich studiert und mich mit Fragen und Aufgaben zermürbt. Ich habe bereitwillig mitgemacht, weil sie mir gesagt haben, dass meine Mitwirkung dem Unternehmen und vielen Menschen helfen würde.«

Im Raum herrscht betretene Stille. Viele Leute sind aber sicher auch neugierig.

Das ist mir egal.

»Ich bin anders.«

Das lasse ich erst mal sacken. Jemand räuspert sich, und ein paar Leute werden unruhig. Mein altes Ich wäre jetzt besorgt. Würde panisch überlegen, was denen wohl gerade durch den Kopf geht. Was sie von mir denken; wie ich mich am besten verhalte, damit mich alle für normal und gut halten.

Aber jetzt? Es ist mir wirklich egal.

»Dr. Gold hat mir gesagt, dass sie meine Hilfe brauchen

würde, um die Hologramme von neurodiversen Menschen genau richtig hinzukriegen. Meinen besten Freund Adrien hat sie auch studiert. Vor einem Jahr. Und hat ein Hologramm von ihm gemacht.«

Ich halte inne. Ich weiß, was ich jetzt tun werde. Die Kamera ist auf mich gerichtet, und ich weiß, dass mich gerade Millionen von Menschen live im Fernsehen und später im Internet sehen werden. Ich muss vorsichtig sein.

Ich habe das Gefühl, über einen riesigen zugefrorenen See zu gehen. Ich mache einen Schritt und spüre, wie das Eis unter mir knackt und kracht. Auf der anderen Seite kann ich Adrien am Ufer sehen. Der mich standhaft unterstützt. Und hinter mir spüre ich all die anderen jungen Menschen, die wie wir sind. Alle unterschiedlich, alle eigene Persönlichkeiten. Aber alles Menschen, die Dr. Gold für weniger wert hält. Die sie meint optimieren zu müssen.

Ich muss dafür sorgen, dass dieser See für sie, für uns, keine Gefahr darstellt. Das muss ich einfach.

Als ich einen weiteren Schritt gehe, wird das Eis immer dünner. Ich könnte jeden Augenblick einbrechen und in das eiskalte Wasser stürzen. Vielleicht bin ich dann nicht in der Lage, wieder aufzutauchen.

Aber wenigstens wüssten sie dann, dass es hier nicht sicher ist.

Ich muss das tun. Sonst blendet sie die Menschen so sehr, dass sie glauben, Menschen wie Adrien und ich müssten verändert werden. Das kann ich nicht zulassen.

»Sie hat ihn falsch gemacht. Sie hat die Teile rausgenommen, die ihn so wunderbar gemacht haben. Sie hat ihn verändert. Und das wird sie auch mit allen anderen machen, die nicht ihrer Vorstellung von normal entsprechen.«

Ein Raunen geht durch das Publikum.

»Cora.« Dr. Gold spricht langsam, ihr Mund lächelt, aber ihr Blick ist wütend. »Darüber haben wir doch gesprochen. Du bist verwirrt. Du hast das falsch verstanden.«

»Nein«, sage ich ruhig. »Das habe ich nicht.«

Ich sehe mich in dem Meer von erwachsenen Gesichtern im Publikum um. Ihre Blicke wandern zwischen mir und Dr. Gold hin und her. Sie hören aufmerksam zu, das kann man deutlich merken.

»Mein Freund Adrien schläft. Er liegt im Koma«, sage ich, und im nächsten Moment spüre ich, wie mir die Tränen kommen. »Es fühlt sich an, als wäre er nicht mehr da. Sie glauben nicht, dass er wieder aufwacht. Aber Dr. Gold wusste, dass ich noch nicht bereit war, ihn loszulassen. Sie hat mir erlaubt, das Hologramm zu besuchen, das sie von ihm gemacht hat, wenn ich zustimmen würde, dass sie mich für ihr Team erforscht. Sie hat all meine Gefühle zu ihrem Vorteil genutzt und wird das auch mit anderen machen. Dieses Unternehmen wird Leute ins Visier nehmen, die gerade trauern, und ihnen falsche Versprechungen machen.«

»Junge Dame, das sind ja schwere Anschuldigungen, die du da vorbringst«, mischt sich Parton plötzlich ein.

»Da sind sie«, bestätige ich. »Das, was Pomegranate Tech vorhat, ist unethisch. Und die Menschen haben ein Recht, das zu wissen.«

»Was sagen Sie dazu, Dr. Gold?«

Dr. Gold reißt ihren Blick von mir los und sieht Parton an. Ihre Strahlkraft, ihre Wärme sind verschwunden.

»Das arme Mädchen leidet unter wahnhaften Störungen, sehr bedauerlich«, bekommt sie schließlich heraus.

»Dann bestreiten Sie also alles, was sie gesagt hat?«, hakt Parton nach.

»Natürlich bestreite ich es«, sagt Dr. Gold schnell. »Sie hat einfach nicht richtig verstanden, was wir da tun. Bei Pomegranate Tech wird jeder Mensch exakt so abgebildet, wie er zu Lebzeiten war, völlig ungeschminkt.«

»Sie lügt«, behaupte ich wieder.

»Ich muss sagen, als mir Dr. Gold und dieses Unternehmen zum ersten Mal vorgestellt wurden«, mischt sich der Gesundheitsminister Warrington in die Diskussion ein, »war davon nicht die Rede. Das Mädchen muss sich irren, wir wurden über das KI-Programm unterrichtet, und uns wurde versichert, dass keinerlei Modifikationen oder Manipulationen stattfinden würden.«

Dr. Gold nickt eifrig, aber ich kann sehen, dass sein Eingreifen sie ein wenig verunsichert hat. Er hat gerade allen Zuschauern mitgeteilt, dass sie ihm Pomegranate als vorbildlich ethisches Unternehmen verkauft hat.

»Und wenn ich Beweise habe?«, traue ich mich zu rufen. Ich bin bereit zu kämpfen.

»Beweise?«, höhnt Dr. Gold, aber dabei zittert ihre Stimme. »Ich mache doch nichts Falsches«, behauptet sie, doch nun klingt sie nicht mehr so selbstsicher. »Ich bin wie eine

Schönheitschirurgin, ich verbessere nur die unerwünschten Teile eines Menschen.«

»Nein«, sage ich mit fester Stimme, lasse nicht zu, dass sie weiter lügt. »Menschen entscheiden sich für eine Operation. Das ist ihre persönliche Entscheidung. Was Sie tun, ist, die Leute hereinzulegen. Sie zwingen sie, Teile zu löschen, weil Sie der Meinung sind, dass sie sonst weniger wert sind. Aber das ist Ihre persönliche Meinung, Dr. Gold. Das sind keine Tatsachen.«

Während wir einander wütend anschauen, wird hier und da im Raum geflüstert und nach Luft geschnappt. Die beiden Männer sind völlig verdattert und wissen nicht, was sie tun sollen.

»Ich habe jedes Recht, hier zu sein. So wie ich bin. Ganz genau so«, sage ich voller Trotz und Selbstvertrauen, was ich nie für möglich gehalten hätte. »Vielleicht bin ich anders als Sie, vielleicht sogar anders als jeder in diesem Raum, aber ich habe die gleiche Daseinsberechtigung wie Sie auch. Es ist nicht an Ihnen, auszusuchen, welche Teile von mir in Ordnung sind und welche nicht. Alles an mir ist in Ordnung.«

Betretenes, ungläubiges Schweigen.

»Cora.« Sie sieht mich an, und zum ersten Mal heute Abend kommt die alte Dr. Gold zum Vorschein.

Die, die nicht echt ist.

»Cora. Sei ehrlich. Wenn jemand kommen würde und dir anbieten würde, deine Behinderung wegzumachen, dann würdest du zustimmen, habe ich recht?«

Ich lächele sie an. Und greife in meine Tasche. Dieselbe Tasche, in die ich schon mal heute Abend gegriffen habe.

Und ich zeige ihr mein Diktafon.

Alle Farbe weicht ihr aus dem Gesicht, wie Wasser, das den Abfluss hinuntergespült wird. Als ihr klar wird, dass jedes Wort, das wir heute Abend ausgetauscht haben, bevor wir hierhergekommen sind, auf diesem Gerät aufgezeichnet wurde.

»Sie haben ja gesagt, ich würde eines Tages eine gute Reporterin abgeben«, sage ich.

Ich halte das Gerät in die Kamera und zeige es dem Publikum.

»Alles, was ich heute Abend hier gesagt habe, wird durch diese Aufnahme bewiesen«, verkünde ich.

Die Leute beginnen laut miteinander zu tuscheln. Einer der Fernsehleute rennt aus dem Studio, bestimmt um jemand Wichtigen herbeizuholen.

Ria drückt ermutigend meine Hand, also mache ich weiter.

»Wissen Sie, nach wem der Turing-Test benannt ist, Dr. Gold?«

Etwas blitzt in ihren Augen auf, sie wirkt ein wenig ängstlich. »Alan Turing.«

»Ja. Wussten Sie, dass er wie ich war?«

Ihre Miene gibt nichts her, ihr Gesicht ist verschlossen. Aber das ist mir egal.

»Sie haben ihn fertiggemacht. Zermürbt. Weil er anders war. Aber wissen Sie, was? Sie können Menschen wie mich nicht löschen. An dem, was wir sind, können Sie nicht rühren. Viel zu lange haben Leute wie Sie versucht, die brillantesten Köpfe auf dieser Erde auszulöschen. Weil Sie Angst haben. Weil Sie sie nicht kontrollieren können.«

Ich erinnere mich an jedes Wort, das Adrien am Abend der Schul-Disco gesagt hat. Ich spüre die gleiche Empörung wie er damals. Sie flutet durch mich durch und treibt mich an. Er hatte recht. Ich bin gefährlich. Aber nur aus den besten Gründen.

»Ein Wissenschaftler von Pomegranate Tech hat mich mal gefragt, ob ich weiß, was Liebe ist. Damals habe ich die Frage als ungeheure Beleidigung empfunden. Ich wusste nicht, was ich sagen soll. Aber jetzt weiß ich das: Liebe bedeutet, etwas oder jemanden zu akzeptieren und zu feiern, und zwar für jede naturgegebene Faser seines oder ihres Wesens. Die Teile, die jemand nicht ändern kann … das sind die Teile, die am meisten Liebe brauchen.«

Eine Erinnerung blitzt in mir auf: Wie Adrien und ich mitten in der Aula tanzen und uns dabei all die kritischen und irritierten Blicke völlig gleichgültig sind. Als uns die Meinung anderer Leute so was von egal war. Ich glaube, so glücklich wie in diesem Augenblick war ich noch nie.

»Ich liebe meinen Verstand. Ich liebe es, ich zu sein. Ich weiß, wer ich bin, Dr. Gold. Ich habe mein ganzes bisheriges Leben gebraucht, um an diesen Punkt zu kommen. Und Sie geht das nichts an.«

Noch mehr Gemurmel im Publikum, und der Aufnahmeleiter flüstert Parton im Off etwas ins Ohr. Ich halte weiter das Diktafon in die Höhe, voller Erleichterung und siegreichem Stolz.

»Solche Aufnahmen sind nicht zulässig«, haucht Dr. Gold, ihr Blick auf das Diktafon geheftet. Als würde sie bereuen, es mir je geschenkt zu haben. »Das wird vor Gericht nicht standhalten. Das nennt man das Provozieren einer strafbaren Handlung.«

»Stimmt, das wird es nicht«, mischt Ria sich ein, stellt sich neben mich und legt mir einen Arm um die Schultern. »Aber es ist doch sehr erhellend, wenn man sie ins Internet stellt. Oder in einer Zeitung veröffentlicht. Und mit Verlaub, dieses dumme, verwöhnte reiche Mädchen hier hat dumme, verwöhnte Eltern. Einer davon ist Abgeordneter, die andere Redakteurin einer Zeitung.«

Dr. Gold starrt mich an. Ganz offensichtlich fühlt sie sich verraten, sie sieht aus, als würde sie gleich zusammenbrechen. Währenddessen ruft Warrington: »Ria Hawkins!«, und sein Gesicht leuchtet auf, als er sie wiedererkennt.

Dann gibt er einen erstickten Laut von sich: Anscheinend ist er im Begriff, sich die ganze Sache zusammenzureimen. Verwirrt blickt Dr. Gold von ihm zu Adriens Mutter und scheint sich zu fragen, warum eine Frau, vor der sie so wenig Respekt hat, so eine Reaktion bei einem Minister hervorrufen kann.

»Ach so, Sie dachten, mein Mann wäre der Einflussreiche von uns beiden«, sagt Ria zuckersüß. »Nein, meine Liebe.«

»Ganz davon abgesehen haben Sie die Privatsphäre Ihrer Angestellten auch nicht respektiert, sagt mein Bruder«, werfe ich ein. »Mit Kameras in jedem Raum und so. Also sind das noch mehr Beweise und ganz schön viele Zeugen.«

Ihr Blick irrt zwischen uns hin und her.

»Du …«, murmelt sie und starrt mich an, sucht nach einem Wort, aber ihr fällt nichts ein.

Ich starre zurück, ganz trotzig. »Ja. Ich.«

»Ich würde gerne klarstellen«, sagt der Minister in das Mikrofon an seinem Jackenaufschlag, »dass ich Pomegranate Tech nie für eine gute Idee gehalten habe und dem Premierminister dies auch mitgeteilt habe.«

»Sie falsche Schlange, Sie«, zischt Dr. Gold ihn an.

Warrington rückt ein Stück von ihr ab, er hat die Augen niedergeschlagen, und Schweißperlen stehen ihm auf der Stirn, aber er nimmt seine Worte nicht zurück. Sie wirft mir einen flüchtigen Blick zu, setzt dann ein strahlendes Lächeln auf und wendet sich an das Publikum.

»Ich glaube an Pomegranate«, sagt sie mütterlich. »Ich habe dieses Unternehmen gegründet, damit Menschen ewig leben können. Damit ihre Familien die Möglichkeit erhalten, sie wiederzusehen. Ich habe diesem armen kleinen Mädchen die Chance gegeben, beides zu tun. Ich habe ein Hologramm von Adrien Hawkins gemacht. Vor seinem tragischen frühzeitigen Unfall. Und ich habe ihr gestattet, ihn noch einmal kennenzulernen.«

»Sie haben alles weggenommen, was ihn ausgemacht hat«, sage ich scharf. »Tun Sie nicht so, als würden Sie Leute so abbilden, wie sie wirklich sind.«

»Nein, ich mache sie besser!«, ruft sie. »Ich biete eine

Dienstleistung an. Das wahre Potenzial einer Person ohne ihre Mängel.«

»Mängel?«

Eine Frau in der ersten Reihe hat gesprochen. Die Kamera wendet sich ihr zu, und als das Scheinwerferlicht auf sie fällt, kann ich sehen, dass sie im Rollstuhl sitzt.

»Sheyda«, stellt sie sich vor, als das Mikrofon über ihrem Kopf schwebt. »Ich bin Lehrerin. Was genau meinen Sie mit Mängeln?«, fragt sie ruhig.

»Nun«, Dr. Gold mustert Sheyda von oben bis unten und strahlt sie mit einem Lächeln an, das sie bestimmt für mitfühlend hält. »Meine Technologie würde Ihnen erlauben, ewig zu leben, und Sie könnten obendrein wieder gehen. Es würde Sie heilen.«

Ich spüre, wie Rias Arm mich fester hält.

»Wie können Sie es wagen?«, sagt Sheyda leise, und ein Raunen geht durchs Publikum. »Es steht Ihnen und auch keinem anderen zu, mir zu sagen, was meine angeblichen Mängel sind.«

Ich nicke, Erleichterung flutet durch mich durch.

»Meine Tochter hat ADHS«, ruft ein Mann aus einer der hinteren Reihen. »Wollen Sie auch an ihrem Gehirn rumbasteln? Dann bekommen Sie es aber mit ihrer Mutter und mir zu tun!«

»Hören Sie …« Dr. Golds Stimme zittert leicht, als sie den Raum in Augenschein nimmt. Ihr und mir wird gleichzeitig klar, dass ich nicht allein bin. Viele Menschen im Publikum sind wütend. Und noch mehr werden neugierig auf jedes

Wort sein, das ich mit dem Gerät aufgenommen habe, das sie mir einmal geschenkt hat.

Sie hat nicht damit gerechnet, dass im Publikum auch Menschen wie Adrien und ich sitzen werden.

»Ich lasse den Menschen die Wahl«, sagt sie, und der Ton in ihrer Stimme lässt das wie einen Kompromiss klingen. »Okay? Ich biete den Leuten nur die Möglichkeit an, sich zu verbessern.«

Im Publikum wird es zusehends unruhiger, als immer mehr Leute widersprechen. Sie hat die Kontrolle verloren. Als die Stimmen lauter werden, wandert ihr Blick wieder zu mir.

»Ich habe dir deinen Freund zurückgegeben«, fährt sie mich an. »Und so dankst du mir?«

»Sie haben mir gar nichts zurückgegeben«, sage ich, und die Menge wird etwas leiser. »Nicht mal einen Geist. Oder einen Schatten. Nur ein falsches Versprechen.«

»Sie haben meinen Sohn verändert.«

Wir sehen alle Ria Hawkins an. Ihre Ausstrahlung in diesem Moment ist einfach unglaublich.

»Sie haben etwas Wertvolles geraubt und ihm den Glanz genommen. Und Sie haben es getan, ohne ihn zu fragen.«

»Das Einzige, was Sie verstehen, ist Geld«, werfe ich ein. »Und Sie waren so begeistert von der Idee, gebrochenen, trauernden Menschen riesige Mengen Geld für eine Lüge abzuknöpfen. Aber ich werde nicht zulassen, dass Sie trauernde Menschen verletzen. Und auch nicht, dass Sie Menschen wie mich ›verbessern‹. Ich bin genau richtig, wie ich bin.«

»Du würdest also nicht geheilt werden wollen?«

Die Frage kommt von Mr Parton. Er sieht mich neugierig und mit höflicher Skepsis an.

»Ich bin nicht krank, Mr Parton«, erwidere ich ruhig. »Ich muss nicht geheilt werden. Es gibt im Moment vieles auf der Welt, was geheilt werden sollte. Ich gehöre aber nicht dazu.«

Im Raum wird es allmählich still, und ich kann alles gleichzeitig fühlen: nicht nur die grellen, schweißtreibenden Scheinwerfer und die stickige Studio-Luft. Ich spüre die gemischten Gefühle im Publikum. Einige wird Dr. Gold mit ihrem Talent, vernünftig zu erscheinen, ohne Zweifel für sich gewonnen haben.

»Es wird nicht allen so gehen wie mir«, sage ich. »Manche Menschen wollen vielleicht verändert werden. Aber das ist ihre Entscheidung. Nicht die ihrer Familien. Und auch nicht die von Leuten wie ihr.«

Dann ergänze ich noch: »Ich mag mein Ekzem nicht. Wenn ich die Möglichkeit hätte, würde ich wahrscheinlich versuchen, es loszuwerden. Meinem Dad geht es bestimmt so mit seiner Arthritis. Meine Mum … sie wurde krank. Sie hätte alles dafür gegeben, geheilt zu werden. Aber mir geht es gut. Ich bin nicht krank. Aber ich würde nie darauf verzichten, Autistin zu sein. Ich bin damit verwoben. Es berührt jeden meiner Gedanken. Es ist keine Krankheit und braucht keine Heilung. Und …« Plötzlich muss ich an Mum und mich denken und wie still es auf der Fahrt nach Hause war, nachdem ich meine Diagnose bekommen hatte. Worte fielen uns beiden nie leicht.

Aber nachdem ich eine Erklärung dafür bekommen hatte, warum ich mich so anders im Vergleich zu anderen Leuten fühle, hat sie nur gesagt: »Tja. So ist es eben. Du bist einfach du.«

Und irgendwie war es nie ein Problem.

Mum und Adrien sind nicht mehr da. Kein Hologramm, egal wie lebensecht, würde das ändern. Das verstehe ich jetzt.

Ich kann sie nicht mit falschen Erinnerungen am Leben erhalten. Das, was an ihnen vermeintlich unvollkommen war, habe ich besonders geliebt.

Aus Mums Tod lässt sich keine Lehre ziehen. Adriens Unfall ist nichts, was zum Erwachsenwerden eben dazugehört. Diese Ereignisse sind keine Hürden, über die wir springen müssen. Sie sollten auch nicht zu Ketten werden, die mich niederdrücken, auch wenn sich das eine Weile so angefühlt hat.

Die beiden sind nur weg, wenn ich nie wieder von ihnen spreche. Wenn ich nie liebevoll an sie denke. Mich nie lachend daran erinnere, wie Adrien seinem Hund hinterhergejagt ist.

Ich werde mich nicht immer so fühlen. Und ich werde nie der einzige Mensch sein, der so fühlt. Jeder Mensch, an dem ich auf der Straße vorbeigehe, jeder, mit dem ich mich in Zukunft anfreunden werde. Sie alle werden eine solche Erfahrung kennen. Jetzt oder eines Tages.

Und dann können wir darüber reden. Zusammen.

»Und ich lerne immer noch mich in dieser Welt zurechtzufinden«, ergänze ich und spüre, wie sich Adriens ferner kleiner Finger um meinen legt. »Und ich würde mir so sehr wünschen, dass mein bester Freund jetzt hier wäre. Und dass meine Familie vollständig wäre. Aber genauso sehr wünsche ich mir, dass die Menschen verstehen würden, dass es nicht ihre Entscheidung ist, wer so bleiben kann, wie er ist, und wer optimiert werden sollte. Wenn Menschen wie ich für sich selbst sprechen könnten, dann wüsstet ihr, dass man uns nicht so behandeln kann. Tja. Dr. Gold hat mir heute Abend gesagt, dass niemand sie davon abhalten würde, mit Pomegranate Geld zu machen. Sie hat gesagt, die Leute wären nicht wie ich, würden mir nicht zustimmen. Dass alle das genauso sehen wie sie.«

Ich richte meinen strengsten Blick auf meine ehemalige Mentorin. Ich habe es geschafft: Ich habe mich selbst erklärt. Ich habe genau die richtigen Worte gefunden. Man hört mir zu.

»Ich hoffe sehr, dass ihr alle ihr das Gegenteil beweist«, sage ich dem aufmerksamen Publikum.

Dr. Golds Gesicht verzieht sich vor Wut, und dann bricht völliges Chaos aus: Einer von den Fernsehleuten versucht mich auf die Bühne zu locken, ein Mikrofon im Anschlag, und das Publikum fängt an, die drei auf der Bühne mit Fragen und Kommentaren zu bombardieren.

Aber ich habe Wichtigeres zu tun. Später werde ich die Aufnahme an die Presse weitergeben und mich mit Ministern treffen. Ich habe getan, was ich mir vorgenommen habe: Das Eis hat getragen, ich habe das andere Ufer erreicht.

Und nun muss ich mich von jemandem verabschieden.

Kapitel sechsundzwanzig

Das Wartezimmer, wieder einmal

Ria, Gregor und ich stehen vor dem Wartezimmer mit der blauen Tür.

»Ich kann da nicht rein«, flüstert Adriens Mutter. »Aber wenn es getan ist, wenn es vorbei ist, dann bringt mir seinen Chip.«

»Ich hole ihn jetzt«, sagt Gregor sanft. »Bis Cora sich verabschiedet hat, reicht die Datei auf dem Server. Und dann, wenn der Chip zerstört ist, wird er für immer weg sein. Sind Sie sicher, dass Sie das tun wollen?«

Ich sehe sie an. Es ist ihre Entscheidung.

»Ich bin mir sicher«, sagt sie völlig ruhig. »Ganz sicher.«

»In Ordnung«, sagt Gregor. »Dann erwecke ich ihn zum Leben und bring Ihnen den Chip. Du hast genug Zeit, Cora.«

Ich nicke. Gregor geht rein, und Ria läuft ein Stück den Flur entlang, um einen Augenblick für sich zu sein. Ich konzentriere mich darauf zu atmen. Als Gregor wieder auftaucht, hat er den Chip in der Hand.

»Du hast wirklich genug Zeit. Geh ruhig rein«, sagt er liebevoll und umarmt mich kurz.

Ich halte ihn fest, bis er loslässt.

Dann trete ich ein.

Adrien sieht auf, als ich auftauche. Einen Augenblick lang gucken wir uns nur an.

»Wo kommst du denn gerade her?«, fragt er und legt den Kopf zur Seite, um mich prüfend anzublicken.

»Aus dem totalen Chaos«, sage ich ehrlich und lache etwas wackelig. »Lange Geschichte.«

»Ich habe Zeit.«

Ich schenke ihm ein blasses Lächeln. »Nein, hast du nicht.«

Ich setze mich ihm gegenüber, lehne mich in dem bequemen Stuhl zurück, in dem Wissen, dass es das letzte Mal sein wird.

Mehr denn je wünsche ich mir, dass ich seine Hand nehmen könnte.

»Erzähl mir irgendetwas«, bitte ich ihn.

»Was willst du denn hören?«

»Egal.« Ich schließe die Augen. »Irgendwas.«

»Tja …« Ich merke, dass er nachdenkt. Insoweit sie ihm die Fähigkeiten dazu gegeben haben. »Es ist hier manchmal ganz schön einsam.«

»Einsam?«

»Ja. Aber dann fällt mir ein, dass du mich ja besuchen wirst.«

»Adrien.« Ich setze mich auf und öffne die Augen. »Ich will, dass du nicht mehr einsam bist.«

Er begegnet meinem Blick, und einen Augenblick lang bin ich wieder ganz gebannt. Halte dieses Trugbild für echt, spüre das Glück, bei meinem besten Freund zu sein, wie Glühwürmchen in mir aufsteigen.

»Was ist das hier für ein Ort?«, fragt er leise.

»Es ist …« Natürlich habe ich darüber nachgedacht, Adriens Hologramm die Wahrheit über seine Existenz zu enthüllen, alles andere wäre eine Lüge. Oder vielmehr die Wahrheit über seine Nicht-Existenz. Aber jetzt, da ich vor ihm sitze, die Verletzlichkeit spüre, weiß ich, dass das nicht richtig wäre. Das will ich ihm nicht antun.

»Du bist in einem Wartezimmer«, flüstere ich. »Du wartest einfach darauf, dass du dran bist.«

»Oh.« Er beruhigt sich ein wenig. »Okay.«

»Ich erzähle dir in der Zwischenzeit von meinem besten Freund«, sage ich mit warmer Stimme. »Wenn du willst.«

»Klar.«

»Also, er hatte ADHS. Und das hat ihn zu einem besonders intelligenten, brillanten Menschen gemacht. Er war unfassbar fasziniert vom Fliegen, hat Flugstunden genommen, weil er Pilot werden wollte, wenn er erwachsen war. Er hat Essen geliebt, alle möglichen Gerichte, sogar ganz scharfe, bei denen mir immer der Mund in Flammen aufgegangen ist.«

Er lacht.

»Und er hatte einen Hund. Der immer versucht hat, dafür zu sorgen, dass er keinen Blödsinn macht.«

»Ich habe auch einen Hund«, sagt er eifrig. »Aber … ich weiß nicht, wo er ist.«

»Alles gut«, sage ich schnell.

»Was noch?«

»Er konnte tatsächlich richtig gut singen«, sage ich kichernd. »Er hat immer gerne das Autofenster runtergekurbelt, sich rausgehängt und so laut gesungen, dass es ganz London hören konnte. Manchmal sogar Opernarien. Da habe ich mir vor Lachen fast in die Hose gemacht.«

Er schnaubt, ein Laut, der mir so vertraut ist, dass er quälende Erinnerungen weckt.

»Und er konnte unglaublich gut tanzen. Albern, aber unglaublich gut. Er ist einfach so bei meiner Schul-Disco aufgetaucht, weil er wusste, dass mich das stressen und ich mich ausgeschlossen fühlen würde. Er hat dafür gesorgt, dass die ganze Schule bei einer riesig langen Polonaise mitgemacht hat.«

Sein Gesichtsausdruck ist offen und warm, während er mir zuhört. Ich merke, wie gut mir das tut.

»Ich bin Autistin«, sage ich – ganz stolz und ohne mich dafür zu rechtfertigen. »Manchmal wird mir einfach alles zu viel, oder ich werde knatschig. In solchen Situationen hat er mich nie bedrängt oder mir Vorwürfe gemacht. Er hat einfach seinen kleinen Finger in meinen eingehakt und geschwiegen. Und dann ging es mir immer sofort besser.«

Er sieht auf seine Hände runter, und ich frage mich, ob er es weiß: dass sie nichts sind als ein Code. Er streckt seinen kleinen Finger aus, und nach kurzem Zögern tue ich es ihm nach.

Unsere Finger verhaken sich, aber ich kann nicht das Geringste spüren. Jedenfalls nicht körperlich.

»Was ist passiert?«, fragt er.

Ich starre meinen besten Freund an. Sein exaktes Abbild. Jeder Zentimeter, jede Pore, wie ich sie in Erinnerung habe. Der Klang seiner Stimme so ähnlich, als würde ich mit einem Phantom sprechen.

»Er liegt im Koma«, sage ich ihm. »Er wurde von einem Auto angefahren. Sie glauben nicht, dass er wieder aufwacht.«

Er starrt mich an, und ich starre zurück, mein Lächeln müde, meine Augen voller Tränen.

»Das tut mir wirklich leid.«

Der echte Adrien hätte nicht gesagt, dass es ihm leidtut, er hätte geflucht und gesagt, wie schrecklich er das findet, aber irgendwie ist es trotzdem in Ordnung so.

»Er fehlt mir die ganze Zeit«, fahre ich fort und spüre, wie all die Gefühle dieses Abends in mir herumwirbeln. Ich bin zu Tode erschöpft. »Ich muss aufhören so zu tun, als wäre er noch hier. Das ist er nicht. Nicht wirklich.«

Denn Adrien hinter mir zu lassen, fühlt sich manchmal so an, als würde ich ein Streichholz anzünden, beobachten, wie es niederbrennt, um dann hektisch das nächste anzuzünden. Irgendwann aber wird die Streichholzschachtel leer sein, und ich bleibe in der Dunkelheit zurück.

Ich muss wieder ins Licht zurückkehren.

»Ich wette, du fehlst ihm auch.«

Ich blicke ihn überrascht an. Mit einem beinahe wissenden Ausdruck im Gesicht sieht er mich an.

Ich denke an all die Sachen, die Leute gerne sagen, wenn jemand stirbt. Dass die Toten keine Schmerzen mehr haben. Dass sie an einem besseren Ort sind.

Aber ich kenne keinen besseren Ort als diesen. Hier am Leben zu sein.

Meine Sichtweise, was die Hologramme angeht, wurde bestimmt durch meine Traurigkeit beeinflusst. Trauer ist wie Regen. Wenn man auf der Straße steht, klitschnass und durchgefroren, kann man sich gar nicht vorstellen, wie es sich anfühlt, warm und trocken zu sein. Dass man sich je wieder so fühlen wird.

Aber manche Menschen sind wie Regenschirme. Und schützen einen vor den schlimmsten Auswirkungen des Unwetters.

Ein letztes Mal gebe ich mich der Illusion hin.

»Wie stellst du dir eigentlich den Himmel vor? Glaubst du, es ist einfach wunderschön da oder mehr so wie hier?«, frage ich, »wie ein Wartezimmer?«

»So wie hier ist es nicht«, sagt er in überzeugtem Ton. »Du kannst immer wieder nach unten schauen, aber nie so lange, dass es dich traurig macht. Es gibt immer dein Lieblingsessen, und es ist immer gesund für dich. Du hörst immer deine Lieblingsmusik, aber sie wird nie langweilig.«

Ich muss lächeln. Jedes Mal, wenn Adrien ein neues Lied entdeckt hat, das ihm gefiel, hat er es auf Repeat gestellt und es hundert Mal hintereinander gehört. Bis er es ganz verinnerlicht hatte.

»Glaubst du, dass wir uns dann verändern?«, hake ich vorsichtig nach. »Wenn wir da ankommen?«

»Wie meinst du das?«

»Glaubst du, wir werden dann vollkommen? Glaubst du,

wir müssen vollkommen sein, um überhaupt reinzukommen?«

Er grinst, und Erinnerungen überfluten mich. »Nie im Leben. Auf keinen Fall. Wir sind dieselben, die wir auch hier waren. Die, die wir sind.«

Ich lächele unter Tränen. »Das glaube ich auch.«

»Wir sind dann mit den Menschen zusammen, die uns lieben. Und alle haben füreinander Zeit.«

»Ja.«

»Und die Leute machen eine Arbeit, die sie lieben. Oder auch nicht.«

»Ist es wie ein kleines Dorf?«

»Nein«, sagt er leise. »Mehr wie eine Party. Man kann sich unter die Leute mischen und mit denen reden, auf die man Lust hat, aber man kann auch für sich bleiben. Oder sich mit einer guten Freundin in den Garten zurückziehen.«

»Das klingt wirklich gut. Ein Garten klingt immer himmlisch.«

Er lächelt mich ermutigend an. »Dein bester Freund wäre da. Und würde auf dich warten.«

»Würde er das?«

»Ja.« Ein weiteres Mal sieht er auf seinen kleinen Finger runter. »Versprochen.«

Und dann beginnt sein kleiner Finger zu verschwinden. Zu verblassen.

»Adrien«, sage ich schnell.

»Ja, Cora.«

Wir sehen einander an, und alles, was ich nicht sagen kann, versuche ich in mein Gesicht zu legen.

»Alles wird gut, Adrien.«

Er nickt. »Ich komme an einen neuen Ort, stimmt's?«

»Ja«, sage ich zitternd.

»Okay.« Er sieht auf seine Hände runter, die allmählich verschwinden. »Hey, Cora?«

»Ja?«

Er sieht mir in die Augen, und alles Digitale verschwindet, und ich sehe meinen besten Freund an. Meinen besten Freund auf der ganzen Welt.

»Pass bitte auf meine Mum auf.«

»Das werde ich.« Ich schniefe heftig und muss über mich selbst lachen. »Das werde ich, Adrien. Sie liebt dich so sehr, wir lieben dich alle so sehr.«

Er strahlt mich an. Dieser seltsame, aber wunderbare Geist. Dieser fabrizierte Widerhall meines liebsten Freundes.

»Hey, Cora. Der Name hat mir immer schon gefallen. Mach dir um mich keine Sorgen«, sagt er heiter und lächelt wie immer, wenn für ihn ein neues Abenteuer begonnen hat. »Ich werde über den Wolken sein.«

Ein überraschtes Lachen entschlüpft mir, und ich nicke heftig. »Ja, das wirst du, Adrien, das wirst du.«

Sein Blick begegnet meinem, als der letzte Rest von ihm verschwindet. »Tschüss, Cora.«

»Tschüss, Adrien.«

Und genauso plötzlich, wie er in mein Leben gekommen ist, in den Garten, als ich wütend und einsam und verängstigt war … verlässt er es wieder. Und ich fühle mich stark. Bereit, das Leben zu meistern. Als die Person, die ich bin.

Auch wenn der Schmerz, ihn für immer zu verlieren, größer ist als alles, was ich bisher gefühlt habe.

Ich bin nicht empfindungslos. Ich fühle alles. Doch ich schiebe es beiseite, um einem leeren Raum zu danken.

Denn jetzt ist er frei.

Kapitel siebenundzwanzig

Weitergehen

Alles wurde besser.

Auf Rias Bitte hin hat Gregor Adriens Chip vorsichtig entzweigebrochen, und wir haben jede eine Hälfte bekommen. Meine trage ich an einer Kette um meinen Hals, an meinem Herzen. Wir haben auch den Ordner mit all den anderen Chips gefunden. Ich habe meinen mit einem Hammer zerstört. Das war äußerst befreiend.

Dann haben wir die Familienmitglieder von all den anderen Chips angerufen. Ihnen die Wahrheit gesagt. Sie gefragt, ob wir deren Chips auch zerstören sollen.

Sie haben alle Ja gesagt.

Adriens Großmutter hat einen ausführlichen Enthüllungsbericht über Pomegranate Tech in ihrer Zeitung veröffentlicht. In dem Bericht hat sich Mr Hawkins auch zu seiner Verstrickung in dieses Projekt geäußert und sein Bedauern zum Ausdruck gebracht. Es wurde im Parlament diskutiert. Die ganze Welt hat zugeschaut, und die Menschen waren überrascht und entsetzt. Eine neue Bewegung ist entstanden. Eine, die sich der digitalen Eugenik entgegenstellt.

Alle möglichen Menschen mit Behinderung und ihre Familien sind auf die Straße gegangen und haben friedlich protestiert. Es war eine Frage, wie wir uns sehen, wie wir uns definieren, und wir haben entschieden, uns zu wehren, in einer Welt, die versucht hat, uns verschwinden zu lassen.

Ich war nicht allein. Ich war nie allein gewesen.

Viele Wissenschaftlerinnen haben sich von Dr. Gold distanziert. Manche haben Geschichten davon erzählt, wie sie sich schon im ersten Jahr an der Universität unethisch verhalten hat. Manche haben mich eingeladen, andere haben mir wunderbare Briefe geschrieben, die ich über meinem Bett an die Wand gepinnt habe.

Sie waren echt. Sie waren alles, was ich je gesucht hatte.

Jetzt, da ich vor den Royal Courts of Justice, den Königlichen Gerichtshöfen in London, stehe, denke ich an diesen vergangenen Sommer, an meine Zeit bei Pomegranate.

Ich habe eine Kampagne gestartet, um neurodiversen Menschen eine Stimme zu geben, und öffentlich über meine Erfahrungen bei Pomegranate Tech gesprochen. Und über Adrien. Ich habe der ganzen Welt von ihm erzählt, in all den Städten, die er besuchen wollte. So habe ich ihn mit mir mitgenommen.

»Cora?«

Es ist Dr. Connelly. Gerade bin ich aus dem Gerichtssaal gekommen. Heute ist der Tag, an dem Pomegranate endlich untergehen wird. Das Unternehmen vertritt ein letztes Mal seine Sache vor der Weltöffentlichkeit, doch dann wird es für immer verboten werden.

»Dr. Connelly«, sage ich kurz angebunden.

»Das Ganze ist so unglücklich gelaufen«, brabbelt er und sieht sich in der Menschenmenge in der großen Eingangshalle des alten Gebäudes um. »Mir war nicht richtig bewusst, was die da gemacht haben.«

Das kann ich kaum glauben, aber ich greife ihn nicht an. Im Grunde ist er bemitleidenswert.

»Eigentlich vollkommen lächerlich«, sagt er und kommt mir zu nah, ist mir zu aufgeregt. »Lächerlich. Ich hatte keine Ahnung.«

»Keine Sorge, Dr. Connelly«, sage ich lächelnd. »Sie sind kein lächerlicher Mensch. Nur ein Mensch ... mit Lächerlichkeit.«

Er starrt mich einen Moment lang an und scheint dann leicht lila anzulaufen. Ich wende mich ab, suche nach Dad und Gregor, bereit, nach Hause zu fahren. Ich habe meinen Teil getan, habe Bericht erstattet. Und fühle mich jetzt besser.

Ich werfe einen Blick auf den Pulk von Journalisten, die alle ihre Mikrofone auf eine Frau mit leuchtend roten Haaren und knalligem Lippenstift richten.

Clara Linell, eine autistische Anwältin, stellt sich den Fragen.

»Sie waren die erste autistische Anwältin, die sich gegen Pomegranate Tech ausgesprochen hat«, sagt ein Reporter.

»Die erste offen autistische Anwältin«, korrigiert ihn Clara, etwas genervt. »Wir weilen seit Hunderten von Jahren unter euch, vergesst das nicht. Aber ja, ich bin stolz darauf, gegen diese widerlichen Machenschaften vorzugehen, und freue mich auf das heutige Verfahren. Ich glaube nicht, dass wir danach je wieder von ihnen hören werden. Gold ist eine Opportunistin. Die tauchen von Zeit zu Zeit immer wieder auf und versuchen die Grenzen von Anstand und Moral zu überschreiten. Wir können dankbar sein, dass es Cora Byers gibt.«

Plötzlich fällt ihr Blick auf mich, und ihr etwas gelangweilter Gesichtsausdruck wird von einem strahlenden Lächeln abgelöst.

»Dieses Mädchen«, sagt Clara und deutet auf mich, »hat mehr Mut in ihrem neurodiversen kleinen Finger als alle anderen zusammen in diesem Gerichtssaal. Ohne sie wäre etwas Abscheuliches möglich geworden. Sie hat das getan, was ihr Medien eigentlich hättet tun sollen.«

Ich kann spüren, wie mir die Röte ins Gesicht schießt.

»Cora, was würdest du in diesem Moment anderen autistischen Kindern und Jugendlichen sagen wollen?«, ruft ein Reporter über die anderen hinweg.

Nervös schlucke ich. Auch nach all den Interviews, nach all den Reden und Artikeln mache ich mir manchmal immer noch Sorgen, welche Auswirkungen meine Stimme haben könnte.

»Ich würde ihnen sagen … egal, welche Einstellung du dazu hast, wer du bist, es ist okay. Es ist nicht an anderen, zu entscheiden, was du wert bist oder wie viel Platz du in dieser Welt beanspruchst. Sie haben nicht zu diktieren, für wen diese Welt gemacht ist. Sie ist für uns alle.«

»Was würdest du Eltern sagen, die ihre Kinder verändern wollen?«, fragt ein anderer.

Ich entdecke Magnus Hawkins und seinen Anwalt am Eingang zum Gerichtssaal. Sie scheinen in eine Diskussion vertieft, bis Magnus in seine Tasche greift und sein Handy herauszieht, um einen Anruf entgegenzunehmen.

»Ich würde ihnen sagen, das ist nicht euer Körper, nicht euer Verstand. Kinder sind nicht die Verlängerung ihrer Eltern – sie sind eigenständige Menschen.«

Ich kann sehen, wie Magnus sich plötzlich an der Wand abstützt, um das Gleichgewicht zu halten. Ich frage mich, was er wohl gerade für eine Nachricht bekommen hat.

»Ich mag, wer ich bin«, sage ich, den Blick weiter auf ihn gerichtet. »Ich mag, was ich bin. Es ist völlig in Ordnung, wenn Menschen wie ich das anders empfinden. Aber wir selbst haben das letzte Wort. Niemand sonst.«

»Was hast du zu Pomegranate Tech zu sagen?«

»Sind das Monster?«, fragt ein Journalist provokant, eindeutig auf der Suche nach der nächsten Schlagzeile.

Ich halte inne.

»Es gibt keine Monster«, entgegne ich wahrheitsgemäß. »Wir müssen nur aufhören, uns gegenseitig zu Monstern zu machen. Aus Menschen, die uns anders erscheinen. Monster existieren nur, wenn wir keine Fragen stellen. Wenn wir Geschichten erfinden, die gar nicht stimmen.«

Ich entferne mich ein Stück von den Reportern, und dann sehe ich sie: in einem weißen Nadelstreifenkostüm mit dunkler Sonnenbrille und langen, glänzenden Haaren. Hohen Absätzen. Ihr Haaransatz ist dunkel, und sie sieht angegriffen aus.

Quer durch die Marmorhalle starren wir uns an.

Und dann macht sie sich auf den Weg zu mir.

»Du siehst größer aus.«

Ich werfe ihr einen vorsichtigen Blick zu. »Das bin ich auch.«

Sie schürzt die Lippen und sieht sich dann in dem pompösen Gebäude um.

»Deine Reden waren sehr beeindruckend.«

»Danke«, sage ich.

»Die in Brüssel mochte ich besonders. Du hast mich ja sehr schillernd dargestellt.«

»Das sind Sie ja auch.«

Ein kleines Lächeln erscheint auf ihrem Gesicht. »Ich hätte dich nicht unterschätzen dürfen, Cora. Du warst stärker als der Großteil meiner Belegschaft. Die haben natürlich alle wie die Vöglein gesungen.«

Ich wende den Blick nicht von ihr ab. »Ich wollte für Adrien stark sein. Musste ich ja auch.«

»Nun, tja.«

In vollkommenem Schweigen stehen wir da, während die Welt an uns vorbeizuziehen scheint, laut und völlig ungerührt.

»Ich bin auf seltsame Art stolz auf dich«, sagt sie schließlich. »Falls du mir diese Bemerkung gestattest. Du hast es allen gezeigt. Und ich habe das ernst gemeint: Du wirst eines Tages wirklich eine gute Journalistin sein. Du hast dafür gesorgt, dass die ganze Welt zuhört. Habe ich in der Zeitung gelesen. So wie ich das gesagt habe.« Sie lächelt verbissen. »Darüber habe ich nicht gelogen.«

Ich hebe das Kinn und sage mit sanfter Stimme: »Ich will Sie nie wiedersehen, Dr. Gold.«

Sie starrt mich an. Lange. Ich versuche gar nicht erst, ihren Gesichtsausdruck zu lesen, weil er bestimmt unehrlich ist.

»Also«, sagt sie zaghaft. »Leb wohl, Cora.«

Ich blicke ihr einen Moment lang nach und rufe dann: »Warten Sie!«

Sie bleibt stehen. Dreht sich um.

»Warum haben Sie das Unternehmen Pomegranate genannt?«, frage ich. Denke an mein Hologramm. An die Worte, die sie gesagt hat. »Kommt das aus der griechischen Mythologie? Der Granatapfel, die Frucht der Toten?«

Ihre Mundwinkel zucken. »Nö. Der Apfel war ja durch Apple schon vergeben.«

Das ist nicht die Wahrheit. Das wissen wir beide. Doch ich gestehe ihr diese letzte Lüge zu.

Und dann ist sie weg. Auf dem Weg in den Gerichtssaal wird sie bald von der Menge verschluckt.

Einen Augenblick lang lasse ich das alles auf mich wirken. Und dann lasse ich los.

Pomegranate wird auf der Weltbühne bloßgestellt. Es bereitet mir kein Vergnügen, nur Erleichterung. Erleichterung, weil die Menschen nicht weiter Dr. Golds Machenschaften ausgeliefert sein werden. Ihrer Vision, wie sie es genannt hat.

Mein Handy zeigt drei verpasste Anrufe von Gregor und Dad an, was bedeutet, dass sie draußen im Auto auf mich warten. Ich lächele und mache mich auf den Weg zum Ausgang. Als ich ihre Gesichter entdecke, winke ich ihnen zu und laufe die Treppen hinunter.

Seit *Das Rededuell* auf Sendung gegangen und die Geschichte ans Licht gekommen ist, waren es unglaublich ereignisreiche Wochen.

Bald fängt die Schule wieder an, und wenn ich jetzt daran denke, wie sehr ich mich über die Sache mit der Schülerzeitung aufgeregt habe, muss ich fast lachen.

Heute hat uns Ria zu einem späten Mittagessen zu sich nach Hause eingeladen. Inzwischen gehört das Haus in Knightsbridge nur noch ihr, seit sie und Mr Hawkins nicht mehr zusammen sind.

»Steig ein, du Unruhestifterin«, sagt Gregor, als ich das Auto erreiche.

Gerade will ich das tun, als ich höre, wie jemand vom Gerichtsgebäude her meinen Namen ruft. Ich drehe mich um und schirme mir mit der Hand die Augen gegen die Mittagssonne ab.

Es ist Magnus Hawkins. Er winkt wie wild und ruft, aber über den Londoner Verkehrslärm ist er schwer zu verstehen.

»Hast du es schon gehört?«, brüllt er.

Ich schüttele den Kopf und steige ins Auto. Ich weiß ja zu schätzen, wie er sich bemüht, Wiedergutmachung zu leisten, aber da muss ich ja nicht unbedingt dabei sein.

»Ich bin ein bisschen nervös, was Rias Kochkünste angeht«, sage ich zu Dad und Gregor, als wir uns auf den Weg nach Knightsbridge machen.

Gregor dreht sich in seinem Sitz zu mir um. »Sie hat Bella wieder eingestellt.«

»Na, Gott sei Dank«, lache ich.

Im Auto nicke ich ein, erschöpft von den Geschehnissen des Tages. Dad parkt das Auto, und mit einem Ruck werde ich wieder wach. Gregor lächelt mich an, als er mir die Autotür aufhält.

»Na, meine Hübsche«, ruft Ria von der Haustür. Sie sieht umwerfend aus. »Geh schon mal in den Garten, wir essen heute da. Ich will diese letzten schönen Sonnenstrahlen genießen, bevor die Blätter fallen. Und ihr beiden«, spricht sie Dad und Gregor an, »kommt mal rein und helft uns, das ganze Essen nach draußen zu tragen«

»Zu Befehl, Ma'am«, sagt Dad und zwinkert mir zu.

»Geh«, sagt Gregor leise und streicht mir mit der Fingerspitze kurz über die Wange. »Wir kommen gleich nach.«

Ich schüttele mit dem Kopf. Sie benehmen sich noch seltsamer als sonst. Aber ich mache mich auf den Weg um das Haus herum zum Garten. Ich habe noch meinen Schlüssel. Ich habe ihn immer dabei.

Als ich das Tor erreiche, bleibe ich stehen. Cerby wartet dort, die Ohren gespitzt, mit leuchtenden Augen.

»Na, alter Junge«, murmele ich lächelnd.

Während ich den Schlüssel ins Schloss stecke, atme ich tief ein.

Es waren seltsame sechs Monate. Seit Pomegranate in mein Leben getreten ist. Allein einen einsamen Weg zu gehen, einen, den noch nie jemand gegangen ist, macht einem nur Angst, bevor man den ersten Schritt getan hat. Sobald man aber unterwegs ist, muss man nur dafür sorgen, dass man nie zurückblickt. Dass die Skepsis der anderen, ihre Meinung, ihre Zweifel oder ihr Hass einen nie berühren.

Ich trete in den Garten ein.

Manchmal muss man den Menschen zeigen, in was für einer Welt man leben will. Ihnen zeigen, wie sie einem begegnen sollen. Und dann werden die Menschen, die wie du sind, deine Fußspuren sehen und wissen, dass sie ihnen folgen können.

Ich blicke voraus und kann eine Picknickdecke mitten auf dem Rasen sehen. Durch die Baumkronen hindurch scheint die Sonne direkt darauf.

Und dann verschwindet alles um mich herum.

Jemand steht auf, etwas wackelig, von seinem Platz auf der Decke. Benutzt eine Krücke, um sich aufrecht zu halten. Stützt sich mit dem ganzen Gewicht darauf, während er aus den Schatten in die pralle Sonne tritt.

Ich kann hören, dass mir ein keuchender Laut entfährt. Ich blicke zum Himmel auf, suche nach den Scheinwerfern. Der künstlichen Projektion. Nach der Betrügerei.

Aber es ist kein Betrug. Dieses Mal nicht.

»Cora«, sagt er, als er mich erreicht. Er ist größer als ich. Und er wirkt nur ein kleines bisschen weniger aufgewühlt als ich. Seine Augen sind voller Tränen, gleichzeitig scheinen sie vor Glück zu strahlen. »Ich bin es.«

Der Schlüssel fällt ins Gras, meine Finger lassen einfach los. Zitternd strecke ich eine Hand nach Adrien aus, um ihn zu berühren, zu fühlen. In letzter Sekunde schließe ich die Augen, erwarte, dass meine Hand in die Luft greift, durch das Hologramm hindurch.

Stattdessen berührt sie seine Haut. Einen warmen Körper, in dem das Blut zirkuliert, das Leben pocht.

In den letzten Monaten habe ich meine Worte immer so sorgfältig gewählt. War vorsichtig, immer auf der Hut. Habe meine förmlichen Antworten und Reden eingeübt und perfektioniert, habe mich nicht aus dem Konzept bringen lassen.

All das ist wie weggeblasen. Ich fühle mich wieder wie eine Zwölfjährige. Ich fühle mich jung.

»Du bist mein bester Freund«, ist alles, was ich herausbekomme. Ich schnappe nach Luft, während meine Atmung versucht, mein Herz einzuholen. »Du bist mein bester Freund.«

Seine Hand schließt sich um meine, er drückt sie an seine Wange. »Ich weiß.«

»Wo bist du hingegangen? Ich dachte, ich würde dich nie wiedersehen.«

»Wo immer ich auch war, hier ist es besser.«

»Du hattest recht«, sage ich. Weil ich das schon seit Monaten loswerden will. »Mit Pomegranate. Mit allem.«

Sein Gesicht verzieht sich zu einem Grinsen. »Ja! Um das zu hören, bin ich aus dem Koma aufgewacht. Nun kann ich in Frieden sterben.«

»Nein, bloß nicht«, platze ich heraus. »Mach darüber keine Witze.«

Das Lachen verschwindet aus seinem Gesicht, und er sieht mich voller Ernst an. »Hey, Cora.«

»Hey, Adrien.«

Ich umarme ihn. Es ist echt. Seit Monaten hat sich nichts so echt angefühlt wie diese Umarmung.

»Wann bist du aus dem Koma aufgewacht?«

»So etwa vor einem Monat«, antwortet er und hält mich immer noch fest in seinen Armen.

»Vor einem Monat schon?«

»Ja. Seitdem war ich in der Reha und habe Ergotherapie gemacht und lauter so Sachen. Grace lässt dich grüßen. Sie hat mir gesagt, dass du mich besucht hast.«

»Das habe ich.«

»Mum wollte es dir sofort sagen, aber ich habe dich jeden Tag im Fernsehen gesehen. Du warst unglaublich. Du *bist* unglaublich. Hast der ganzen Welt erzählt, was sie da machen. Ich wollte dir das nicht nehmen, nicht, wenn es um eine so wichtige Sache geht.«

»Du bist wichtiger«, rufe ich und kneife die Augen zusammen, um die Tränen aufzuhalten.

»Nein, bin ich nicht. Du warst da draußen, um die Welt zu retten, Cora. Ich wollte nicht, dass du dich um mich sorgen musst. Und jedes Mal, wenn ich wieder so stolz auf dich war, habe ich mir gesagt: ›Wenn Cora das kann, dann kann ich auch aus dem Bett aufstehen und ein paar Schritte gehen.‹ Und gestern Abend bin ich dann nach Hause gekommen.«

Als Ria angerufen und uns zum Mittagessen eingeladen hat.

Jetzt erst sehe ich, dass ein Korb mit Essen und Getränken neben der Picknickdecke steht. Für zwei. Dad und Gregor bekommen wohl im Haus ihr Essen. Sie hat dafür gesorgt, dass unser Wiedersehen ungestört bleibt.

»Ich bin so stolz auf dich«, sagt er, und seine Stimme bricht. »Du hast es ihnen allen gezeigt. Du hast das für uns alle getan. Du hast sie zu Fall gebracht.«

»Mir blieb nichts anderes übrig.«

»Ich weiß.«

Ich löse mich schließlich aus seinen Armen und sehe mich im Garten um. Ruhig, beschaulich und friedlich ist es hier. Wirklicher Frieden. Kein künstlich hergestellter. Ich werfe einen Blick zurück auf das Tor und muss lächeln.

Dann lasse ich mich auf die Decke fallen, weil meine Beine mich kaum noch tragen können. Ich helfe ihm dabei, sich neben mich zu setzen und seine Krücke abzulegen.

»Ein richtiger Pilot werde ich wohl nicht mehr«, sagt er mit einem leicht bitteren Ton in der Stimme.

»Adrien Hawkins«, sage ich streng. »Du kannst absolut alles tun. Hörst du? Du bist aus einem verdammten Koma wieder wach geworden! Du hast Pomegranate Tech und Dr. Gold viel früher als ich durchschaut. Du kannst alles tun, was du dir in deinen brillanten Kopf setzt. Also wag es ja nicht, deine Zeit mit etwas Geringerem zu beanspruchen.«

Er strahlt mich an. Lacht. Auch ich lache.

Die Trauer war eine seltsame Weggefährtin in diesen letzten Monaten. Jetzt, da ich zu den Bäumen aufblicke, die bald ihre Blätter fallen lassen, bis sie kahl sind und bereit, wieder von vorne anzufangen, fühlt es sich an, als wäre ich aus einem seltsamen Traum erwacht.

Und nun kann ich wieder mein Leben leben.

»Ach ja, da ist noch eine Sache, die ich dir sagen muss.«

Ich sehe ihn an. »Ja?«

Kapitel achtundzwanzig

Coda

Zwei Wochen später

»Das ist das beste Layout, das wir hinbekommen haben.«

Ich grinse Adrien an, als er das voller Stolz sagt und sich auf seine Krücke stützt. »Adrien, das ist das einzige Layout, das wir gemacht haben.«

»Ich weiß, aber es sieht toll aus.«

Wir sind in meiner Schulmensa. Unserer Schulmensa. Das war die letzte Überraschung: Adrien hat entschieden, dass er wieder in die Schule gehen will, und etwa zur gleichen Zeit wurde Ria ein Job bei einer Zeitschrift angeboten. Beide waren überglücklich, dass es weiterging. Ria hat ein paar Beziehungen spielen lassen und dafür gesorgt, dass Adrien in meinen Jahrgang gekommen ist.

Adrien macht gerne Witze darüber, wie gut er sein Koma in die Sommerferien gelegt hat, damit er am Anfang des Schuljahres keinen Aufsatz über seine Ferienerlebnisse schreiben musste. Den einen oder anderen Nachmittag muss er noch zur Ergotherapie oder zum Arzt, aber abgesehen davon sind wir immer zusammen.

Wir haben unsere eigene Schülerzeitung gegründet. In Konkurrenz zu Mr Ramseys. Wir haben ein ganz schön tolles Team zusammengestellt; anscheinend haben meine Eskapaden diesen Sommer nicht nur Adrien beeindruckt.

»Sieht sehr gut aus«, sagt Miss Mabuse und blickt über unsere Schultern auf das Layout. »Aber vergesst dabei nicht, dass ihr auch noch etwas zu Mittag essen solltet.«

Adrien salutiert vor ihr, und ich nicke.

»Wir brauchen noch einen Namen für unsere Zeitung«, erinnert mich Adrien, während er sein Sandwich mit stark riechendem Käse auspackt.

»Wie wäre es mit ›Das Käseblatt‹?«, necke ich ihn und rümpfe demonstrativ die Nase.

»Wie wäre es mit«, er beißt unbeirrt in sein Sandwich und kaut, »›Das Spektrum‹?«

Mein Stift schwebt über der Titelseite. »Was?«

»›Das Spektrum‹.«

»So wie …«

»So wie: eine breite Vielfalt von unterschiedlichen Beiträgen.« Mit einem wissenden Lächeln sieht er mich an. »Alle klug. Alle einzigartig. Alle brillant. Alle spannend.«

Ich lächele. Er lächelt. Wir machen einen Faustcheck.

»›Das Spektrum‹!«

An Pomegranate denke ich nicht mehr besonders oft. Ich habe alles dazu gesagt. Jetzt lebe ich einfach mein Leben. Mit meinem besten Freund. Wir gehen ins Kino. Wir spielen mit seinem Hund. Wir sehen zu den Wolken auf. Wir besuchen seinen Onkel Max und sein Flugzeug. Adrien fliegt wieder.

Und Pomegranate wird immer mehr zu einer entfernten Erinnerung. Ich denke lieber an die guten Sachen: An Mum. An Alan Turing und seine unglaubliche Erfindung. An Dad und Gregor. And Ria und ihre neue Karriere. An Adrien und seine bekloppten Witze.

Adrien und ich gehen jetzt gemeinsam diesen einsamen Weg. Und er ist nicht mehr einsam.

Ich bin nicht allein.

Wir lachen fast die ganze Zeit, ist mir aufgefallen. Wir verbringen nach der Schule viele Stunden im Garten und arbeiten an unserer Zeitung.

Ich liebe es, das zu essen, was dort wächst.

Fruchtlos war nichts davon.

Danksagung

Ich danke den Leserinnen und Lesern.

Meinem Verlag Knights Of, weil sie mir gestattet haben, das hier ein zweites Mal zu tun. Und mein Leben gerettet haben. Wieder einmal.

Ich danke Hux, weil er der erste Mensch war, der Addie öffentlich unterstützt hat und Cora dann im Privaten.

Und Layla, die Buchhändlerin, die dafür sorgt, dass die nächste Generation es besser macht.

Ich danke jedem einzelnen Funken, der Addie in ein Feuerwerk verwandelt hat: Tamsin, Harriet, Courtney, Kirsty, Louise,

Emma, Miss Cleveland, Dean, Lily, Lucas, Jax,

Fabienne, Ocean, Neil. All den Lehrerinnen und Lehrern, den Bloggern, den Buchhändlerinnen und Bibliothekaren, die ein schottisches autistisches Mädchen ihre Stimme haben finden lassen.

Ich danke der BLM Agency und Lauren. Ihr wart mir ein Fels in der Brandung.

Und Gavin Hetherington, diesem grundanständigen Menschen.

Scott Evans und dem Primary School Book Club.

Was für ein Geschenk.

Ich danke Sarah und Bounce, weil ihr wie verrückt gekämpft habt, als die Welt in Flammen stand.

Und Annabelle, weil sie eine echte Verbündete ist.

Und Marssaié und Kay, weil sie alles schöner gemacht haben.

Ich danke allen Freundinnen und Freunden dafür, dass sie *Wie unsichtbare Funken* gekauft und gelesen haben, obwohl uns Meere oder Jahre getrennt haben.

Dem Rechte-und-Lizenzen-Team für die beste Nachricht aus meiner alten Heimat New York.

Und einen Dank auch an Robin Stevens, Cerrie Burnell, Maz Evans, Michelle Harrison, Jennifer Bell, Lisa Thompson, Susin Nielsen, Lucy Powrie und Jenni Spangler, weil ihr so nett zu einer neuen Autorin seid, die, seit sie ihre letzte Danksagung geschrieben hat, immer noch keine andere Autorin und auch keinen anderen Autor kennengelernt hat. Danke, dass ich nie alleine zu Mittag essen muss.

Eishar, danke für alles und dass du in der Kommentarspalte eines Lektorats für mich eingetreten bist.

Einen Dank auch an meine erweiterte Familie, weil niemand mich so sehr anspornt. Und an Aileen, die erste Lehrerin, die mit dabei war.

Ich danke Josh. George Bailey. Ihr könnt mir nichts abnehmen, aber ihr macht alles leichter.

Danke, Mum. Dass du dich um mich gekümmert hast, als ich so krank war. Das hat mich auf die Idee für dieses Buch gebracht.

Und danke, Dad. Ich tue alles, was ich kann, damit du

stolz auf mich bist. Danke, dass du der größte Fan von *Wie unsichtbare Funken* bist.

Elle McNicoll kommt ursprünglich aus Schottland und lebt inzwischen in London. Sie arbeitete als Lektorin, bevor sie sich dem Schreiben widmete. Ihr Debüt *Wie unsichtbare Funken* gewann den Waterstones Book Prize of the Year und wurde auf Anhieb ein großer Erfolg.

Barbara König wuchs in Asien, Irland und den USA auf und studierte Slawistik, Politik und Geschichte in Bonn und Moskau. Bücher begleiten sie schon ihr ganzes Leben lang, erst als Leserin, dann als Lektorin und Verlagsleiterin. Heute lebt sie als Literaturübersetzerin und Lektorin in Hamburg.